일러두기

1. 번역에 쓰인 원전은 2013년 중국 장강문예출판사에서 출간한 '얼웨허 문집' 제1판을 사용했다.
2. 맞춤법과 띄어쓰기는 한글 맞춤법과 외래어 표기법에 따랐다.
3. 한자는 우리말로 표기하고, 꼭 필요한 경우에만 괄호 속에 원음을 병기해 이해하기 쉽도록 했다.
    예 : 다이곤多爾滾(도르곤)
4. 인명과 지명은 우리말로 표기했다. 단, 이미 굳어진 표현은 원지음을 존중했다.
    예 : 나찰국羅刹國(러시아). 이후에는 '러시아'로 표기
5. 본문 중의 괄호 안에 뜻을 풀이한 것은 모두 옮긴이의 설명이다.

【전면개정판】

건륭황제

인류 역사상 최대의 제국을 지배한 위대한 황제

15

얼웨허 역사소설

홍순도 옮김

더봄

건륭황제 15권

개정판 1판 1쇄 인쇄   2016년 8월 8일
개정판 1판 1쇄 발행   2016년 8월 10일

지은이   얼웨허(二月河)
옮긴이   홍순도
펴낸이   김덕문

펴낸곳   더봄
등록번호   제399-2016-000012호(2015.04.20)
주소   경기도 남양주시 별내면 청학로중앙길 71, 502호(상록수오피스텔)
대표전화   031-848-8007   **팩스**   031-848-8006
전자우편   thebom21@naver.com
블로그   blog.naver.com/thebom21

ISBN 979-11-86589-67-0 04820
ISBN 979-11-86589-52-6 04820(전18권)

책값은 뒤표지에 있습니다.

용비容妃(향비香妃)

1734~1788. 신강위구르 회족回族으로, 성은 화탁和卓이다. 26살 때(1760) 입궁한 뒤 건륭제의
총애를 받아 용비容妃에 올라 28년간 자금성에서 살았다. 사망 후에는 동릉東陵에 있는 건륭제의
무덤인 유릉비원침裕陵妃園寢에 함께 묻혔다. 하지만 세간에 '용비'가 아닌 '향비'로 전해지는 이야기는
전혀 다르다. 궁정화가였던 카스틸리오네가 그렸다는 그림에는 다음과 같은 글이 쓰여 있다. "향비는
회부回部의 왕비로, 자색이 뛰어나고 몸에서는 특이한 향기가 나서 사람들이 '향비'라 불렀다. 건륭제가
이 소문을 듣고 회부에 출정하는 장군 조혜에게 그녀를 데려오도록 명하였다. 회부를 평정한 조혜는 과연
북경으로 향비를 데리고 왔다." 또 실존한 용비가 자금성에서 오랫동안 살다가 자연사한 것과는 달리,
민담 속의 향비는 건륭제의 끊임없는 구애를 받으나 동침을 거부하고 절개를 지켰다. 항상 칼을 가슴에
품고 황제의 접근을 불허하였다는 것. 황태후가 이 사실을 알고 건륭제가 사냥을 간 사이 자진을
권유하였다는 이야기다. 어쨌든, 향비의 이야기는 청나라의 신강위구르 정복 과정에서 나타난 비극이고,
향비는 그에 대한 저항의 상징이다. 때문에 그녀의 유해는 북경에 있음에도 불구하고 신강위구르 사람들은
124명이 특별한 상여를 메고 3년 반에 걸쳐 향비의 시체를 운구하였다고 믿고 있다. 현재 카슈가르에
있는 향비묘는 이 지역의 전통에 따른 가족묘이지만, 이곳 사람들은 여전히 '향비묘'라고 부른다.

부항傅恒

1720~1770. 만주양기滿洲鑲黃族 출신으로, 건륭의 첫 번째 황후인
효현순황후孝賢純皇后 부찰씨富察氏의 아우이다. 아울러 둘째아들인
복륭안福隆安이 건륭제의 사위가 되었기에 건륭과는 사돈 관계이기도 하다.
1748년 대금천大金川에서 사라분의 반란을 평정하자 건륭제는 그를
제갈량에 비유하면서 일등 충용공忠勇公으로 봉했다. 북경으로 돌아온 뒤에는
자광각紫光閣에서 그를 접견하면서 용이 새겨진 마고자를 하사하고 일등
공작으로 봉했다. 이는 황제가 신하에게 주는 최고의 상급賞給이자 최고의
공명功名이었다. 1769년에는 미얀마 전투에 참여하여 공을 세웠지만 병을 얻어
귀국한 뒤 사망했다. 청나라 역사에서 만주족 출신 최후의 대통수大統帥로
불리며, 그의 사망 이후 만주 팔기군의 기상은 서서히 무너지기 시작했다.

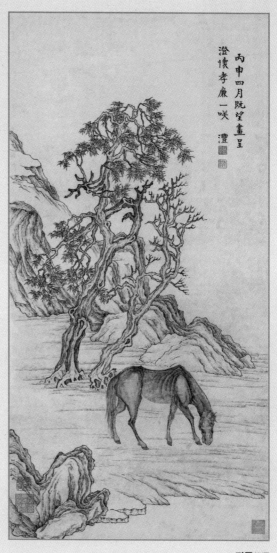

전풍錢灃

1740~1795. 운남雲南 곤명昆明 사람으로 자는 동주東注이고, 호는 남원南園이다.
건륭乾隆 26년(1771) 진사進士 출신으로 벼슬은 검토檢討, 어사御史를 거쳐
한림원翰林院 서길사庶吉士, 호남학정湖南學政 등을 지냈다. 화신和珅이 군기처에
입직하여 일을 처리하면서 제도를 준수하지 않는다고 지적해, 군기처軍機處를
감찰하는 직무를 맡았다. 그로 인해 화신이 일부러 힘들고 어려운 일을 많이
맡겼는데, 이 때문에 병을 얻어 일찍 죽고 말았다. 서예뿐만 아니라 그림도
잘 그렸는데, 특히 술에 취해 흥이 돋았을 때 그린 말馬 그림이 유명하다.
저서로 《남원집》南園集이 있다. 그림은 전풍의 〈서풍수마도〉西風瘦馬圖이다.

5부 운암풍궐雲暗風闕

20장
흠차대신 유용

국태와 우역간은 공격과 수비를 적절히 안배한 비밀회의를 나름 완벽하게 마쳤다. 그러나 유용 역시 그들을 상대로 만반의 준비를 갖춘 터라 양측의 치열한 접전은 예상했던 대로 전개될 수밖에 없었다. 그날 저녁 유용은 국태에게 "제양濟陽현에서 먼저 급한 사건을 처리한 연후에 제남濟南에 갈 것이다. 구체적인 도착 날짜는 추후에 따로 연락할 것이니 그리 알라"라는 요지의 소식을 전했다. 또 "본 흠차는 산동에 온 후 계속해서 본연의 업무와 현안 해결을 위해 노력하고 있으니 흠차의 입성入城과 관련해 요란한 영접행사 따위는 일절 금지한다"라고 강조하는 것도 잊지 않았다.

국태는 당연히 유용의 말을 곧이곧대로 믿지 않았다. 연 며칠 동안 유용의 문생들을 동원시켜 제양을 방문하도록 했다. 돌아온 사람들은 한결같이 "사부께서는 재해복구에 전념하고 있다"고 입을 모았다. 또 찾아가는 이들을 모두 반겨 맞아주고 짬을 내서 조운漕運과 개황開荒에 대해 신나게 논의까지 했다면서 생각보다 유용을 만나는 일이 부담스럽지 않았다고 전했다. 보아하니 흠차의 행보는 '원소절 이후'에야 정해질 것 같다고도 아뢰었다.

문생들은 또 다른 소식도 전했다. 화신과 전풍은 이미 북경으로 돌아갔다는 내용이었다. 고북구古北口(만리장성의 북쪽 관문) 대영大營으로 보낼 월동 피복과 군화는 병부와 상의하여 산동의 소호小戶 여인들에게 맡겨 만들게 했다는 소식도 있었다.

국태는 유용의 번고藩庫 수사 여부에만 온통 관심이 쏠려 있었다. 따라서 그런 얘기가 없다는 것만 듣고 크게 안도할 뿐 다른 내용에 대해서는 더 묻지도 않았다. 마침 송조일送灶日(민속 절기 중 하나)도 가깝겠다, 기분도 모처럼 홀가분했으므로 그는 이참에 우역간을 집으로 초청하고 극단을 부르기로 했다.

청나라 때의 송조일은 음력 12월 24일(이후 변해서 지금은 12월 23일임)이었다. 거리가 그다지 멀지 않은 관계로 산동의 제남濟南과 북경의 풍속은 대동소이했다. 이맘때면 설 명절을 앞두고 집집마다 연화年貨라 불리는 설을 쇨 물품을 장만하느라 분주했다. 또 연고年糕라는 찰떡을 만들고 용이 승천하는 모양을 딴 만두를 쪄내기도 했다. 방과 마당은 모두 깨끗하게 대청소를 하고 침이나 실 등 피해야 하는 물건들은 눈에 보이지 않게 치우는 것도 원칙이었다. 또 이 기간에는 가위나 칼로 재단하는 것을 삼갔다. 아무리 궁색한 가정에서도 부처님을 비롯한 여러 신들에게 공양도 올렸다. 조상祖上과 백신百神에게 제를 지내는 등 조촐하게나마 격식을 빠짐없이 다 갖추었다. 이렇게 해야 1년 동안의 액운을 몰아내고 만복이 깃든다고 믿었다.

24일 오후, 우역간은 가마를 타고 국태의 집으로 향했다. 마침 출공⊞供하는 때라 남녀노소를 막론하고 전부 길가로 몰려나와 각양각색의 폭죽을 터뜨리면서 한 해 동안의 무사태평을 기원하고 있었다. 가마꾼들은 인파를 피해 가다 서다를 반복한 끝에 고작 2, 3리 길을 한 시간이 넘도록 달려서야 겨우 국태의 집에 도착할 수 있었다.

우역간이 창밖으로 내다보니 국태의 집 앞 골목에는 고급스러운 팔인교, 사인교에서부터 두 사람이 어깨로 드는 견여肩輿까지 온갖 모양의 가마들이 즐비하게 늘어서 있었다. 제남성 소속의 주현관들은 전부 달려온 것 같았다. 그가 발을 굴러 가마를 멈추라고 신호를 보냈다. 그러자 국태네 집안의 가인이 달려 나와 마중을 했다. 이어 언 발을 동동 구르고 하얀 입김을 토해내면서 아뢰었다.

"저희 주인나리께서 기다리느라 목이 반 뼘은 길어지셨을 겁니다. 어서 안으로 드시죠!"

가인의 농담에 우역간은 미소를 지으며 고개를 끄덕였다. 가인을 따라 대문을 들어서자 과연 마당과 복도 할 것 없이 온통 관리들로 북새통이 따로 없었다. 그들 대부분은 삼삼오오 무리 지어 큰 소리로 담소를 즐기고 있었다. 그런가 하면 무슨 못다 한 비밀 얘기가 그리도 많은지 귓불을 깨물고 서 있는 이들도 있었다. 아무려나 만나서 반갑다면서 자기들끼리 인사를 나누고 최근의 안부를 묻는 소리로 떠들썩했다.

국태는 정청 한쪽에서 제남 도대 마건방麻建邦과 얘기를 나누고 있었다. 그 옆에는 연주부의 주수성朱修性과 제남부의 양소정楊嘯亭 지부 등이 공손히 서 있었다. 우역간은 주저하지 않고 그쪽으로 다가가서는 허허 웃으면서 인사를 했다.

"제가 제일 늦었네요! 아직 연극은 시작하지 않았군요?"

우역간이 말을 마치고는 주위를 두리번거렸다. 이어 물었다.

"갈효화葛孝化는 아직 안 왔습니까?"

"오늘 저녁 자네들은 연극 볼 새가 없을 것 같네."

국태는 우역간에게 고개를 끄덕여 알은체를 하고는 마건방과 양소정에게 하던 말을 이었다.

"아직 고향에 돌아가지 못한 걸인들이 얼마나 되는지 숫자를 파악하고 쌀과 밀가루, 그리고 고기를 가져다 조금씩 나눠주도록 하게. 걸인들 중 사내들은 두 조로 나눠 한 조는 춘절 기간 동안의 화재 방지와 동네 치안 유지에 협조하도록 하게. 다른 한 조는 화재발생시 구조작업에 나서도록 하게. 일당은 당직 아역들과 똑같이 지급하게. 오늘 못 본 연극은 춘절 후에 자네들만 따로 불러 제대로 보여주겠네."

국태가 할 말을 다 마치고서야 우역간을 향해 고개를 돌렸다.

"갈효화는 열이 나고 머리가 아파서 못 온다더군. 죄송하다면서 가인을 보내왔네."

국태가 말을 마치고는 문안인사를 올리는 문무 관리들에게 공수를 하며 인사를 건넨 다음 주수성을 향해 입을 열었다.

"열다섯째마마께서는 아직 나도 접견하시지 않으셨네. 그러니 자네를 만나주지 않는 게 뭐가 그리 불만인가? 공성孔聖(공자)의 고거故居가 있는 연주부에서 문명의 물화物化를 만끽하고 오겠다는데, 자네가 왜 그다지도 조급해 하는가. 연주부는 공부孔府가 있는 곳으로 유명할 뿐 아니라 지주와 소작농들 간의 분쟁이 많기로 악명 높은 곳이기도 하네. 근래에는 설상가상으로 사교邪敎들까지 창궐한 실정이네. 집집마다 '홍양노조'紅陽老祖니 뭐니 하는 잡귀의 신상神像을 성현의 위패位牌와 나란히 놓은 채 공봉供奉하고 치성을 드린다고 하네. 이게 어디 말이나 될 법한 소리인가? 내일이라도 당장 돌아가 치안에 전력을 쏟도록 하게!"

주수성은 국태의 명령에 마건방, 양소정과 함께 대답하고는 공손히 물러갔다. 그러자 우역간이 아무래도 갈효화가 병을 핑계로 자리에 나오지 않은 것이 아쉬운 듯 입을 열었다.

"추아醜兒(연극에서의 어릿광대 역할) 역에는 갈효화가 최고인데 아쉽네요! 그놈의 '병'은 참 묘하게도 때와 장소를 잘 가려가면서 걸리네요. 지난번에 지주와 소작농들 간의 분쟁이 심해져 탄압이 불가피했을 때도 그를 현장에 투입시키려고 했더니 관절염이 재발해서 움직일 수 없다면서 엄살을 부렸죠. 작년에 형부에서 태안泰安 지부의 수뢰사건을 수사하면서 협조를 청했을 때에도 학질이 걸려 자리보전하고 누웠다면서 빌빌거리지 않았습니까? 이번에도 민감한 사안을 피해가고자 핑계를 대는 게 분명해요. 와서 연극 구경만 하라고 하면 좋다고 눈썹 휘날리면서 달려올 걸요?"

국태가 가볍게 콧방귀를 뀌었다.

"내버려 둬! 원래 그렇고 그런 자니까. 열다섯째마마께서 귀경만 하시면 곧 '병상'을 차고 일어날 거야."

국태가 말을 마치고는 주변으로 은근슬쩍 몰려드는 관리들을 쓸어봤다. 그러더니 그중에서 제남의 성문령城門領을 손짓해서 불렀다.

"이리와 보게, 악영현岳英賢! 오늘 나하고 우 대인이 둘 다 배역을 맡아 연극을 할 예정이거든? 듣자니 자네가 양소정의 집에서 추아 역할을 기가 막히게 소화해냈다면서? 좀 있다……, 알겠지?"

악영현은 그러지 않아도 평소에 국태의 얼굴을 가까이에서 보는 것이 소원이었다. 그러던 차에 국태가 자신의 이름까지 불러주면서 같이 무대에 서줄 것을 부탁하니 그저 황감해 어찌할 바를 몰라 했다. 곧 몸이 솜털같이 가벼워지면서 당장 지붕 위로 둥둥 떠오를 것 같이 기분이 좋았다. 그가 흐드러진 국화처럼 얼굴에 웃음꽃을 피우면서 대답했다.

"중승 대인과 함께 무대에 설 수 있다니 실로 일신의 광영입니다! 아무 배역이나 맡겨만 주십시오. 열심히 즐겁게 해드리겠습니다. 늘 추아 역할을 하고 싶어서 근질거렸어도 갈 대인의 눈치가 보여 감히 선보일 수 없었습니다."

"그래, 알았네!"

국태가 웃으면서 덧붙였다.

"어서 분장하러 가지. 내복來福아, 마당에 있는 대인들에게 중원中院으로 가서 기다리라고 하거라. 규천자에게는 연극 준비를 서두르라고 하고! 요리사들에게는 야식과 찻물을 충분히 준비하라고 전하거라!"

분부를 마친 국태가 흥이 도도한 표정으로 안으로 들어갔다. 악영현과 우역간도 뒤따라 들어갔다.

국태의 집은 마당이 세 개나 딸린 사합원四合院이었다. '중원'은 곧 이문二門에 있는 안마당을 가리켰다. 워낙에 소문난 연극광인 국태는 이 건물을 지을 때부터 비가 오거나 눈이 와도 아무 문제없게 대청마루의 처마를 차양처럼 넓게 만들었다. 그리고 그 아래에 연극무대를 설치했다. 남녀가 따로 앉도록 빗장으로 가리는 세심함도 보여줬다.

객석에는 어느새 저마다 앞에 자그마한 탁자를 두고 사람들이 빽빽이 자리 잡았다. 탁자 위에는 찻잔과 찻물, 그리고 과일과 다과 등이 가득했다.

무대 위에서는 규천자叫天子, 백옥란白玉蘭 등 당대의 유명한 연극배우들이 이미 머리에 기름을 바르고 얼굴에는 분장을 마친 채 제자들의 분장을 거들고 있었다. 순간 팔뚝 만큼 굵은 촛불 열여섯 개가 무대 안팎을 대낮같이 비췄다. 악공들 역시 악기를 고정시킨다, 줄을 퉁겨 음을 맞춘다는 둥 하면서 분주했다.

그 사이에 밤의 장막이 드리우기 시작했다. 빗장 너머로는 여인들의 오가는 그림자도 보였다. 관리들도 모두 자리를 찾아 앉았다. 우역간은 고판鼓板(박자를 맞추기 위해 치는 나무판)을 치기로 했으니 따로 분장을 할 필요가 없었다.

국태가 말했다.

"악영현 저 친구는 아직 분장을 못해 쩔쩔매는 것 같으니 자네가 가서 좀 거들어주게. 나는 아무래도 눈썹을 너무 짙게 그린 게 마음에 걸리네. 뒤에 가서 좀 지워달라고 해야겠네."

국태가 말을 마치고는 무대 뒤편으로 들어갔다. 그러자 이제껏 서 있던 사람들은 모두 자리에 앉았다. 우역간이 웃음 띤 얼굴로 무대 아래를 향해 읍을 하고서 말했다.

"대중들 앞에 나서기는 미안하게 생긴 얼굴이지만 잘 좀 봐주쇼!"

우역간이 농담을 건네자 여기저기서 키득대는 소리가 들렸다. 곧이어 규천자가 열심히 목청을 가다듬으면서 무대 저편에서 나왔다. 순간 장내의 소란이 뚝 그쳤다. 규천자가 드디어 우역간의 고판에 맞춰 노래를 부르기 시작했다.

두보황杜寶黃이 여낭麗娘이라는 여자아이를 낳았다네. 금지옥엽처럼 애지중지 잘 키운 여낭은 봄나들이를 유난히 즐겼으니, 어느 날 꿈에 버드나무 밑에서 미남 선비를 만나 사랑을 했다네. 길몽에서 깬 아쉬움에 베갯잇을 눈물로 적시다 날이 밝기 바쁘게 아침이슬 맞으며 그 자리에 나가보니, 과연 꿈에 본 선비가 거기에 있었다네. 둘은 첫눈에 반해 혼약을 맺었지. 선비는 과거시험을 보러 가고 그 사이 고향에는 비적들의 난이 일어났다네. 처녀가 비적들에게 끌려가 갖은 고초를 당하고 있을 때 선비가 장원으로 합격했다는 희소식이 날아들었으니, 처녀는 큰 기쁨의 충격에 그만 기절하고 말았다네…….

노래는 〈모란정환혼기〉牡丹亭還魂記라는 연극의 앞부분에 나오는 것이었다. 일명 '모자희'帽子戱라고 해서 연극의 내용을 요약해 말하는 것이었으니 굳이 이 부분까지 노래로 부를 필요는 없었다. 다만 국태 등의 분장이 길어진 탓에 규천자가 관객들의 따분함을 덜어주기 위해 잠시 재롱을 떨었던 것이다. 규천자는 생김새가 워낙 반남반녀半男半女라 연극에서의 세 배역인 정淨, 추醜, 단旦 모두를 거뜬히 소화할 수 있었다. 당대의 명창답게 때로는 요조숙녀처럼, 때로는 호기로운 열혈남아처럼 첫 시작부터 관객들을 매료시켰다. 장내에서는 환호성과 함께 박수갈채가 터져 나왔다.

그때 국태가 후원後院에서 나왔다. 규천자는 국태를 발견하고 물 위에서 펄떡거리는 잉어처럼 몸을 허공으로 날렸다. 순간 눈 깜짝할 사이에 무대의 이쪽 끝에서 저쪽 끝으로 날아갔다. 또 그 사이에 어떻게 했는지 콧수염은 없어지고 머리에는 망건網巾이 둘러져 있었다. 두 개의 빗자루 같은 눈썹 아래에서 세모눈이 반짝거렸다. 동시에 광대뼈 위에서는 강낭콩만 한 점까지 가져다 붙였다. 사람들이 뻔히 눈뜨고 지켜보는 앞에서 어떻게 그렇게 감쪽같이 노파로 변신할 수 있는지 마술이라도 부리는 것 같았다.

사람들은 감쪽같은 변신에 놀라 우레와 같은 박수갈채를 보냈다. 노단老旦(연극에서의 한 배역)은 관객들의 호응에 신이 났는지 독백을 섞어가면서 노래했다.

미옥美玉처럼 아름다운 얼굴은 선녀를 무색케 하고, 파란 치마는 한들한들 구룡의 폭포이런가. 눈부신 화잠팔보花簪八寶에 뭇 사내들 쓰러지는데, 과연 그녀는 인간세상으로 내려온 수라천녀修羅天女였다네. 수화폐월羞花閉月(여인의 자색이 너무 아름다워 꽃도 달도 그 앞에서 숨어버린다는 뜻)에 기죽은 이 못생긴 아낙은 숨을 곳조차 없네.

규천자가 그렇게 한창 열을 올리더니 갑자기 등 뒤를 가리키면서 말했다.

"중승께서 이원梨園(극장)을 찾아 주셨네요?"

좌중의 관객들이 규천자의 말에 일제히 박수갈채를 보냈다. 잠시 후 과연 무대 동쪽에서 한껏 치장한 국태가 모습을 드러냈다. 잘록한 긴 치마를 입고 청사靑絲(머리카락)를 허리까지 드리운 모습이었다. 앞머리와 옆머리는 온통 꽃으로 장식을 한 모습이었다. 그는 일명 '합환화'合歡靴라고 하는, 규수들만 신는 자잘한 꽃무늬 신발까지 받쳐 신고 있었다. 연극무대에 심심찮게 등장하는 두려낭杜麗娘이 되살아난 것처럼 생생한 모습이었다.

일개 성의 순무가 이런 모습을 보여주리라고는 생각지도 못했던 관객들은 멍하니 넋을 잃고 그저 바라보기만 했다. 아무려나 두려낭은 치맛자락을 두 손으로 살짝 잡고 갖은 애교를 떨면서 관객들을 향해 웃어보였다. 그리고는 무대 중앙으로 사뿐사뿐 걸어 나오더니 수줍고 가녀린 규수의 목소리를 흉내 냈다.

"아이 부끄러워라. 내일모레 시집가야 하는데 얼굴이 다 팔려서 어떻게 하지?"

육중한 허리를 가볍게 비틀면서 아양을 떠는 그 모습에 사람들은 모두들 배꼽을 잡았다. 간혹 짓궂은 이들은 허리는 잘록하게 동여맸지만 배가 터질 듯이 불룩한 것을 보고는 "저러다 꽃가마 타고 가다가 애 낳는 거 아니야?"면서 농담까지 해대고 있었다.

국태는 자기 스스로도 우스운지 애써 웃음을 참으면서 자세를 갖췄다. 이어 살포시 고개를 숙인 채 두 손을 맞잡고 몸을 낮춰 인사를 했다. 그리고는 우역간을 향해 고개를 끄덕였다. 어서 고판을 두드려 박자를 맞추라는 뜻이었다. 그러자 우역간이 이내 백옥란에게 재촉했다.

"너는 시녀 역인데, 어서 들어가지 않고 뭘 해?"

우역간이 백옥란에게 재촉을 한 다음 고판으로 신호음을 보냈다. 그러자 삽시간에 무대 위에서 생황사현笙篁絲弦이 미묘한 음의 조화를 이루면서 울려 퍼지기 시작했다. 국태는 기다렸다는 듯 요조숙녀의 청순가련한 모습을 흉내 내면서 음률에 맞춰 가느다란 음성을 뽑았다.

보슬보슬 빗소리 자장가 삼아 겨우 그대를 만날 몽중夢中의 장소로 왔거늘, 고당高堂(자신의 어머니)이 사창紗窓을 두드리면서 잠을 깨우니 이를 어쩌나. 그대를 만나러 가는 길이 이다지도 힘겹고 외로울 줄이야! 훤한 창문을 열어젖히니 이마에 냉한冷汗이 차갑네…….

시녀 역을 맡은 백옥란이 황급히 국태의 말을 받았다.

"소저小姐, 아직 이른 새벽이옵니다. 이불에 향기를 쏘여 다시 잠을 청해보시죠!"

국태가 귀찮다는 듯 긴소매를 흔들면서 손사래를 쳤다. 이어 다시 간드러지게 목소리를 뽑았다.

춘심春心은 워낙에 곤한 것이니, 됐느니라. 꿈속에서 님도 못 만났거늘 잠자리가 향기로워서 무얼 하겠느냐…….

잔잔히 무대를 감도는 여음餘音은 제법 아름다운 음색이었다. 무대 아래에서는 또다시 폭우가 쏟아지듯 박수갈채가 터져 나왔다. 백옥란이 국태를 부축해 무대 뒤편으로 빠져 나오자 규천자가 기다리고 있다가 반겨 맞았다.

"제발 그만하시죠. 이러다 저희들의 밥줄이 끊기겠습니다."

국태는 규천자의 아부가 싫지 않은 듯 껄껄 웃었다. 그리고는 이번에는 늙은 비구니 역을 맡은 악영현의 등을 떠밀었다.

"자네가 나가서 한바탕 웃겨주고 오게."

평소에 그림자라도 한번 봤으면 여한이 없을 것 같던 중승의 손이 등에 닿다니! 악영현은 그 느낌이 너무 황홀해 어찌할 바를 몰라 하면서 무대로 나왔다. 이어 목청을 다시 한 번 가다듬고 나서 사구四句로 된 당시唐詩부터 읊어나가기 시작했다.

바람찬 자부紫府에 공허한 노래 구슬픈데,
산 같은 죽석竹石을 마주하니 잠들 줄 모르네.
인심人心이 돌보다 못한 것을 길게 개탄하니
어둠 깊은 정원에 밤이슬이 차네.

악영현은 이어 독백도 읊었다.

빈도는 자양궁紫陽宮의 석선고石仙姑입니다. 속가俗家의 성姓은 석씨가 아니었으나 석녀石女로 태어나 버림을 받았으니 석고石姑라는 호를 가지게 됐습니다.

악영현이 다시 입을 비죽거리면서 울먹이더니 계속 말을 이어나갔다.

> 백 가지 성 중에 나의 성이 있고 천자문에 내가 아는 글자가 있는데, 어찌하여 나는 인간의 연화煙火를 먹는 속가로 돌아가지 못하고 여기 누관樓觀에 몸을 담고 있는 걸까…….

악영현이 말을 마치고는 괴로운 듯 몸을 뒤틀면서 고통스러운 표정을 지었다. 이어 치맛자락을 움켜잡고 한 발 앞으로 나서면서 자신의 처절한 과거를 하소연하기 시작했다. 장내는 갑자기 숙연해졌다.

그렇게 무대에서 연극이 한창인 와중에 백옥란이 몰래 다가와 국태의 귓전에 대고 나직이 아뢰었다.

"내복이 밖에서 중승 대인을 기다리고 있습니다. 긴히 아뢸 말씀이 있다고 합니다. 유 대인인가 하는 누군가가 왔다면서 안색이 대단히 초조해 보였습니다……."

백옥란의 말이 채 끝나기도 전에 국태의 얼굴에서는 즉시 웃음이 사라졌다. 그는 두려낭 분장의 우스꽝스러운 옷차림과 행색에도 아랑곳하지 않고 그대로 내달리듯 밖으로 뛰쳐나갔다.

우역간도 순간 가슴이 철렁했다. 급기야 머릿속이 아득해지면서 눈앞이 캄캄해졌다.

순간 눈치 빠른 관리들은 무대 위의 심상치 않은 움직임을 보고 즉각 이상한 낌새를 알아챘다. 곧바로 객석에서 소동이 일기 시작했다. 서로 고개를 맞대고 수군거리는 소리가 들리는가 하면 목을 길게 빼들고 두리번거리면서 눈치를 살피는 이들도 있었다. 어떤 이들은 측간을 간다면서 슬그머니 자리에서 빠져나가기도 했다. 곧이어 무대 아래에서는 때 아닌 큰 소동이 일었다. 관리들과 가솔들은 전부 일어나 안절부절못했다. 모두 당황한 표정으로 벌집을 쑤셔 놓은 것처럼 수군거리기 시작했다…….

아수라장이 따로 없는 와중에 동쪽 벽 쪽에서 5품 정자를 단 관리가 모습을 드러냈다. '흠차대신 유'欽差大臣 劉라는 글씨가 새겨진 등롱을 받쳐 든 아역들이 두 줄로 그를 에워싸고 나타났다. 곧이어 명령을 받았음직한 관리 한 명이 무대 위로 올라가 큰 소리로 외쳤다.

"국태는 어지를 받거라. 나머지 문무 관리들은 모두 뒤로 물러나 무릎을 꿇어라!"

마당 이곳저곳으로 무질서하게 흩어진 좌중의 사람들은 어디로 가야 '뒤로 물러나는' 것인지 몰라 무작정 뒷걸음질만 쳤다. 그 통에 서로의 발등을 밟고 엉덩방아로 뒷사람을 깔아뭉개는 등 난리도 그런 난리가 없었다. 순간 날카로운 욕설과 고함, 비명소리가 울려 퍼졌다. 장내는 완전히 아비규환의 아수라장을 방불케 했다.

그러자 유용을 수행한 몇몇 아역들이 다짜고짜 주먹을 휘두르면서 무섭게 질서를 잡아나갔다.

"뒤로 썩 물러가! 어서! 거기 떡 버티고 서 있으면 어떡해? 당신 말이야, 당신! 두리번거리기는? 약을 잘못 처먹고 나왔나, 쥐약 먹은 놈처럼 어리벙벙해 가지고!"

아역들은 채찍을 마구 휘둘러댔다. 그러나 실제로 때리지는 않았다. 하지만 최소 현령은 되는 계급의 문무 관료들이 아역들의 거친 언동에 꼼짝 못하고 당하고 있는 상황이었다. 이 빠진 그릇을 들고 죽 끓이는 천막 앞에 모여든 거지들처럼 밀어내는 대로, 몰아붙이는 대로 고분고분 움직이지 않으면 안 됐다.

그에 이어 또 두 줄로 등롱을 받쳐 든 친병親兵들이 나타났다. 그들은 심지어 각기 장검을 빼들고 기세등등하게 들어섰다. 등롱에 비친 얼굴들 역시 험상궂기 이를 데 없었다. 곧이어 전령傳令을 담당하는 관리가 큰 소리로 외쳤다.

"떠들지 말고 모두들 그 자리에서 꼼짝 마라! 함부로 떠드는 자는 즉각 체포해 엄벌에 처할 것이야!"

공포스러운 분위기가 한껏 고조된 가운데 어둠 속에서 누군가가 더 이상 버티지 못하고 쿵! 하고 통나무 넘어지듯 기절하고 말았다. 대청 동쪽 담벼락 아래에 엉거주춤 서 있는 국태 역시 넋이 나간 지 오래였다. 등롱을 받쳐 든 의장대가 눈앞을 언뜻언뜻 스쳐지나갔으나 그는 마치 악몽을 꾸고 있는 듯 그 자리에서 부들부들 떨면서 넋을 놓고 있었다.

이윽고 유용, 화신과 전풍이 순서대로 모습을 드러냈다. 유용은 얼굴에 지분脂粉을 잔뜩 바르고 알록달록한 배우 분장을 한 채 담벼락 아래에서 떨고 서 있는 국태를 한낱 희자戱子로 생각한 듯 그대로 스쳐지나갔다. 그러나 눈썰미 좋은 화신은 어느새 그를 알아보고 유용의 뒤를 빠른 걸음으로 쫓아갔다. 그리고는 유용에게 귀엣말을 했다.

"저자가 국태입니다."

유용은 걸음을 멈추지 않은 채 고개만 힐끗 돌려봤다. 그리고는 수행원에게 지시했다.

"가서 국태 대인에게 옷을 갈아입고 명령을 기다리라고 하거라."

분부를 마친 유용이 두 번째 마당으로 들어갔다. 그곳에서는 몇몇 친병들이 난폭하게 장내를 정리하고 있었다. 무대 위의 희자들을 무대 아래로 밀어내는 것은 기본이고, 악기와 무대의상을 넣어두는 상자들을 마구 내던지면서 거칠게 굴고 있었다. 그 모습을 본 유용이 미간을 찌푸렸다.

"지금 뭐 하는 짓인가? 절대 사람을 때려서는 안 돼! 무대는 스스로 정리하게 내버려두게!"

화신이 뒤이어 대경실색한 관리들을 향해 말했다.

"우리는 어지를 받고 임무를 수행하러 왔소. 여러분과는 무관하니 겁먹을 것 없소. 당황하지 말고 조용히 흠차대인의 명령에 따르도록 하시오."

화신의 말에 그제야 장내는 조금씩 안정을 되찾았다. 관리들이 모두들 뒤로 물러서자 뜰에는 자리가 생겼다.

잠시 후 어느새 공작孔雀 보복으로 갈아입은 국태가 종종걸음으로 달려 나왔다. 얼마나 급했는지 관모官帽의 보석 정자와 붉은 술이 한데 엉겨 붙은 것도 정리하지 못한 채였다. 심지어 마지막 계단 두 개를 한꺼번에 내딛는 통에 하마터면 보기 좋게 곤두박질을 칠 뻔했다.

국태는 비틀거리면서 앞으로 나갔다. 그의 얼굴에는 공포심이 역력히 드러나 있었다. 옷만 갈아입었을 뿐 얼굴은 분장한 그대로였으니 세상에서 가장 못 생긴 '두려낭'이 따로 없었다.

좌중의 사람들은 평소 같았으면 크게 웃음을 터트렸을 텐데 분위기가 워낙 심상찮아 그러지도 못했다. 남쪽을 향해 엄숙하게 돌아서 있는 유용 등 세 사람 역시 그런 흠을 잡을 때가 아니었는지라 잠자코 있었다.

마당에는 등불이 대낮처럼 밝았다. 칼과 창이 불빛에 차갑게 반사되어 분위기가 삼엄했다. 영문을 모르는 사람들 모두 국태에게 뭔가 심상찮은 일이 생겼다는 사실을 눈치챌 수 있었다. 급기야 국태는 서슬 푸른 분위기에 짓눌려 무릎을 꿇었다.

유용은 속으로 큰 한숨을 내쉬면서 천천히 입을 열었다.

"어지를 받들라! 유용은 오늘부터 국태의 가산家産을 낱낱이 수색하라! 국태는 이에 적극 협조하라!"

"예……, 어지를 받들겠사옵니다……."

국태가 비 맞은 빗자루처럼 잔뜩 웅크린 채 몸을 덜덜 떨면서 겨우 대답했다. 관리들 역시 일제히 무릎을 꿇었다. 유용이 선독宣讀(여러 사람 앞에서 낭독함)한 어지의 내용은 머리 바로 위에서 벽력이 터지듯 사람들을 혼비백산하게 만들었다. 저마다 몸을 낮추고 고개를 땅에 박지 않는 것이 이상하다고 할 정도였다. 그렇게 넓은 마당에 몇 백 명이 숨을 죽이고 있으니 마치 황폐한 묘당을 방불케 하는 죽은 듯한 정적이 감돌았다.

그때 유용이 여전히 높지도 낮지도 않은 어조로 지명했다.

"곽결청霍潔淸!"

"예!"

곽결청은 전령傳令을 맡은 5품 당관이었다. 그가 한발 앞으로 나섰다. 좌중의 사람들은 그제야 그가 흠차행원의 당관이라는 걸 알 수 있었다. 유용이 엉거주춤 자세를 취하고 선 당관에게 물었다.

"우역간은 어째서 안 보이는가?"

당관이 미처 뭐라 대답하기도 전에 관리들 틈에서 누군가가 큰 소리로 아뢰었다.

"여기 무릎 꿇고 있습니다."

귀에 익은 목소리였다. 관리들이 돌아보니 놀랍게도 아파서 못 나온다던 산동 안찰사 갈효화가 언제 왔는지 무리의 틈에 끼어 있었다. 이어 곽결청이 큰 소리로 외쳤다.

"우역간은 앞으로 나와 흠차대인을 알현하라!"

연거푸 두 번이나 이름이 불리고 나서야 갈효화와 가까운 자리에 엎드려 있던 우역간이 덜덜 떨면서 일어났다. 걸음을 내딛는 두 다리는 구름 위를 걷는 것처럼 비틀거리며 위태로웠다. 등불 아래 드러난 얼굴은 밀가루로 하얗게 빚어놓은 것 같았다. 관복 대신 편안한 회색 비단 두루마기를 입은 그는 일어나자마자 바로 그 자리에 털썩 무릎을 꿇었다.

"폐하께 자네의 정자를 떼어내고 재산목록을 수사할 것을 주청 올렸네."

유용이 딱딱하게 굳은 얼굴로 차갑게 내뱉었다. 이어 비아냥거리는 어조로 덧붙였다.

"어떻게 알고 관복을 안 입었군. 그래도 선견지명은 있나보군. 잠시 물러가 있게!"

수백 명에 이르는 좌중의 문무 관리들은 모두 약속이나 한 듯 우역간을 바라보면서 궁금한 눈빛을 숨기지 못했다. 자신들이 지켜보는 가운데 유용은 순무와 안찰사를 끌어내고도 아직 죄명을 선포하지 않았던 것이다. 그러나 유용의 형형한 눈빛이 쓸고 지나가는 곳에서 감히 그 시선을 마주하는 자는 단 한 사람도 없었다. 아니 오히려 본인의 이름이 혹시라도 거명될까봐 황급히 고개를 숙이면서 앞사람의 등 뒤에 숨어버리고는 했다.

그러나 유용은 더 이상 사람을 불러내지 않았다. 대신 화신이 노란 함에서 꺼내 건네는 종이를 받아 펼쳐들면서 말했다.

"지금부터 성유聖諭를 선포하겠다. 모두들 귀를 씻고 경청하라."

유용이 이어 천천히 글을 읽어 내려갔다.

하늘의 뜻을 받들어 천자가 명하노라:

산동 순무 국태는 원래 만주족의 일개 무명소리無名小吏에 불과했다. 어쩌다 운 좋게 내무부의 일을 맡게 되고 천박한 재주와 작은 공로로 짐의 성

은을 입었다. 수차례 초고속 승진을 통해 젊은 나이에 일방의 봉강대리封
疆大吏까지 되었다. 호호탕탕한 성은이 불변하고 조정의 은혜가 하늘같거
늘 인간이라면 마땅히 신하된 충직함으로 근로왕사勤勞王事해 국은國恩의
만분의 일이라도 갚으려는 자세를 보였어야 했다. 그러나 국태는 정무는
뒷전인 채 손공비사損公肥私(공공에 손해를 입히고 자신을 살찌움)에만 혈안이
되어 갖은 비리를 저질렀다. 성은을 저버린 건 차치하더라도 감히 짐에게
불명不明의 수치를 주다니, 실로 그 죄는 용서할 수 없다!

일전에 어사 전풍, 강남 학정 두광내 등이 올린 탄핵문 내용에 의하면, 국
태 이자는 탐욕과 방종이 극에 달해 국법을 무시하는 것은 예사요, 사리
사욕에만 혈안이 되어 있다고 했다. 또 안찰사 우역간 역시 한통속이 되
어 해민기군害民欺君을 일삼았다고 했다. 이자들이 담대해 죽음도 두렵지
않다는데 짐이 어찌 삼척의 서슬을 주저하겠는가? 유용과 화신 두 흠차가
밀주한 바로는 산동 여러 주현의 양고糧庫들은 이미 바닥이 났다고 했다.
국태 일당은 적자를 메워 흠차를 눈속임하기 위해 민간에서 은자를 빌리
는 짓도 서슴지 않았다고 했다. 짐은 처음에 이 사실을 믿지 않았다. 아니,
도저히 믿을 수가 없었다. 허나, 민간에서 돈을 빌렸다는 확증이 엄연하니
뉘라서 이를 거짓이라고 할 수 있겠는가? 이에 육백리 긴급으로 즉시 어지
를 내리노라. 유용과 화신은 즉각 국태, 우역간의 재산을 압수수색하고 우
역간의 정자와 계급을 박탈하라. 모든 수사가 마무리되고 죄행이 백일하
에 드러난 연후에 만천하에 이를 공개하고 엄벌에 처할 것이다.

좌중의 관리들은 흠차들이 느닷없이 들이닥친 이유를 그제야 알
수 있었다. 그러나 국태는 사시나무 떨 듯 떨며 여전히 정신을 차리
지 못하고 있었다. 옆자리에 무릎을 꿇은 우역간은 그런 국태를 힐끗
쳐다보면서 속으로 코웃음을 쳤다.

'오늘 보니 이거 순 종이호랑이였구먼. 잘난 척은 혼자 다 하더니……'

국태는 화신만 훔쳐보고 있었다. 그러나 화신은 한 점 흐트러짐 없는 표정으로 전방을 응시한 채 그에게는 전혀 시선을 주지 않았다. 도무지 속내를 짐작할 수 없는 자세였다.

모두가 전전긍긍하면서 불안에 떨고 있는 와중에도 어지 선독은 계속 이어졌다.

뇌물을 상납한 부하 관리들은 잘 듣거라. 그자들 중에는 일신의 영달을 위해 졸렬한 짓을 한 자도 있겠으나 국태 등의 끝없는 탐욕의 희생양이 된 사람도 있을 수 있다. 고로 부정에 연루된 자들은 지금이라도 강요된 뇌물 상납의 실태를 추적하는 데 협조하라. 본인의 죄를 숨김없이 자백한다면 짐은 그 죄를 반감해줄 것을 약속한다. 일전에 감숙성에서는 왕단망과 늑이근의 사건 때문에 수많은 관리들이 지엄한 법의 심판을 받았었다. 이번에는 산동의 관리들이 그 전철을 밟고 있으니 짐은 분노를 금할 수 없다. 그러나 이번에는 감숙성 사건 때처럼 대옥大獄을 일으킬 수는 없는 바, 유용 등은 철저한 수사를 거쳐 증거를 확보한 후에 짐에게 상주하도록 하라. 이상!

장장 수백 자에 달하는 유고諭告(타일러 훈계함, 또는 나라에서 결정한 일을 여럿에게 알림)를 다 읽고 나자 장내에는 숨 막힐 듯한 침묵이 감돌았다. 산동에서 태어나 북경에서 자란 유용은 사람들이 알아듣기 쉽게 일부러 산동 말과 북경 말을 섞어 또박또박 읽었다. 어지 내용을 요약하면 국태와 우역간의 죄는 엄히 묻되 나머지 관리들은 죄를 이실직고하고 뉘우치는 정도에 따라 가볍게 처벌하거나 용서해 줄 수 있다는 것이었다. 또 감숙성 사건 때처럼 범죄에 연루된 관리들을 모두 엄벌에 처하지는 않을 거라는 내용도 들어 있었다.

좌중의 관리들은 내심 크게 안도했다. 그러나 그들은 당장 어떻게 대처해야 할지 몰라 서로 눈치만 살폈다. 그러자 화신이 눈을 부릅뜨면서 일갈을 했다.

"다들 사은을 표하지 않고 뭘 하는가? 다른 건 가르쳐 주지 않아도 잘하면서 이런 건 일일이 알려줘야겠어?"

"성은이 망극하옵니다……."

좌중의 관리들은 그제야 중구난방으로 사은을 표했다. 쿵쿵 머리 조아리는 소리가 계단을 뛰어 오르는 발소리처럼 무질서하게 이어졌다.

"희자들에게는 은자를 상으로 내려 돌려보내게. 연극구경 나왔던 관리들도 각자 집으로 돌아가 명을 기다리게."

전풍이 한 발 앞으로 나서면서 말했다. 그리고는 곽결청을 향해 지시를 했다.

"연극구경 왔던 사람들은 붙잡지 말고 돌려보내 주게. 수색에 앞서 국 대인의 집에 머물고 있는 친척, 식객, 막료들은 국 대인에게 물어 잘 안치시키도록 하게."

전풍이 말을 마치고는 고개를 돌려 국태에게 물었다.

"국 대인, 달리 불만은 없겠죠?"

국태는 바로 머리를 조아렸다. 이어 원한 서린 눈빛으로 전풍을 몰래 흘겨보면서 대답했다.

"이 안에 있는 것은 모두 범관犯官의 재산입니다. 범관에게는 오 년 전 남정男丁을 먼저 떠나보내고 집에 와 있는 여동생이 있습니다. 젊은 나이에 청상과부가 된 여동생을 가엾이 여겨 뒤뜰 화원에 암자를 지어 수행하게 했습니다. 다른 건 압수수색하더라도 그곳만은 삼가주셨으면 합니다. 정 안 된다면 어쩔 수 없겠지만 말입니다……."

기인旗人들의 여인 중에도 먼저 간 남정네를 위해 수절하면서 수행하는 여인이 있다니! 전풍은 국태의 말에 자신도 모르게 숙연한 마음이 들었다. 차갑고 꼿꼿하던 눈빛이 한결 부드러워졌다. 그가 천천히 입을 열었다.

"그럼 그 암자는 국 대인 여동생의 사유재산으로 보고 압수수색하지 않겠소. 곽결청, 시작하게! 방 한 칸을 비워 아녀자들을 잘 안치하게. 어떤 이유에서든 몸수색은 절대 아니 되네! 수색하는 도중에 재물을 훔치거나 가인들을 괴롭히는 자에 대해서는 엄벌에 처할 것임을 분명히 해두게!"

곽결청은 일찌감치 열을 지어 명을 대기하고 있는 친병들에게 달려가 전풍의 명령을 전달했다. 드디어 압수수색이 시작됐다. 등롱을 받쳐 든 친병들은 이 방 저 방, 이 구석 저 구석 사방으로 쳐들어갔다. 곧 아녀자들의 비명소리와 울음소리가 여기저기서 터져 나왔다. 화신은 그 소란스러운 틈을 타 자신의 종복인 유전을 한쪽으로 끌고 가 귀엣말을 했다.

"빨리 들어가서 장방賬房(금고와 장부 등을 보관하는 곳)을 선점해. 다른 건 제쳐두고 장부와 지출명세서 같은 건 모두 찾아내 태워버려. 들킬 것 같으면 태우지 말고 나에게 가져다 줘. 명심해, 여러 사람의 목숨이 달린 문제니 반드시 찾아야 해!"

화신은 단단히 일러주고 나서 슬그머니 '소피'를 보러 측간으로 향했다. 한참 후 돌아와 보니 관리들이 전부 물러간 자리에 국태 혼자 청승을 떨면서 무릎을 꿇고 있었다. 화신이 국태를 힐끗 쳐다보면서 유용에게 말했다.

"우역간이 집에 돌아가 가인들을 만나보고 싶다면서 윤허해 주십사 청을 했습니다. 집을 수색할 때 주인이 자리에 있는 것도 나쁠 건 없지 않겠습니까?"

"가보라고 하오. 다른 사달을 일으키지 못하게 사람을 붙여 보내시오."

유용이 허락한다는 요지의 말을 했다. 화신은 그 와중에 국태를 힐끗 쳐다봤다. 이어 웃으면서 말했다.

"사건이 아직 완결되지도 않았는데 설마 자진自盡(자살)이야 하겠습니까! 염려놓으세요, 제가 사람을 단단히 붙이겠습니다. 중죄를 지은 자일수록 삶에 대한 애착이 더 크다고 합디다!"

화신이 말을 마치고는 바로 자리를 떴다. 전풍 역시 내원에서 혼란을 틈타 새로운 범죄를 저지르는 자들이 있는지 여부를 감시하겠다면서 자리를 떴다. 얼마 후 혼자 남게 된 유용은 멍하니 땅바닥만 뚫어지게 바라보는 국태를 보면서 한숨을 내쉬었다.

"국태 형, 그만 일어나 세수나 하고 오시오. 꼴이 말이 아니네."

국태는 '국태 형'이라는 한마디에 그만 가슴이 뭉클해졌다. 순간적으로 울컥하면서 눈물이 쏟아졌다. 이어 소매로 눈물을 훔치면서 일어나려고 했다. 그러나 그 자리에 도로 주저앉고 말았다. 장시간 꿇어 앉아 있었던 탓에 무릎이 아프고 다리가 저렸던 것이다. 그 모습을 지켜보는 유용은 마음이 편치 않았다.

잠시 후 화신과 유전이 앞서거니 뒤서거니 하면서 다시 나타났다. 유용이 물었다.

"내원에 들어갔었소? 안의 상황은 어떠하오?"

"별일은 없습니다. 가인들을 잘 안치하고 찻물과 다과도 내주게 했습니다. 곽결청이 그의 부하들과 손발을 착착 맞춰가며 잘하고 있는 것 같았습니다."

화신이 한결 평온해진 표정으로 대답했다. 이어 유용에게 물었다.

"헌데 유 대인께서는 어찌 좀 우울해 보이십니다. 무슨 안 좋은 일
이라도 있습니까?"

유용이 고개를 끄덕였다. 그리고는 걸어가면서 얘기하자는 듯 손
짓을 해 보였다.

"바람이 찬데 여기 이러고 있지 말고 정청正廳에 나가 얘기하지.
……마음이 무거워서 그러오. 어떤 일은 나도 감을 잡을 수 없소. 국
태는 사천四川 총독인 문수文綬의 아들이오. 국태의 부친과 선부先父께
서는 사이가 각별하시었소. 그래서 나와 국태도 어릴 때부터 서로 잘
아는 사이였소……."

유용이 뭔가를 찾듯 고개를 들어 하늘을 보면서 깊은 한숨을 토해
냈다. 그리고는 다시 천천히 말을 이었다.

"국태의 부친이 실수를 저질러 멀리 이리伊犁 지역으로 유배를 갔던
적이 있었소. 그때 국태는 자신이 아비를 대신해 군 복무를 하겠다
고 청원했었소. 대신 속죄하겠다고 한 것이오. 아비를 위하는 효심이
극진한 사람이었소. 그래서 나도 그를 내심 존경했었소. 충신은 효자
에서 나온다고 하는데, 그런 국태가 어찌 오늘날 이 모양이 됐는지
모르겠소. 왕단망, 늑이근의 사건이 얼마나 큰 파란을 몰고 왔소? 십
수 명의 목을 치고 백 명도 넘게 파직시켜가며 온 천하를 떠들썩하
게 만들었지. 그 밖에도 고향과 악선, 전도……. 불행을 자초한 자들
이 얼마나 많은데 바보도 아닌 국태가 그 전철을 밟는다는 말이오?
실로 불가사의한 일이 아닐 수 없소."

화신은 유용의 말을 곰곰이 되씹어봤다. 그러나 유용이 무엇 때문
에 자신에게 이런 얘기를 하는지 속뜻을 전혀 짐작하지 못했다. 사

실 유용은 화신에게 경종을 울려준 것이었다. 물론 화신의 생각은 달랐다. 유용이 국태에 대한 여정餘情이 아직 남아 괴로워하는 줄로만 알았다.

화신이 그런 생각을 하면서 막 입을 열려고 할 때였다. 유용이 다시 길게 탄식을 내뱉었다.

"그뿐만이 아니오. 평소에 꽤 괜찮다고 생각해왔던 사람들이 하루아침에 국충민적國蟲民賊으로 전락해 가는데 난들 무슨 방법이 있겠소? 쳐버리고 파버리는 수밖에!"

화신은 '적당히 변통變通해 처리'할 수도 있지 않겠느냐는 식으로 말하려고 했었다. 그러나 유용의 마지막 한마디에 겁을 집어먹고 입을 꾹 다물고 말았다. 화신은 결국 아무 말도 못하고 유용을 따라 정청으로 돌아왔다. 두 사람이 화롯불 옆에 자리하고 앉자 국태가 휘청거리면서 들어섰다.

"서지瑞芝."

유용이 국태에게 자리를 내주고 나서 그의 호를 불렀다.

"공公은 공이고, 사私는 사요. 엄연한 죄증罪證이 있으니 나에게는 그대를 도와줄 방법이 없소. 달리 폐하께 아뢸 말이 있으면 솔직히 고백하시오. 폐하께서는 그대의 상주문을 받아보시지 않을 테니 나하고 화 대인이 원문 그대로 전해드릴 생각이오."

국태는 어느덧 악몽에서 깨어난 듯했다. 눈빛이 슬슬 되살아나고 있었다. 그는 화신을 쏘아보면서 차분하게 입을 열었다.

"적자는 조사한 바와 같습니다. 그 정도 액수입니다. 모두 사실입니다. 더 이상 할 말이 없습니다. 우리 부찰富察씨 일가는 자손 대대로 국은國恩을 먹고 부족함 없이 광영을 누리면서 살아왔습니다. 저 역시 어려서부터 폐하의 성은을 입어 봉강대리에까지 제수된 몸입니다.

여태껏 촌척의 공로도 세우지 못했는데 소인배들의 작당에 놀아나 고은庫銀이 간 데 없이 유실돼버렸으니 더 이상 폐하를 알현할 면목이 없습니다. 하늘에 사무치는 죄를 지었습니다. 폐하의 선처를 호소할 양심조차 없으니 폐하께서 이놈의 죄를 엄히 물으시어 백관들에게 경종을 울려주셨으면 하는 바람뿐입니다. 저의 폐부에서 우러나오는 말을 두 분 흠차께서 부디 폐하께 전해주셨으면 감사하겠습니다."

화신은 국태의 쏘아보는 눈빛을 감히 직시하지 못했다. 오형五刑을 당하는 것보다 더 감내하기 힘들 정도였다. 하지만 그는 혼신의 힘을 다해 겁먹은 기색을 드러내지 않으려고 애썼다. 또 이럴 때 말 한마디 잘못했다가는 엄청난 곤경을 치르게 될 것이니 아예 입을 봉하고 있는 것이 상책일 것 같다는 생각도 했다. 국태의 얼굴을 적당히 외면한 채 가끔 부흠차의 신분으로 고개를 끄덕이면서 귀담아 듣는 척만 했다.

"내가 국태 형에게 미리 해둘 말이 있소."

화신과 국태의 속내를 알 길이 없는 유용이 다시 침묵을 깼다.

"재산을 압수수색하는 것은 나 혼자서 하는 일이 아니오. 형부에서 폐하의 어지를 받아 오래 전부터 정탐에 들어갔었소. 국 순무는 수뢰 혐의를 인정하든 안 하든 죗값은 피할 수 없게 됐소. 본인은 엄청난 부를 축재하고 있으면서 국고는 흔적도 없이 텅텅 비었으니, 이는 곧 한 개 성省의 살림을 책임진 중승의 죄를 물을 수밖에 없다는 얘기요. 그러니 혹시 은닉했거나 명의를 이전시킨 재산이 있으면 지금이라도 털어놓기를 바라오. 그렇지 않고 우리가 수사를 통해 색출해 내는 날에는 재산 몰수는 물론 본인과 일문구족一門九族 모두 연루돼 엄청난 화를 자초하게 될 것이오. 그때 가서는 후회해도 소용없을 거요."

국태가 의자에 앉은 채 몸을 숙이면서 대답했다.

"조상들로부터 물려받은 재산이 적지 않고 폐하께서 은혜를 베풀어 주신 데다 벗들이 조금씩 선물한 것도 있어 몇 십 년 동안 모은 재산이 적지 않습니다. 이미 폐하와 종묘사직 그리고 조상들의 체통에 금이 가게 한 죄가 하늘을 찌르는데 제가 어찌 감히 더 이상의 죄를 자초할 수 있겠습니까? 폐하께 아뢰어 주십시오. 색출해 낸 재산이 얼마이든 모두 국고에 헌납해 이 몸의 죄를 만분의 일이라도 갚고 싶다는 뜻을 전해주십시오."

유용이 고개를 갸웃거리면서 물었다.

"벗들에게서 선물로 받았다는 건 뭐요?"

국태가 바로 대답했다.

"남의 집 관혼상제 때 부지런히 쫓아다녔더니 제가 당한 처지를 안타까이 여겨 다들 바쁜 와중에도 한 번씩 와줍디다. 그렇게 받은 축의금이니, 부의금 따위를 말하는 겁니다. 세상에는 별의별 몰염치하고 졸렬한 인간 말종이 있는가 하면 의로운 벗들도 참 많습디다."

국태가 말을 마치고는 다시 화신에게 시선을 던졌다. 또 한 대 얻어맞은 화신은 이런 화제를 두고 계속 얘기하는 것이 부담스러운 듯 억지로 미소를 지었다. 이어 천천히 입을 열었다.

"자시子時가 다 됐죠? 우역간에 대한 조사가 어느 정도 진척됐는지 가봐야겠어요."

유용 역시 시계를 꺼내 보면서 일어섰다.

"이번에는 내가 가볼 테니 화 대인은 여기 남아 국 순무하고 얘기나 좀 나누시오. 오늘밤 묵을 장소도 마련해주고."

화신은 내심 바라던 바였으나 정작 단둘이 마주앉는 기회를 갖게 되자 두렵기도 했다. 자신도 모르게 가슴이 철렁했다. 곧이어 그는 유용을 문 밖까지 배웅하고 나서 어둠 속에서 찬 공기를 힘껏 들이마셨다. 그러자 조금 진정이 되는 것 같았다.

화신은 서둘러 방안으로 돌아왔다. 잠시 어색한 침묵이 흘렀다. 국태가 먼저 단도직입적으로 입을 열었다.

"내가 보낸 물건은 잘 받았겠지?"

국태의 입가에 싸늘한 미소가 번졌다. 눈빛은 얼음장처럼 차가웠다. 화신은 그런 국태의 시선을 똑바로 응시하면서 속으로 천 번이고 만 번이고 연습했던 말을 털어놓았다.

"받았다고 할 수도 있고 그림자도 보지 못했다고 할 수도 있지."

화신이 대수롭지 않다는 표정을 지었다.

"그게 무슨 뜻이오?"

"사람을 너무 늦게 보냈소."

화신이 소름끼치는 미소를 지으면서 덧붙였다.

"나는 군기처에서 국 중승을 노리고 있다는 사실을 일찍부터 알고 있었소. 그러니 그쪽에서 금산金山을 통째로 털어 보낸들 내가 감히 받을 수 있겠소? 설령 그쪽에서 뒤끝이 깨끗한 상태로 순수한 우정의 발로에서 보냈다고 할지라도 나는 안 받았을 거요. 왜냐하면 나는 곧 군기처로 입직할 사람이니까. 공명을 은자로 바꾸는 어리석은 일은 당분간 자제해야 할 것 아니오? 나는 숭문문 세관에 몇 해 동안 몸담고 있으면서 녹봉을 적지 않게 모아뒀소. 아주 넉넉하지는 못해도 누구에게 아쉬운 소리는 안 해도 될 정도로 충분하오. 나는 금은金銀을 분토糞土 보듯 하는 성현이 아니오. 그렇다고 돈을 위해 하나밖에 없는 머리통을 내걸고 도박을 할 그런 바보도 아니라는 말이오."

이런 것을 일컬어 적반하장이라고 하는가? 국태는 뻔뻔스럽기 그지

없는 화신의 얼굴을 보면서 억장이 막히는 것 같았다. 한참 동안 입을 벌리고 멍하니 있다가 겨우 다시 한마디를 물었다.

"그럼……, 그 은자는 대체 어디로 간 거요?"

화신이 바로 냉소를 터트렸다.

"그걸 왜 나에게 묻소? 나는 국 순무가 보낸 사람을 만난 적이 없소. 우리 집사가 접견했다는데, 내가 세 가지를 전해주라고 했소. 첫째, 국태의 일은 폐하께서 진노하시는 중대사안인 만큼 아무도 가까이 접근해서는 안 된다. 둘째, 국태가 친히 나에게 다녀가면 내가 최선을 다해 도와줄 수는 있다. 내가 의죄은자議罪銀子를 수납하는 업무를 맡고 있으니 '출혈' 정도를 봐가면서 폐하께 선처를 청해줄 수도 있다. 그랬더니 그 사람은 은자를 싸들고 가버렸다고 하더군."

국태는 머릿속이 검불처럼 복잡해졌다. 아직껏 그 가인이 돌아오지 않았으니 앞뒤 사연을 확인할 방법도 없었다. 돈을 주고받은 증거가 없으니 무작정 화신을 물고 늘어질 수도 없었다. 그때 화신이 대못을 박듯 날카롭게 쏘아붙였다.

"왜? 나를 모함이라도 하겠다는 거요?"

뾰족한 방책이 없는 국태가 황급히 입을 열었다.

"무슨 말씀을 그리 하시오? 내가 무슨 근거로요. 은자를 못 받았다니 그건 가인에게 물어보면 자초지종을 알 수 있지 않겠소? 애당초 은자를 보낸 것도 앞으로 좋은 벗으로 사귀어 보자는 뜻이었지 청탁 같은 건 절대 아니었소……."

"그런 과분한 선물을 안 받아도 말만으로도 고맙소."

화신은 국태가 의외로 순순히 꼬리를 내리자 내심 놀라면서도 적이 안도했다. 그리고는 홀가분한 미소를 지으면서 말을 이었다.

"이렇게 알고 지내게 된 것도 다 연분이 아니겠소? 나도 그깟 은자

몇 냥에 목을 매는 사람은 아니니 힘닿는 데까지 열심히 돕겠소. 벗이라는 것은 이래서 좋은 거 아니오? 아니면 성현께서 어찌 붕우朋友를 오륜五倫에 포함시켰겠소!"

국태는 고개를 푹 숙였다. 그는 지금의 상황에 대해 어이가 없었다. 도대체 어쩌다 이런 적반하장을 당해야 하는지, 그리고 자신이 무엇 때문에 별 볼 일 없는 화신 앞에서 쩔쩔매야만 하는지 분하고도 서글펐다. 만주족의 귀공자로 태어나 승승장구하는 나날을 보내온 그였지만 누가 뭐래도 이 바닥에서 '놀기'에는 내공이 많이 부족했다. 때문에 지금의 상황은 온실에서 자란 화초가 폭풍우에 의해 처참하게 뿌리 뽑히는 격이라고 해도 좋았다. 애당초 그는 교활하고 간사한 화신의 상대가 못 됐다. 화신이 세 치 혓바닥으로 자신의 껍질을 발라내는 동안 아프다고 비명을 지르기는커녕 억지로 즐거운 표정까지 지어야 했으니 승부는 이미 끝난 셈이었다.

국태가 한참 동안 두 손으로 머리를 감싸 쥐고 있다가 고개를 들어 화신을 바라봤다. 이어 마치 코를 꿰인 채 끌려가는 황소의 구슬픈 눈망울을 방불케 하는 눈빛으로 화신을 바라보면서 말했다.

"주인이 곤경에 처하면 개들마저 외면한다는 처량한 세태요. 그런데 화 대인은 나를 되레 벗으로 대해 주시겠다니 실로 그 은혜를 어찌 갚아야 할지 모르겠소. 언제라도 내가 기적같이 동산재기東山再起하는 날에는 필히 열배, 백배로 그 은혜를 갚을 것이오!"

"이보게, 서지! 그대도 참 딱하구려. 어찌 명민한 사람이 그런 불민한 짓을 했소?"

화신이 마치 노파가 넋두리를 하듯 말했다. 이어 준엄하게 꾸짖었다.

"십팔행성十八行省의 총독과 순무들도 다 그대 정도의 부富는 쌓아

두고 사오. 그리고 어느 성인들 적자가 없겠소? 그러고도 다들 멀쩡한데 어찌 유독 그대만 올가미에 걸려 이리 곤욕을 치르고 있는가 말이오!"

국태는 형언할 길 없이 복잡한 눈빛으로 화신을 바라봤다. 동시에 마른침을 꿀꺽 삼켰다. 그러나 입 밖으로는 한마디도 내뱉지 못했다.

21장
이녀夷女 용비容妃

　화신은 세 살배기 코흘리개에게 셈하는 법을 가르치듯 손가락을 꼽아가면서 천천히 말을 이었다.

　"내 말을 좀 들어보시오. 첫째, 설령 내가 국 순무의 호의를 받아 챙겼다 칩시다. 그런데 다른 때도 아니고 하필 문제가 터지고 나서 나를 물고 늘어지는 건 송곳으로 자기 눈을 찌르는 것처럼 어리석은 짓이 아닐 수 없소. 여태까지 뭘 하고 있다가 내가 조사를 하러 내려오고 나서야 종아리를 덥석 무느냐 이거지. 둘째, 국 순무가 나 외의 다른 대신들에게 인사치레를 안 했다는 보장도 없지 않소? 결과가 여의치 않다고 해서 아무나 물어버리면 폐하께서는 그대를 눈에 뵈는 게 없는 미친개 취급밖에 더 하시겠소? 다른 대신들 역시 국 순무가 나에게 하는 꼴을 본다면 가만히 있겠소? 아마 국 순무로부터 금시계 하나라도 건네받은 사람들이라면 모두들 국 순무의 혓바닥을 잘라버리든가 다리몽둥이를 분질러 버리려고 들 거요. 언제 자기 뒤통수를 칠지 모르는 자를 누가 구해주려 하겠소? 몇 년 전 떠들썩했던 고항과 전도의 사건만 봐도 답이 나오지 않소? 두 사람이 어쩌다 그렇게 처참한 최후를 맞이했는지 모르겠소? 한 사람은 장래가 촉망되는 국구國舅였소. 또 한 사람은 폐하의 성총이 남다른 고굉대신股肱大臣이었소. 재상 부항은 두 사람을 안타깝게 여겨 간곡하게 폐하께 선처를 호소했소. 결과적으로 폐하께서도 성심이 흔들리고 계셨소. 참립결斬立決이 자꾸만 뒤로 미뤄진 걸 보면 어떻게든 추결秋決 때까지 기다렸다가 이런저런 이유를 들어 특별히 은사恩赦(나라에 경사가 있을 때 죄가 가벼운 죄인을 풀어주는 것)라도 시켜주려 하셨던 것으로 기억하오. 그러나 그들은 불민하기 짝이 없었소. 성심을 헤아리지 못한 거요. 좋은 데도 아니고 저승 가는 마당에 혼자 가기 뭐 그리 아쉽다고 이 사람 저 사람 친소親疎를 가리지 않고 마구 물고 늘어졌으니…….심지어 구천九泉에 있는 눌친까지 들먹이면서 폐하의 꿈자리를 사납게 해드렸다는 거 아니오. 그러니 관가 전체가 술렁였소. 결국 미친 개의 소란을 더 이상 간과할 수 없었던 문무백관이 합심해서 그들의 입을 막아버렸던 거요."

화신이 말을 마치고는 냉소를 머금으면서 찻잔을 집어 들었다. 국태는 다시 한 번 온몸에 소름이 쫙 끼쳤다. 자기도 모르게 식은땀이 줄줄 흘러내렸다. 잔뜩 겁에 질린 그는 말까지 더듬었다.

"계집도 아니고 칠척七尺의 사내가 어찌, 어찌 사람을 물겠소이까? 천 가지 죄, 만 가지 죄라 해도 혼자 떠안고 죽어야 하는 것 아니겠소."

"그러게 말이오. 옆에서 지켜보니 과연 생사生死는 일념一念의 차이에서 온다는 걸 실감하겠더라고."

화신이 덧붙였다.

"다행히 조정에서는 특정 여덟 가지 죄목에 해당되는 자에게 특별 감형 혜택을 내린다는 '팔의제도'八議制度가 오래 전부터 시행 중이오. 일전에는 의죄은 제도라는 것도 새로 나왔소. 둘 다 내 목소리가 반영될 수 있는 사안인 만큼 내가 분위기를 봐서 힘닿는 데까지 나서 볼 테니 잠자코 있어 보시오. 그림이라는 것은 덧칠을 하면 할수록 볼썽사납게 되는 법이오. 마음만 앞서면 오히려 대사를 그르치는 수가 있으니 괜히 이 구멍 저 구멍 들쑤시면서 다니지 말고 잠자코 있으시오. 우선 적자가 난 부분의 은자는 어디로 샜는지, 부하들의 '인사치레'는 누구한테 얼마나 받았는지 숨김없이 폐하게 이실직고하도록 하오. 내 말을 듣는 게 좋을 거요. 착오를 뼈저리게 뉘우치고 개과천선을 맹세하는 간곡한 어조로 상주문을 올려 폐하를 감화시키면 곧 '유암화명우일촌'柳暗花明又一村(길 없는 첩첩산중을 가다가 보니 버들 그늘 깊고 꽃 밝은 마을이 나온다는 뜻)의 국면을 맞게 될 것이오."

그때 밖에서 발걸음소리가 들려왔다. 이어 유전과 전풍이 들어섰다. 화신이 물었다.

"유 대인께서는 아직 우역간의 집에 계시오?"

전풍이 백치처럼 명한 표정을 짓고 있는 국태를 힐끗 쳐다보고는 두 손을 비비면서 대답했다.

"날 밝을 때쯤 돼야 끝날 것 같다고 하오. 그래서 말인데 출출하면 밖에서 국물 한 그릇씩이라도 사먹으라는 석암 공의 분부가 계셨소. 여태 얘기 중이었소?"

"꽤 많은 얘기를 나눴소."

화신이 무거운 등짐을 벗어놓은 듯 홀가분한지 길게 기지개를 켰다. 그리고는 하품이 섞여 분명치 않은 말투로 국태에게 말했다.

"듣기 좋은 타령도 세 번이라고, 자꾸 강조해서 안 됐소만 다른 사람을 걸고 물속에 뛰어들 생각은 마시오. 재산을 다른 데로 은닉하느라 괜히 고생할 필요도 없소. 모든 걸 솔직히 고백하는 게 좋을 거요. 죄를 인정하는 태도 여하에 따라 동정도 받을 수 있는 법이오. 피곤해 보이는데 가서 좀 쉬시오. 무슨 일이 있으면 언제든 좋으니 우리 셋을 찾아오도록 하오."

"예······."

"파관罷官은 잔치 뒤끝과도 같으니, 낭자한 배반杯盤에 남은 건 적막뿐이로다!"

화신이 말을 마치고는 어디서 주워들은 소리를 한 구절 중얼거렸다. 그리고는 웃으면서 덧붙였다.

"죄를 자백할 의사는 충분히 있는 것 같은데 폐하께서 어찌 받아들이실지 궁금하오."

유용을 비롯해 화신과 전풍이 공동으로 올린 600리 긴급 상주문이 북경에 도착한 것은 일명 '파오'破五라 불리는 정월 초닷새였다. 이날 민간에서는 술과 고기로 잔치를 베풀어 묵은 재신財神을 보내고 새로운 재신을 맞이하는 풍속이 있었다. 이렇게 하면 초엿새부터 개시開市하는 장사가 잘된다는 속설이 있었다.

'파오'에는 뜨는 해를 먼저 맞이하는 자가 길운을 독차지한다고 했다. 그래서 북경의 가가호호에서는 거의 밤을 꼬박 새우다시피하며 등촉을 밝히고 있었다. 이어 삼경三更부터 폭죽소리가 콩 볶듯 터져나왔다. 그러는가 싶더니 곧 크고 작은 거리와 골목에는 추위도 잊은 채 몰려나온 남녀노소들로 북새통을 이뤘다.

군기처에서는 우민중이 당직을 서고 있었다. 그러나 그는 워낙 숙면을 취하지 못하는 체질에다 머릿속까지 복잡해 이리저리 뒤척이다 밤을 꼬박 새우고 말았다. 그래서 주사갑奏事匣이 들어오자마자 벌떡 자리를 차고 일어날 수 있었다.

상주문은 지방관들이 올린 문후 상주문이 대부분이었다. 그런 가운데 화칠火漆로 봉한 서간 하나가 유난히 그의 눈에 띄었다. 유용의 상주문이었다. 그러지 않아도 시비에 휘말려 있는 우역간의 근황이 궁금했던 우민중은 서둘러 유용의 서간부터 뜯어봤다.

신 유용과 화신, 전풍은 산동 순무 국태, 안찰사 우역간의 불법탐묵不法貪墨과 관련해 무릎 꿇어 상주하옵니다. 이 두 사람은 일방의 부모관父母官으로서 기본적인 책임감마저 저버린 채 부하들에게 뇌물 상납을 강요해왔사옵니다. 또 유희에 빠져 직무에 태만하였기에 고은庫銀은 바닥이 나고 무려 이백칠만 사천육백십삼 냥 사 전이라는 적자를 초래했사옵니다. 어지를 받들어 가산을 압수수색해 낸 재산목록을 함께 동봉했사오니 어람을 청하는 바이옵니다.

재산목록이랍시고 동봉한 서류는 제법 두툼했다. 단정하고 힘 있는 해서체로 적은 상주문 역시 장장 수천 자는 될 것 같았다. 잠을 자지 못해 반쯤 풀려 있던 우민중의 두 눈은 갑자기 초롱초롱해졌다. 단숨에 읽어내려 가니 우역간의 죄질이 가볍지만은 않다는 생각이 들었다. 어느새 그의 손에는 식은땀이 흥건히 배어났다. 상주문이 눅눅해질 정도였다.

"일찍도 일어나셨소, 우공于公!"

우민중이 넋을 놓고 있을 때였다. 밖에서 기윤이 차가운 아침 공기를 앞세우면서 힘 있는 발걸음으로 들어섰다. 그가 몰고 들어온 공기

속에는 폭죽의 매캐한 화약 냄새도 섞여 있었다. 기윤이 추위에 빨갛게 얼어붙은 코끝을 실룩거리면서 웃음을 지었다.

"감투를 쓴 자들만 재물을 좋아하는 줄 알았더니 백성들도 만만치 않은 것 같소. 재신을 조상보다 더 경건하게 모시는 것 같았소. 서로 먼저 재신을 맞겠노라고 밤잠도 안 잔 것 같더군. 동銅의 구린내가 그렇게도 좋은지! 길에 나가면 폭죽 쓰레기가 잔뜩 널렸다오. 나는 워낙 잠귀가 밝은 우 중당이 또 밤을 꼬박 샜겠구나 싶어서 궁문이 열리기 바쁘게 들어왔다는 것 아닙니까!"

우민중은 기윤의 농담을 받아줄 기분이 아니었다. 그래서 억지로 지은 미소에 얼굴은 더욱 일그러졌다. 그것을 본 기윤은 적이 긴장하지 않을 수 없었다. 그가 물었다.

"무슨 일이 있는 거요?"

우민중이 입술을 꽉 깨물며 들고 있던 상주문을 기윤에게 건네줬다.

"유용 공이 올린 상주문이에요. 읽어보세요."

기윤이 말없이 상주문을 받아들었다. 이어 우민중과 달리 먼저 제목과 끝 부분부터 보는 습관대로 상주문을 읽었다.

……위와 같이 국태와 우역간은 탐묵과 갈취, 낭비와 착복 등의 죄질이 엄중한 자들이옵니다. 이들의 위식僞飾(말이나 행동을 거짓으로 꾸밈. 가식) 수법과 요상한 기량들은 신이 떠나올 때 폐하께서 예측하셨던 그대로였사옵니다. 다시금 성총聖聽의 고원高遠함과 성명聖明함을 우러러 경앙하옵니다. 신들은 국태와 우역간을 즉시 북경으로 압송해 부의部議에 넘겨 엄벌에 처할 것을 주청 올리옵니다.

상주문을 다 읽고 난 기윤은 죄질이 나쁜 탐관오리의 사촌 형인 우민중 앞에서 마땅히 할 말을 찾지 못했다. 급기야 앞부분을 다시 읽어보는 척하면서 속으로 우민중이 먼저 입을 열기만 기다렸다. 그러나 우민중은 아무 말이 없었다. 하는 수 없이 천천히 고개를 든 기윤이 먼저 입을 열었다.

"한시라도 지체할 수 없는 사안인 것 같소. 즉각 폐하를 알현해 성심의 향방을 알아보는 것이 시급할 것 같소."

"이틀 동안 잠을 못 잤더니 머리가 무겁고 정신도 혼미한 것이 폐하께 실수라도 할까봐 걱정되네요. 오늘은 기윤 공이 당직이니 혼자 들어가세요."

우민중은 안색이 창백하게 변해 있었다. 그는 감출 수 없는 우울한 낯빛을 한 채 담담하게 말을 이었다.

"그 잘난 아우를 두고 무슨 낯으로 폐하를 뵙겠어요? 동생과 관련된 사안을 논하는 자리인 만큼 나는 자리를 피하는 게 좋을 것 같네요."

기윤은 순간 어떤 위로의 말을 하면 좋을지 생각하느라 머리를 굴렸다. 그러나 적당한 말이 떠오르지 않았다.

"누구라도 이런 경우에 직면하면 괴롭기는 마찬가지일 거요. 그러나 성명하신 폐하께서는 우역간의 일로 우 중당을 소홀히 하시거나 냉대하시지는 않을 거요. 이럴 때 우 중당께서 자리를 피하면 되레 안 좋은 의혹을 불러일으키지 않을까 염려되오."

기윤의 말이 이어지고 있을 때였다. 태감 왕팔치가 들어왔다. 우민중이 물었다.

"어지가 계신가?"

왕팔치가 대답했다.

"폐하께서는 양성전養性殿에 계십니다. 우 중당께 들라는 어지를 내리셨습니다. 기윤 공도 있으면 함께 들라고 하셨습니다."

"예!"

두 사람은 공손히 건륭의 어지를 받들었다. 이어 왕팔치의 뒤를 조용히 따라갔다. 그러면서 도대체 양성전이 어디에 위치해 있는지 궁금했다. 양성전은 건륭의 측근 중의 측근인 기윤도 처음 듣는 이름이었다.

둘은 평소 건륭의 부름을 받고 일을 아뢸 때나 청정聽政을 할 때는 대개 건청문乾淸門 아니면 양심전養心殿으로 들어갔었다. 건륭 역시 그랬다. 후궁들의 접견을 받을 때도 저수궁儲秀宮, 종수궁鐘粹宮이 아니면 태후의 자녕궁慈寧宮이었다. 더구나 정월 초닷새까지는 아직 설 명절의 분위기가 다분한지라 후궁들은 태후와 황후를 에워싸고 깔깔거리면서 천륜의 낙을 누리고 있을 터였다. 그런데 그런 곳을 놔두고 생전 처음 들어보는 이름도 낯선 곳으로 대신들을 부르는 이유가 무엇일까? 두 사람은 의아하게 생각하면서 왕팔치를 따라 경운문景運門을 나섰다.

경운문의 북쪽은 황자들이 글공부를 하는 육경궁毓慶宮이었다. 또 남쪽으로는 봉선전奉先殿의 궁장宮牆이 길게 뻗어 있었다. 왕팔치는 어선방 쪽으로 가는가 싶더니 구룡벽九龍壁 서쪽에 이르러 방향을 북으로 틀었다. 이어 영항永巷보다 더 깊은 골목을 한참 걸어 들어가 영수문寧壽門 황극전皇極殿을 통해 영수궁寧壽宮 뒤편에 이르렀다. 왕팔치가 그곳에서 걸음을 멈추더니 미궁에 들어선 듯 어리둥절해 하는 두 사람을 보면서 말했다.

"다 왔습니다. 저쪽 서편에 차고茶庫와 능고綾庫(비단창고)가 있는데, 그 동쪽이 바로 양성전입니다. 두 분 대인, 여기를 좀 보십시오. 어화원御花園보다 크지는 않아도 더 정교하게 만든 화원도 있습니다!"

기윤의 시선이 왕팔치가 손가락으로 가리키는 방향을 따라갔다. 과연 담벼락 너머로 기기묘묘한 나무들의 그림자가 너울대는 것이 여느 화원과는 분위기가 사뭇 달라 보였다. 담벼락 위로 나무의 우듬지가 조금씩 올라온 걸 보니 전부 장청수長靑樹(소나무)인 것 같았다. 기윤은 자신도 모르게 감탄사를 내뱉었다.

"궁중에서는 키 높은 나무를 못 심도록 규정돼 있는데 여기는 예외로군. 어화원도 이 정도는 아닌데……. 이 화원의 이름은 뭔가?"

"일명 '건륭화원'乾隆花園이라고 합니다."

왕팔치가 두 사람을 궁문 앞까지 안내한 다음 말했다. 이어 문지기에게 아뢰어줄 것을 당부하고는 덧붙였다.

"규정이 뭐 따로 있습니까. 폐하의 어지가 곧 규정이죠. 키가 큰 저 나무들은 전부 작년 여름에 옮겨 심은 것들입니다. 아시다시피 한여름에 나무를 옮겨 심는 일이 얼마나 조심스럽고 어려운 일입니까? 그런데 보시다시피 다행히 잘 살아서 튼튼하게 자라고 있지 뭡니까. 정성을 얼마나 쏟았을지 미루어 짐작할 수 있죠. 화탁和卓 귀비께서는 천산天山 쪽에 계시던 분이랍니다. 거기는 원래 홍송紅松이 많지 않습니까? 그래서 이 화원은 천산의 경관을 본 따 조경사造景士들이 유난히 신경을 쓴 것으로 알고 있습니다. 화탁 귀비께서 청정淸靜한 걸 좋아하시니 폐하께서 이곳을 수리하라고 명하셨죠. 또 귀비께서 꽃을 즐기시니 특별히 사시사철 꽃을 감상할 수 있는 화방花房도 만들었고요. 수천 개의 화분이 만자천홍萬紫千紅의 아름다움을 발산하는데 그야말로 선경仙境이 따로 없답니다. '목합목합'木哈木哈을 믿으시는 귀비마마를 위해 궁중에는 또 재궁齋宮도 따로 만들어져 있습니다. 태감들 중에서는 왕렴王廉과 고봉오高鳳梧만 출입할 수 있고 저는 밖에서 심부름이나 하는 수밖에 없습니다."

머릿속이 복잡한 우민중은 '귀비'니 어쩌고저쩌고 하는 소리만 들었을 뿐 나머지는 한마디도 제대로 귀에 들어오지 않았다. 그러나 기윤은 왕팔치가 말하는 '목합목합'이 뭔지 한참 생각했다. 그리고는 '모하메드'를 잘못 말했다는 것을 알았다. 그는 실소를 참느라 기침을 하는 척 고개를 돌렸다. 그리고는 처음부터 성총을 듬뿍 입어 용비容妃로 봉해진 화탁씨가 도대체 어떤 인물인지도 궁금해졌다. 그가 물었다.

"같은 태감인데 어째서 자네는 출입할 수 없는가?"

왕팔치가 어쩔 수 없다는 듯 어깨를 으쓱하면서 대답했다.

"귀비마마께서 저의 이름을 못마땅하게 여기시는 바람에 처음부터 찍혀버렸지 뭡니까?"

그때 안에서 고봉오가 "기윤과 우민중은 안으로 들라"는 어지를 전해 왔다. 둘은 황급히 대답하면서 복도를 따라 양성전으로 들어갔다. 길 양측에 길게 늘어선 태감들은 모두 작은 모자에 두루마기 차림이었다. 또 궁녀들은 전부 긴 머리를 풀어 가느다란 머리채를 줄줄이 땋아 내린 '천산식天山式의 머리를 하고 있었다. 머리채는 숱의 많고 적음에 따라 열 가닥, 스무 가닥 등 제각각 달랐다. 은박銀箔이 달린 긴치마에 무릎까지 오는 장화를 신은 옷차림 역시 신강新疆 처녀들의 옷차림 그대로였다.

두 사람은 적수첨滴水檐 복도에서 이름을 말하고 주렴 너머로 궁전 안을 살짝 엿보다가 그만 깜짝 놀라고 말았다. 안에 흰색과 남색 두 가지 무늬의 신강식 두루마기를 입고 무릎을 넘는 장화에 자주색 비단바지를 입은 사내가 있었던 것이다. 건륭이었다. 건륭의 그런 차림을 난생 처음 보는 두 사람은 할 말을 잃고 멍하니 서로를 바라봤다.

방안에는 역시 신강식 옷차림을 한 젊은 여인이 가야금을 타고 있었다. 건륭은 여인의 등 뒤에서 그녀를 끌어안다시피 몸을 밀착한 상태를 하고 있었다. 더불어 여인의 손을 잡고 가야금을 가르치고 있었다.

"왔으면 들게."

두 사람의 기척이 들리자 건륭은 그제야 용비에게서 떨어져 자리로 돌아가 앉았다. 이어 두 신하에게 자리를 내주고 나서 말했다.

"화탁씨는 서역인西域人이라서 우리 중원中原의 예법 같은 건 모르네. 짐도 그런 걸 꼭 익히라고 강요하지 않았네. 그러니 경들도 격식을 따로 차릴 필요가 없네. 이보게 화탁, 짐의 두 고굉대신이야. 서역에서 화탁의 부왕父王 주변에서 일을 거들던 재상宰相이라는 사람들과 비슷하다고 보면 될 거야. 이쪽은 기윤이고, 여기는 우민중이라고 하지. 짐에게 정무를 상주하고자 들었다오. 용비가 직접 끓인 우유차를 한 잔씩 대접하게!"

화탁씨가 두 사람을 향해 가볍게 미소를 지었다. 그리고는 그리 유창하지 않은 한어로 대답했다.

"보거다 칸의 명에 따르겠사옵니다!"

여인의 미모는 소문대로 경국지색傾國之色이었다. 나이는 스무 살 남짓하다고 했는데, 우윳빛의 맑은 피부 때문에 더 어려 보였다. 턱은 갸름하고 콧마루는 중원 여인들보다 오뚝했다. 크고 맑은 두 눈은 마치 심산유곡의 샘물 같았다. 짙고 매혹적인 눈썹은 공들여 그리지 않아도 천연의 아름다움이 물씬 풍겼다. 웃는 얼굴 역시 복스럽고도 화려했다. 과연 세상에 보기 드문 이국적인 미인이었다.

기윤은 서역 변방에 저런 미인이 있었던가 하고 내심 감탄하면서 넋을 잃었다. 그러나 우민중은 '자고로 아름다운 얼굴은 화禍의 근원'

이라는 말이 떠올라 마냥 좋아할 일만은 아니라는 생각에 내심 걱정을 했다.

두 신하의 그런 상반된 속내를 알 리 없는 화탁씨는 미소를 띠운 채 자리를 뜨더니 잠시 후 옥쟁반에 두 개의 작은 사발을 받쳐 들고 들어왔다. 이어 두 사람에게 하나씩 건네면서 딱딱한 억양으로 말했다.

"재상, 진주眞主 알라께서 두 분을 보우保佑해주실 것입니다. 서역식 우유차이니 맛을 보십시오."

"망극하옵니다, 귀비마마!"

기윤과 우민중 두 신하는 황급히 자리에서 일어나 상체를 낮게 숙여 조심스럽게 찻잔을 받았다. 가까이에 있으니 과연 여인의 몸에서는 듣던 대로 기이한 향내가 은은히 풍겼다. 기윤은 난향蘭香 같기도 하고 사향麝香 같기도 한 그 냄새에 기분이 좋았다. 그러나 우민중은 향을 맡는 순간 숨을 멈추면서 괴로운 기색을 애써 감췄다. 둘은 어쨌거나 우유차를 한 모금 마시고 나서 공손히 격식을 갖춰 감사의 뜻을 표했다.

"마마께서 직접 끓여주셔서 그런지 우유가 오늘 따라 유난히 맛이 좋습니다! 신은 승덕承德에서 몽고족들의 우유차를 마셔본 적은 있사오나 맛은 천양지차인 것 같습니다. 귀비마마께서 하사하신 우유차를 마실 수 있다는 것 또한 신들의 분복이 아닌가 생각합니다."

기윤 등 두 신하가 차를 마시는 동안 잠시 자리를 뜬 건륭은 곧이어 가벼운 옷으로 갈아입고 나왔다. 용비가 군신간의 대화 자리를 피하려고 하자 건륭이 그대로 있도록 했다.

"옆에서 차 시중이나 들면 되니 굳이 피할 필요는 없네. 후궁들은 정무에 간섭하거나 사사로이 대사를 논해서는 절대 아니 되지만 그냥 들어두는 건 무방해. 더구나 용비는 서역에서 왔으니 중원의 천하가 어떤지 귀동냥하는 것도 나쁘지 않을 거야. 겸사겸사 한어도 익히고 말이야."

용비는 옆에 있던 여자 통역관이 뭐라고 한바탕 지껄이자 명을 받들겠노라면서 다소곳이 웃었다. 그리고는 수를 놓는 틀을 가져다 놓고 한쪽에 조용히 앉았다. 기윤이 곧바로 유용의 상주문을 건륭에게 받쳐 올렸다.

"산동에서 방금 올라온 상주문이옵니다. 어람을 청하는 바이옵니다. 우민중 공은 우역간과 관련된 사안이라고 이 자리를 피하려고 했으나 마침 함께 들라는 어지를 받고 같이 들게 됐사옵니다."

건륭이 상주문을 대충 몇 장 넘겨보고는 말없이 책상 위에 내려놓았다. 이어 천천히 입을 열었다.

"옹염이 연주부에서 문후 상주문을 올렸었네. 산동 현지에서는 국태에 대한 평이 대단히 나쁘다고 했네. 항간에서는 '국태가 산동을 지키고 있으니 제노齊魯(산동)의 백성들이 불안해하고, 우역간이 번고藩庫를 퍼내니 굶주린 쥐들이 곡하네'라는 동요까지 유행한다더군. 우역간은 전에 〈의창론〉義倉論이라는 글을 써서 짐에게 올린 바 있네. 구절마다 휼민恤民의 정이 언표言表에 흘러 넘쳐 짐을 감동시켰었네. 국태 역시 내무부의 일개 사무관에서 일방의 봉강대리로 거듭나기까지 불과 몇 년의 세월밖에 걸리지 않을 정도로 짐의 성은을 두텁게 입은 자이네! 그래서 짐은 옹염의 주장을 읽고 나서도 믿지를 못했었네. 헌데 그 모든 것이 과연 사실이었다는 말이지? 보아하니 자네들도 상주문을 다 읽어본 것 같은데 말해보게, 이 둘을 어찌 벌하는 것이 마땅할는지!"

건륭의 숨소리가 분을 삭이느라 거칠어졌다. 그러자 우민중이 목구멍을 솜뭉치로 틀어막은 듯 울먹이면서 목 멘 소리를 늘어놓기 시작했다.

"우역간은 신의 사촌아우이옵니다. 솔직히 상주하옵건대 신은 내심 이 모든 것이 사실이 아니기를 빌고 또 빌었사옵니다. 지방의 번고마다 많든 적든 얼마간의 적자는 다 있사옵니다. 그래서 신은 그가 뇌물을 수뢰한 사실만 없다면 그나마 용서할 수 있을 것 같았사옵니다. 하오나 이 상주문을 읽어보고 나서 충격을 금할 수 없었사옵니다. 혹형을 받는 느낌이 따로 없었사옵니다. 우역간은 평소에 국태와 그리 궁합이 맞는 편이 아니었다고 들었사온데 어째서 한편이 되어 그렇게 가증스러운 죄를 지을 수 있었는지 모르겠사옵니다. 군부를 기만하고 조상을 욕되게 한 것도 모자라 우씨 가문의 청망淸望까지 더럽힌 자가 신의 아우라니, 신은 이제 무슨 면목으로 폐하를 뵙겠사옵니까……?"

우민중은 급기야 눈물까지 보이고 말았다. 그리고는 북받치는 눈물을 참느라 오랫동안 흑흑 흐느꼈다. 그가 한참 후에야 겨우 진정을 하고 말을 이었다.

"이 세상에 더 이상 남아 있을 자격이 없는 자들이옵니다. 유용공에게 하명하시어 제남 현지에서 그 두 배은망덕한 자들을 처형함이 마땅할 것이옵니다. 가산을 몰수하고 가인들은 흑룡강으로 유배 보내 피갑인披甲人(만주족)들에게 노예로 팔아버려야 할 것이옵니다!"

우민중이 잠시 숨을 돌리고 덧붙여 아뢰었다.

"불행하게도 우씨 가문에 저자와 같은 인면수심이 생겼으니 신 역시 폐하와 여러 군료群僚들을 대할 면목이 없사옵니다. 신은 더 이상 군기처에 몸담을 자격이 없사오니 파직시켜주시옵소서, 폐하!"

우민중의 말을 듣고 난 건륭이 안타까운 듯 길게 한숨을 내쉬었다.

그리고는 고개를 저었다.

"연좌죄는 적용하지 않을 것이네. 융과다^{隆科多}가 멸문구족의 죄를 지었을 때도 그의 아우는 승진길이 막힘이 없었네. 오배^{鰲拜}가 대역죄를 지었어도 그의 가인들은 함께 처형을 당하지 않았네. 성조와 선제의 규칙이 엄연하거늘 짐이 어찌 그 전례를 어길 수 있겠나. 경이 군기처에서 집안 식구를 구해내느라 수사방해를 했더라면 유용과 화신은 순조롭게 이번 일을 처리하지 못했을 것이야. 경에 대한 믿음이 굳건하지 못했더라면 짐 역시 애당초 경을 군기처에 두지도 않았을 것이네. 자식도 부모 마음대로 되지 않거늘 집안 아우야 더 말해 무엇 하겠는가? 경이 우역간의 일 때문에 자책하거나 실의에 빠질 이유는 전혀 없네."

우민중이 여전히 눈물을 흘리면서 아뢰었다.

"세종^{世宗}(옹정제)께서 장정로의 목을 치실 때도 그의 형 장정옥은 군기처에 몸담고 있었사옵니다. 신은 필히 장정옥을 본받아 대의멸친^{大義滅親}할 것이옵니다. 크나큰 성은에 다시금 머리 조아려 깊은 사은을 표하옵니다. 이후로 신은 이 한 몸 으스러져 가루가 되는 한이 있더라도 본연의 업무에 매진할 것을 맹세하옵니다……."

"어떤 처벌을 내릴지는 조금 더 여유를 갖고 생각해보는 것이 바람직할 것 같사옵니다."

기윤은 솔직히 본인이 사건에 연루되지 않았다는 사실에 마음이 가벼웠다. 그러나 일부러 괴로운 표정을 지으며 좌중의 분위기에 동참했다.

"적자는 정확하게 밝혀졌사오나 부정부패의 규모와 뇌물수수 액수는 아직 정확하게 밝혀지지 않은 상태이옵니다. 그러니 죄를 묻기에는 이르다고 사료되옵니다. 적자가 생겼으면 메워야 하옵니다. 이는 한두 사람의 문제가 아니옵니다. 산동성 각 부府의 주현관, 전임 순무와 안찰사, 이미 산동을 떠났거나 이런 저런 이유로 퇴직한 관리들까지 모두 임기 내의 책임 소재를 따져야 할 것이옵니다. 감숙성의 왕단망, 늑이근 사건과 이번 사안은 비슷한 데가 많사옵니다. 전 성의 관리들을 전부 도마 위에 올려 성역 없는 수사를 거친 연후에 그 죄질의 경중에 따라 벌해야 마땅하다고 생각하옵니다."

기윤의 말을 듣고 난 건륭이 우민중에게 물었다.

"경이 듣기에 기윤 공의 의견이 타당하다고 생각하는가?"

우민중은 모든 것을 내려놓자 마음이 홀가분해졌는지 시원스러운 어조로 대답했다.

"기윤 공의 의견이 이치에 맞는다고 생각하옵니다. 하오나 감숙성의 전례를 그대로 답습하는 건 아니라고 보옵니다. 전체 성의 관리들을 전부 물갈이한다면 적잖은 후유증과 문제점을 불러일으킬 것이옵니다. 감숙의 충격이 가시기도 전에 산동에서 또 물갈이를 한다면 유사한 화약고를 안고 있는 다른 행성行省들의 불안은 극에 달할 것이옵니다. 신의 소견으로는 죄질이 무거운 몇몇 자들만 목을 치고 나머지 주현관들은 정해진 기일 내에 적자를 나눠서 메우게 하는 벌을 주는 것이 바람직할 것 같사옵니다."

우민중의 말에 기윤도 즉각 찬성의 뜻을 표했다.

"신의 부족함을 보완한 훌륭한 발상이라고 생각하옵니다."

"그렇게 하세. 충격을 최소화시키는 쪽으로 해야지."

건륭이 들었던 찻잔을 내려놓으면서 덧붙였다.

"호남 포정사布政使 엽패손葉佩蓀이 전에 국태와 산동에서 같이 있었으니 국태에 대해 지엽적이나마 알고 있을 게 아닌가? 엽패손에게 국태에 대해 알고 있는 바를 똑바로 상주하라는 어지를 내려 보내게.

감히 부정을 비호하려 들었다가는……."

건륭이 콧방귀를 뀌었다. 얼굴 표정이 얼음처럼 차가워졌다. 순간 기윤의 눈꺼풀이 파르르 떨렸다. 건륭이 다시 말을 이었다.

"기윤, 자네가 어지를 작성해 유용에게 발문하도록 하게!"

기윤이 황급히 일어나 대답했다. 이어 꽃을 유난히 좋아하는 화탁씨의 총애에 편승해 이름을 '작약'芍藥이라고 고친 태감 고봉오가 기윤을 지필묵이 놓여 있는 탁자로 데리고 갔다. 그러나 기윤은 건륭이 할 말이 남은 것 같아서 붓을 든 채 잠시 기다렸다. 아니나 다를까, 건륭이 무겁게 입을 열었다.

"뇌물을 받은 자와 공여한 자를 똑같이 취급해서는 아니 될 것이네. 공석空席을 미끼로 뇌물을 받아 챙긴 국태와 우역간은 자신들의 비리를 쉽게 자백하지 않을 것이네. 부당한 방법으로라도 한자리를 차지하고 싶었던 말단관리들 역시 뇌물상납을 강요받은 사실을 쉬이 인정하지 않을 것이네. 주먹을 휘둘러 겁을 주기보다는 교화시키는 쪽으로 인도해야 할 것이네. 울며 겨자 먹기로 뇌물을 상납할 수밖에 없었던 속사정을 십분 이해한다고 살살 달래보게. 죄를 자백해 수사에 협조만 한다면 큰 처벌을 면할 수 있을 것이라고 말일세. 짐은 감숙성 사건 때처럼 대옥大獄을 다시 일으키고 싶은 뜻이 없네. 이런 내용을 골자로 해서 경이 알아서 윤문하도록 하게."

기윤이 대답과 함께 잠시 생각하더니 붓을 날리기 시작했다. 건륭은 한쪽에 석고처럼 굳은 표정으로 서 있는 우민중을 보면서 위로를 했다.

"어쨌든 경의 아우이네. 그럼에도 짐으로서는 어찌할 도리가 없네! '왕법에는 친함이 없고, 국법에는 사사로움이 없다'王法無親, 國法無私라고 했네. 세종께서는 당신의 자식이자 짐의 친형인 홍시弘時를 주살

하셨네. 지금 돌이켜보니 그때 당시 아바마마의 마음이 오죽했을까 싶네. 형으로서 죽어 마땅한 죄를 지었다지만 짐은 십 수 년 동안 늘 마음속에 그 일을 돌덩이처럼 매단 채 살아왔네. 혈육의 정이란 그렇게 무서운 것이거늘 짐이 어찌 경의 괴로움을 모르겠는가……. 됐네, 오늘은 더 이상 논하지 않는 게 좋겠네. 부의에서 어떤 결정이 날지 모르지만 아무튼 그때까지 지켜보세. 일말의 가능성이라도 있다면 짐은 경의 체면을 봐서라도 시은施恩을 할 것이네. 화탁, 싱싱한 과일이 있으면 좀 가져다주게."

화탁씨는 수를 놓으면서 세 사람의 대화에 열심히 귀를 기울였다. 그러나 무슨 말인지 통 알아들을 수가 없었다. 그저 수를 놓는 일에만 열중하고 있었다. 그러던 중 건륭의 부름을 받자 생긋 웃으면서 내전內殿으로 들어갔다. 이어 쟁반에 홍포도, 청포도, 건포도, 노란 참외, 사과 등 오색을 맞춘 싱싱한 과일을 가득 담아서 들고왔다. 그녀가 조심스럽게 쟁반을 내려놓으면서 웃는 얼굴로 말했다.

"폐하! 재상! 드세요. 기분이 안 좋으세요, 재상? 우루마이아한커잉?"

"우루마이……."

우민중은 몇 마디를 따라 읊다 말고 그만 입을 다물었다. 도무지 무슨 소리인지 알 수가 없었던 것이다. 그러나 화탁씨는 우민중이 알아듣거나 말거나 정색을 하고는 무어라 빠르게 말을 이었다. 말투나 표정을 보면 우민중을 위로하고 있거나 뭔가 설명하는 것 같기도 했다. 어지를 작성하고 자리로 돌아온 기윤 역시 알 수 없다는 표정을 지었다.

그러나 건륭은 화탁씨의 말을 알아듣는 것 같았다. 귀를 기울이고 열심히 듣더니 천천히 고개를 끄덕였다.

"무슨 말인지 대충 알아들은 것 같네. '재상께서 이리 우울해 하시는 걸 보니 어느 아리따운 처녀에게 청혼했다 거절이라도 당하신 것 같습니다! 그런 일이라면 우울해하지 마세요. 얼음처럼 깨끗하고 옥처럼 맑은 아리따운 처녀가 장차 먼 곳에서 그대를 기다리고 있을 것입니다. 알라진주(알라신)께서 그대를 보우하사 그 꿈은 곧 실현될 것입니다!'라는 말일세. 짐이 통역을 제대로 한 건가?"

건륭이 고개를 돌리더니 화탁씨의 통역관에게 물었다. 통역관은 눈이 휘둥그레진 채 대답했다.

"한 치의 오차도 없사옵니다! 이년은 다시 태어나도 그렇게 좋은 단어를 구사하지 못할 것이옵니다. 하온데 폐하께서는 언제 천산남로天山南路의 번어番語를 배우셨사옵니까?"

통역관의 말에 건륭이 환하게 웃었다.

"노력만 하면 못해낼 일이 어디 있겠나! 이보게 민중, 화탁 귀비가 비록 지금 상황과 맞지 않는 이야기를 하기는 했다만 그래도 자네를 위로해주고 싶었나 보네. 귀비의 호의를 외면해서는 아니 되네!"

우민중은 어느새 얼굴이 벌겋게 달아올랐다. 예로부터 정통적인 한족 도학파들은 '정애'情愛라는 두 글자를 가장 두려워했다. 누군가로부터 '인욕'人慾이라는 말을 들으면 귀를 막고 도망가 버리는 사람들이었다. 그런 사람이 아녀자에게 '청혼'해 '거절'당하고 상심한 것으로 보였으니 그야말로 죽을 맛이었다. 그는 빨개진 얼굴로 애써 사은을 표했다.

"신은 앞으로 더욱 수양에 힘써 절대 귀비마마께 심려를 끼쳐 드리지 않도록 노력하겠습니다."

건륭은 곧바로 화탁씨에게 우민중의 말을 통역해줬다. 그러자 그녀는 활짝 웃으며 커다란 눈으로 두 신하를 번갈아 바라보았다. 그러다 건륭과 기윤 등이 다시 정사를 논하기 시작하자 슬그머니 자리를 피했다.

화탁씨 덕분에 잠시나마 무거운 화제에서 벗어나니 무겁고 침울한 분위기도 한결 밝아진 것 같았다. 건륭은 기윤이 작성한 어지를 살펴보면서 붓을 들어 몇 글자 덧붙였다. 그리고는 잠시 침묵하더니 천천히 입을 열었다.

"유용 일행 셋은 임무를 훌륭하게 완성했으니 승진을 시켜줘야겠네. 경들과 마찬가지로 유용과 화신은 군기대신으로 들이고, 유용은 여전히 형부 업무를 겸하게 될 것이네. 전풍은……."

궁전 모퉁이를 한참 응시하던 건륭이 가볍게 고개를 저으면서 말을 이었다.

"앞으로 크게 기용될 가능성이 충분한 인재이네. 그가 갖고 있는 장점은 경들이 비할 바가 못 되네. 허나 아직 그 장점을 장점으로 볼 수 있는 사람이 드물 것이네. 가능성이 있는 사람을 너무 빨리 머리를 내밀게 만들면 발묘조장拔苗助長(빨리 자라라고 싹을 뽑아 올림)의 우愚를 범하는 것과 같을 것이네. 일단은 우부도어사右副都御史에 제수하고 구체적인 업무는 보지 않더라도 예부 시랑의 계급을 내리겠네. 유용에게 어지를 전하게, 산동 현지에서 국태의 사건을 마무리 짓고 나면 전풍에게 입경해 술직하라고 하게!"

우부도어사는 정3품에 해당되는 직급이었다. 아직 4품관밖에 안 되는 전풍이 규정에 따라 자질과 실력을 검증 받고 다음 계급인 종3품의 반열에 오르려면 적어도 6년 동안 연속 탁이卓異의 평가를 받아야 했다.

두 신하는 분명히 전풍에게 그렇게 낙하산을 태워 놓고도 오히려 성에 차지 않는 듯한 건륭을 보면서 그저 어리둥절한 표정을 지을 수밖에 없었다. 더구나 우부도어사는 무관武官들을 규찰하고 탄핵하는 업무 부처의 장관이었다. 거기에 정2품에 해당하는 예부 시랑의 계급까지 주면 전풍은 문무文武를 모두 관장하는 어마어마한 권력을 휘두르게 될 터였다. 가슴속에 만권의 책을 망라하고 천하를 완전히 꿰뚫어 안다고 자부하는 두 신하는 도무지 건륭의 의중을 파악할 수가 없었다. 전풍이 과연 그토록 괄목할 만한 사람인지 확신이 서지 않았다!

둘은 마치 약속이나 한 듯 서로를 쳐다봤다. 그런 다음 우민중이 먼저 조심스럽게 입을 열었다.

"전풍이 국태 사건의 불꽃을 지핀 것은 사실이옵니다. 하오나 수사 과정에서 그는 단지 보좌하는 역할만 했을 뿐이옵니다. 승진 속도가 너무 빠른 것 같사옵니다. 지금과 같은 태평성세에 초고속 승진은 문무 신료들의 요행 심리를 부추길 소지가 크옵니다."

건륭이 우민중의 말에 담담하게 미소를 지은 채 반박했다.

"꼭 그런 건 아니네. 화친왕和親王(홍주)이 엄지를 내두른 인물이네. 화친왕은 오래도록 사람을 붙여 전풍의 면모를 주도면밀하게 조사하고 검토했다네. 이 사실을 이부에서 몰라서 그렇지 중용하기에 충분한 사람이네. 경들의 말도 일리가 없는 건 아니나 짐은 짐의 판단을 믿네!"

기윤과 우민중 두 신하는 건륭의 태도가 너무나도 단호했으므로 더 이상 반박할 수가 없었다. 건륭이 다시 말을 이었다.

"우민중, 자네는 제대로 된 수순을 밟아 한 계단씩 자격을 인정받고 군기처에 입직했으나 기윤은 아니네. 장정옥도 그랬고! 심지어 성조 때의 고사기는 일일칠천一日七遷(하루에 일곱 번 승진함)했다는 거 아닌가. 경들의 이론대로라면 그때는 태평성세가 아니었다는 말인가?

군기대신은 천하의 정무를 총람總攬하는 사람들이네. 형식과 규칙에 얽매여 생각이 목석처럼 굳어져서야 쓰겠나? 아니 그런가?"

"지당하신 말씀이옵니다!"

기윤과 우민중 두 신하가 흔쾌히 수긍을 하자 건륭은 자리에서 일어났다. 이어 뒷짐을 진 채 천천히 거닐면서 미간을 찌푸리더니 이윽고 다시 입을 열었다.

"한 가마에 집어넣고 휘젓겠다는 뜻은 아니나 그렇다고 무원칙, 무차별하게 용서한다는 것도 아니네. 한 가지 일을 가지고 판을 크게 벌이고 나선다면 조정이 지나치게 옹졸해 보일 게 아닌가. 이번 사건을 계기로 이치 쇄신에 더욱 박차를 가하고 부패한 관가에 적당한 충격을 줘야 할 것이네. 십팔행성十八行省의 도부道府와 번고藩庫, 그리고 병부兵部의 무고武庫, 피복고被服庫, 양고糧庫, 동정사銅政司, 염운사鹽運司, 내무부 산하의 각 직조사織造司에 명조明詔를 내려 건륭 이십오 년 이후의 적자를 보고하라고 명하게. 수백 냥 정도의 적자는 감면해 줄 수 있다고 하게. 이에 앞서 현재 도마 위에 오른 사건들은 빠른 시일 내에 수사를 마쳐야 할 것이네. 몇몇 배불뚝이들을 엄벌에 처해 타의 경종을 울려줘야 할 것이네. 그러지 않으면 밑에서는 또 우렛소리만 요란하고 정작 빗방울은 작을 거라는 요행 심리에 명조를 공문空文처럼 취급할 수도 있네."

건륭이 곰곰이 생각해가면서 다시 말을 이어 나갔다.

"첨평정詹平正, 마효성馬效成, 노견증盧見曾, 옹용검翁用儉. 이자들은 조정에서 뒤를 캐기 시작했는데도 불구하고 겁도 없이 여전히 땅과 화원을 사들이고 있네. 불나방 신세를 자초하려고 작심을 한 게지."

순간 기윤은 몽둥이로 머리를 크게 얻어맞은 것 같았다. 건륭이 거론한 네 사람 가운데 노견증이 있었던 탓이었다. 그는 건륭을 슬쩍 훔쳐봤다. 다행히도 건륭은 우민중에게 시선을 고정시키고 있었다.

우민중이 아뢰었다.

"명조를 내리시는 것은 좋사오나 '감면' 두 글자는 명조에 밝히지 않는 것이 좋을 것 같사옵니다. 물론 앞 사람이 던지고 간 모래에 뒷사람이 눈을 다쳐 곤경을 치르는 경우도 있을 것이옵니다. 그럴 때 폐하께서 특별히 은전을 내리시어 감면을 해주실 수는 있다 하더라도 미리 '감면'을 언급하시면 저들의 태만을 조장할 소지가 크옵니다."

건륭이 우민중의 말에 희미하게 웃음을 머금었다.

"그럼 경의 뜻에 따르도록 하겠네. 그 밖에 옹염이 산동에서 일지화의 잔당인 임상문林爽文의 흔적을 발견했다고 하네. 연주 일대에서 포교를 하고 다닌다는 정확한 첩보를 입수했다는군. 이미 암암리에 체포 작전에 들어갔다고 하네. 민중, 자네가 산동 포정사 갈효화에게 서찰을 보내게. 그쪽의 주변 도로를 전부 봉쇄하고 태호太湖 수사水師에도 협조를 요청해 반드시 그자를 붙잡아야 한다고 말이네. 짐은 이미 대만 지부 진봉오에게 밀유密諭를 보냈네. 임상문 그자가 해상을 통해 대만으로 도주할 우려가 있으니 철저히 방비하라는 명령을 내렸네."

우민중이 즉각 대답했다.

"그리 하겠사옵니다! 신도 갈효화의 서찰을 받았사옵니다. 안 그래도 폐하께 상주하려던 참이었사옵니다. 갈효화는 아계 대인의 문인門人으로 나름 열심히 일하는 편이옵니다. 혹시라도 기밀이 누설돼 임상문이 도주할세라 그는 감히 집포청緝捕廳에도 협조를 구하지 못하고 있다고 했사옵니다. 함께 지혜를 모아야 할 산동 순무와 안찰사 자리가 비어 있사오니 이참에 갈효화를 순무 직에 올려놓아 지휘체계를 통일시키는 게 어떨까 하옵니다."

우민중의 제안에 건륭이 기윤을 바라봤다. 기윤은 사돈 노견증의 일 때문에 머릿속이 복잡했으나 정신을 가다듬고는 천천히 입을 열었다.

"연주의 곡부^{曲阜}는 성현(공자를 가리킴)의 고거^{故居}로, 한족 문명의 발상지이옵니다. 임상문이 무엇 때문에 하필 그곳을 포교 장소로 정했을까요? 일단 그곳은 지주와 소작농들 간의 분쟁이 가장 심하고 해마다 사달이 빈발하는 곳이옵니다. 그자는 또 한족 문명을 한층 더 발전시킨다는 미명하에 인심을 포섭할 엉큼한 생각도 하고 있사옵니다. 간사하고 교활하기가 역영^{易瑛}과 표고^{飄高}의 뺨을 칠 자이옵니다!"

기윤의 설명에 건륭의 안색이 무섭게 굳어졌다. 가짜 주삼태자 양기륭의 모반 사건, 삼번^{三藩}의 난, 그리고 그 뒤에 잇따른 녹림호강^{綠林豪强}들의 반란은 모두 그 근본이 비슷했다. 하나같이 "만한^{滿漢}(만주족과 한족)은 유별하니 오랑캐들을 몰아내야 한다"라는 구호를 내걸었다. 그자들의 표현을 빌자면 대청^{大淸}은 조정 자체가 '이적'^{夷狄}이 주인이었다. 그러니 역대 대청 황제들이 모두 '화이'^{華夷}라는 두 글자만 들어도 벌에 쏘인 듯 민감해지는 것은 당연했다.

물론 명나라의 멸망과 더불어 한족들의 통치 시대도 막을 내렸다고 봐야 옳았다. 그런데 장장 100년의 세월이 흐른 지금도 '한가^{漢家}의 부흥'을 꿈꾸는 자들이 있으니 건륭은 긴장하지 않을 수 없었다. 지금은 강희, 옹정, 건륭 초년과는 또 달랐다. 이치의 부패로 인해 나무는 크나 속이 텅 비어있다는 느낌이었다. 이럴 때 태풍이라도 불어 닥치면 어떻게 되겠는가? 건륭은 생각만 해도 끔찍했다. 급기야 어깨를 부르르 떨었다. 그러면서도 얼굴에는 애써 웃음을 지었다.

"기윤, 자네 말대로 임상문은 보통의 비적이 아니네. 근래에는 주삼태자가 조와국(인도네시아)에서 양병^{養兵}을 한다는 요언이 떠돌고 있다네. 곧 군사를 이끌고 대거 쳐들어온다나? 그런데 이런 당치 않은 말을 믿는 자들이 꽤 있다는군. 그런 사실이 짐은 매우 놀랍네! 숭정崇禎 갑신년甲申年에서부터 시작해 지금까지 벌써 백삼십 년의 세월이 흘렀는데, 무슨 놈의 '태자'가 지금까지 살아있다는 말인가? 짐은 이 같은 요언이 화이華夷를 억지로 구분하는 자들의 발상이라고 생각하네. 요언을 맹신한다기보다는 그렇게 되기를 바라는 무리들이 있다는 얘기지. 이는 국가의 근본이 달린 문제이니 절대 간과해서는 아니 될 걸세!"

"연주부에서는 임상문으로 인해 사달이 발생하지 못하도록 미연에 방지해야겠사옵니다."

그러면서 기윤은 습관적으로 하포荷包(호주머니)에서 담배를 꺼냈다. 커다란 곰방대에 담배를 꾹꾹 눌러 담는 손이 약간 떨리고 있었다. 그가 다시 말을 이었다.

"올해 연말이 고비라고 생각하옵니다. 남경에서 새신賽神(수확이 끝난 후 제물을 차려놓고 신에게 제사를 지내는 일) 행사가 있었사온데, 그 틈을 타서 요진妖秦이라는 도사가 현무호玄武湖 강변에서 법회를 열었다고 하옵니다. 그런데 무려 오천여 명이 법회에 몰려 한바탕 홍역을 치렀다고 하옵니다. 《황정》黃庭이나 《도장》道藏을 가르치지 않고 '만법귀일'萬法歸一이라는 제목으로 백성들을 세뇌시키는데 대단히 수상쩍었사옵니다. 북경, 직예 일대에서도 그 정도까지는 아니지만 암암리에 활발하게 움직이고 있다고 하옵니다. 산동……, 산동은 자고로 녹림호걸들과 연고가 깊은 곳이니 더욱 창궐하는 것 같사옵니다. 그런 맥락에서 국태 사건에 더욱 촉각을 곤두세워야 할 것이옵니다. 신의 소견으로는 열다섯째마마께서 지방관들의 앞에 직접 나타나시지 않는 것도 뭔가 이상한 낌새를 눈치챘기 때문이 아닌가 하옵니다. 폐하, 신과 우 중당은 모두 군정軍政에는 문외한이옵니다. 갈효화는 신도 조금 알고 있사옵니다. 관가의 미꾸라지로 통하는 자이옵니다. 평안하고 무사한 국면을 계속 유지시키라면 할 수 있을지 몰라도 대사를 맡아 거뜬히 해결해 나갈 재목은 못 된다고 생각하옵니다. 군무에 익숙한 사람을 보내는 것이 어떨까 하옵니다. 복강안 정도면 문제없을 것 같사옵니다."

잠시 멍한 표정으로 있던 건륭이 천천히 입을 열었다.

"너무 그리 민감하게 생각할 건 없네. 짐은 이미 아계에게 어지를 내렸네. 일단 흑하黑河의 군무만 제대로 다 처리해 놓고 귀경하라고 말일세. 그가 오기 전에 경들은 내지內地의 군무에 대한 서찰을 자주 보내주게. 그래야 오자마자 업무에 익숙해질 게 아닌가. 북경에는 이시요가 있고, 강남江南에는 김홍金鉷이 있으니 수상한 움직임을 유심히 살피라고 주의를 주면 되겠네. 산동에는 유용이 있으니 그의 주도로 갈효화를 움직이게 하면 될 걸세. 그러니 그리 염려하지 않아도 될 성싶네."

건륭이 잠시 말을 멈추고는 손을 내젓고는 다시 입을 열었다.

"너무 가혹할지 모르지만 지금부터 원소절原宵節(정월대보름)까지 열흘 동안은 전부 군기처로 나와 방화防火, 방적防賊에 만전을 기하도록 하세! 힘들겠지만 잘해내리라 믿네. 그리 알고 이만 물러들 가게!"

"예!"

기윤과 우민중 두 신하는 대답과 함께 일어섰다. 이어 작별인사를 올리고 물러가려고 했다. 그때 건륭이 다시 불러 세웠다.

"잠시만 기다리게. 용비의 요리사가 통 양구이를 하고 있다는데 요리가 다 된 모양이네. 아침을 아직 못 먹었을 테니 여기에서 먹고 가게. 그쪽에는 육자절肉孜節, 개재절開齋節, 그리고 재계월齋戒月은 있어도 중원과는 풍속이 달라 설은 쇠지 않는다고 하네. 이참에 경들도 서역의 풍미를 느껴보도록 하게."

기윤과 우민중은 다시 자리에 앉았다. 기윤이 아뢰었다.

"어쩐지 궁문에 춘련春聯이 없다고 생각했사옵니다. 귀비마마의 고향에서는 설 명절을 쇠지 않는 줄 몰랐사옵니다! 하오나 신이 보니 우가牛街 일대에 집거해 있는 무슬림(이슬람교도)들은 저희들과 마찬가지로 설을 쇠는 것 같았사옵니다. 절에 들어오셨으면 사찰 음식을 먹어야 한다고, 귀비마마께서도 이제부터는 중원인이오니 이쪽 풍속에 따르시는 것도 나쁘지 않을 것 같사옵니다. 옛말에 어느 산에 오르면 그곳의 산 노래를 불러야 한다고들 하지 않습니까!"

용비가 커다란 두 눈을 깜빡이면서 열심히 기윤의 말을 들었다. 그러나 무슨 뜻인지는 잘 모르는 것 같았다. 통역관이 어찌 통역을 했는지 용비가 대뜸 물었다.

"폐하, 이 재상께서는 신첩의 노래를 듣고 싶다고 하는 것이옵니까?"

"오, 그게 그렇게 되나?"

건륭이 잠시 어리둥절한 표정으로 통역관을 바라봤다. 이어 하, 하, 하! 하고 너털웃음을 터트리면서 덧붙였다.

"그래, 그래! 귀비의 노래라면 짐도 듣고 싶은 걸! 그쪽 아녀자들은 가무에 능하다고 들었어. 우리도 한번 그쪽 정취에 젖어보세. 한 곡조 뽑아보시지!"

그러자 화탁씨는 조금도 부끄러워하지 않고 건륭과 두 신하를 향해 예를 갖추고는 노래를 부르기 시작했다. 노래 가사 내용은 나름 괜찮았다.

살리이薩里爾 산에 구름과 안개가 가득하고

그 속에 투명한 빙산氷山이 가려져 있네.

푸른 하늘 푸른 목장에서 힘껏 채찍을 날리니

청아한 노랫소리 멀리 울려 퍼지네.

햇빛에 비친 광대한 초원은 하늘과 같은 색이고

청청淸淸한 물가에는 백화百花가 만발했네.

힘껏 말을 몰아 천하를 달리니

그리운 고향은 언제나 꿈속에 있네……

노래가 이어지는 동안 용비를 따라온 궁녀들이 앞으로 나와 춤을 추면서 흥을 돋우었다. 건륭과 기윤, 우민중 두 신하는 화탁씨의 꾀꼬리 같은 청아한 목소리와 아리따운 자태에 자신들도 모르게 탄성을 터트리며 박수를 보냈다.

그 사이 두 명의 요리사가 커다란 목판에 통째로 구운 양을 들고 들어왔다. 화탁씨는 노래를 마치고는 손을 씻은 다음 작은칼로 고기를 썰었다. 이어 각자의 쟁반에 한 덩이씩 덜어주면서 말했다.

"잘 못 불렀죠? 그래도 두 분 재상께서 흉보지는 마세요. 이 고기는 따끈할 때 드셔야 해요. 어서 많이 드세요."

우민중이 말했다.

"어찌 그리 겸양의 말씀을 하십니까! 저는 머리털 난 이후로 이처럼 청아한 목소리는 처음 들어봅니다. 실로 옥쟁반에 옥구슬이 굴러간다는 말이 실감났습니다. 태후마마께서 들으시면 정말 반가워하실 것 같습니다!"

그러자 건륭이 바로 나섰다.

"안 그래도 태후마마께서는 벌써 들으셨네. 무릎을 두드려 가며 박자를 맞추시면서 얼마나 흥에 겨워하셨는지 모르네. 늘 고향 몽고에 대한 향수에 젖어 계셨는데, 모처럼 똑같지는 않으나 비슷한 음률을 들었다면서 반가워하셨네.”

건륭이 말을 마치자마자 고기를 조금 떼 입에 넣었다. 기윤은 기다렸다는 듯 통째로 고기를 집더니 뭉텅뭉텅 베어 먹기 시작했다. 우민중은 건륭을 따라 조금씩 먹으면서 한심하다는 표정으로 기윤을 쳐다봤다. 건륭이 웃음 띤 얼굴로 말했다.

“천천히 먹게. 우리 몫까지 다 줄 테니 체하지나 말게. 그러나 세상에 공짜는 없는 법이지. 용비는 아직 구두로만 귀비로 봉해졌지 글로 명조明詔를 내린 건 아니야. 그러니 먹고 나서 책문冊文 한 편을 써내야겠네! ‘천하제일재자’天下第一才子의 수필手筆을 또다시 검증 받을 때가 된 거지!”

사실 기윤이 ‘천하제일재자’라는 사실은 조야朝野에 모르는 사람이 없었다. 그러나 건륭이 직접 당사자를 앞에 두고 그렇게 불러준 적은 없었다. 고기를 배불리 먹고 번들거리는 입을 닦고 있던 기윤은 건륭의 말에 기쁨을 감추지 못했다. 얼마나 좋은지 몸이 하늘로 둥둥 날아오르는 듯했다. 고기 찌꺼기가 낀 치아를 활짝 드러내면서 헤헤 웃기도 했다. 그러나 금세 자신의 실수를 깨닫고는 이내 입을 다물었다.

시詩, 서書, 문文 모두에 능한 건륭 앞에서 어쩌다 한마디 칭찬을 들었다고 이처럼 가벼운 모습을 보이다니……. 건륭이 이후로 그를 어떻게 생각할 것인가? 기윤은 뇌리를 스치는 그런 생각에 애써 흥분을 가라앉혔다. 이어 냉정을 되찾고 겸양의 말을 꺼냈다.

“천하제일의 재자라니요? 당치도 않사옵니다. 폐하야말로 그러한 미칭美稱을 받기에 추호도 손색이 없는 분이시옵니다. 안 그래도 어제 우 중당하고 폐하의 〈등보월루〉登寶月樓라는 시를 읊으면서 감탄을 금치 못했사옵니다. 실로 천하를 아우르시는 기백이 차고 넘쳤사옵니다!"

우민중은 기윤의 임기응변에 탄복하지 않을 수 없었다. 솔직히 말하면 '어제'가 아닌 '언젠가' 둘이서 건륭의 시를 논한 적은 있었다. 그러나 '감탄'을 금치 못한 적은 없었다. 우민중은 속이 뻔히 들여다보이는 아부의 말에도 빙그레 입이 벌어지고 있는 건륭을 훔쳐보면서 갑자기 기윤이 부러워졌다. '나는 왜 저런 간사한 재주가 없을까?'라는 생각이 들면서 자괴감마저 느껴졌다.

"어찌 경들에게서 그 시에 대한 평가가 없나 내심 궁금했었는데……."

건륭의 얼굴에는 반가운 기색이 역력했다. 쑥스러워하면서 입을 여는 것을 잊지 않았다.

"솔직히 그리 잘 쓴 건 아니지만 '무난'하다는 평은 들을 법하지. 됐네, 이제 그만 물러들 가게. 기윤, 자네는 상서방으로 가서 개국 초의 예친왕叡親王 다이곤多爾袞(도르곤)에 관한 처벌 조서가 어디 남아 있는지 찾아내 짐에게 들여보내도록 하게."

기윤과 우민중 두 신하는 느닷없이 100년 전의 사람인 다이곤에 관한 문서를 찾아내라는 말에 못내 궁금한 표정으로 건륭을 바라봤다. 건륭이 궁금증을 풀어주겠다는 듯 입을 열었다.

"그때 당시 다이곤은 억울하게 처벌을 받았네. 백년이 지난 지금 다시 보면 확실한 사실이네. 그의 죄를 깨끗이 씻어줘야 할 것이네. 그때 당시 다이곤을 곤경에 몰아넣은 자는 바로 제이합랑濟爾哈朗이라는 소인배였네. 그때만 해도 세조世祖 장황제章皇帝는 나이가 어렸기에 친정親政을 하기 전이었지. 그 틈을 타서 소인배들이 권력을 장악하지 않았는가. 그리고 충신을 모함해서 죽였지. 그렇게 해서 백년에 걸친, 정말 어디에도 하소연할 데 없는 억울한 죄를 만들어낸 걸세! 그때 당시 팔기八旗의 병권은 전부 다이곤의 수중에 장악돼 있었지. 오삼계吳三桂와 전명前明의 구신舊臣들마저 그에게 잘 보이려고 안간힘을 쓸 때였어. 그런 그가 모역謀逆을 하려 했다면 손바닥 뒤집듯 간단한 일 아니었겠는가? 물론 섭정왕 자리에 오래 있다 보니 전횡과 오만, 아집 등등 사소한 실수나 결함은 충분히 있었을 거라고 생각하네. 허나 모역죄를 뒤집어쓸 만큼 나쁜 사람은 아니었다고 짐은 확신하네. 어찌 감히 일대 충신에게 그런 죄를 덮어씌울 수가 있다는 말인가!"

기윤과 우민중 두 신하는 여전히 눈이 휘둥그레져서 건륭을 바라봤다. 건륭이 한숨을 지으면서 덧붙였다.

"탐관오리들을 숙청하고 이치 정돈의 닻을 올리는 것도 중요하지만 충신의 기상을 장려하고 충절을 높이 평가하는 일도 병행할 필요가 있네. 세종 때의 여덟째숙부, 아홉째숙부의 사건도 워낙 민감한 사안이었는지라 짐이 먼저 꺼내지 않으면 후세 자손들은 더욱 '뜨거운 감자' 대하듯 할 것이네. 급한 것은 아니니 서두를 건 없고 앞으로 다시 의논할 때를 대비해 각자 고민을 해보게."

기윤과 우민중은 알겠다는 의사를 표하고는 뒷걸음질 쳐 물러났다. 화탁씨가 그런 두 신하의 뒷모습을 보면서 말했다.

"두 분 재상 모두 좋으신 분 같사옵니다. 눈을 보면 알 수 있사옵니다. 둘 다 보거다 칸에 대한 충정이 대단한 것 같사옵니다. 기라는 재상은 고기 먹는 모습이 꼭 고향 오라버니를 보는 것 같았사옵니다. 또, 우라는 재상은 어느 서당의 훈장 선생 같았사옵니다. 기 재상은 문장 실력이 탁월하다고 들었사옵니다."

건륭이 화탁씨의 말에 흐뭇한 미소를 지었다. 이어 길게 땋아 내린 그녀의 머리를 쓰다듬으며 말했다.

"정확히 말하면 재상은 아니네. 저 둘의 공식적인 직함은 군기대신이라네. 삼억 명 대중들 속에서 뽑아 올린 인상지인人上之人들이지. 한족들은 총명하고 박학다식한 데다 세상 물정에 밝아 문명의 창시자로 손색이 없네. 이는 다른 민족이 아무리 특출하다고 해도 비할 바가 못 되네. 그러나 명쟁암투明爭暗鬪에 능하고 음험할 뿐 아니라 교활한 점에서도 둘째가라면 서러워할 민족이지. 그래서 이 보거다 칸은 그들을 필요로 하면서도 늘 살얼음 위를 걷는 아슬아슬한 심정이라네. 저들에게 있어서는 짐도 이적夷狄, 자네도 이적이네. 우리 둘은 똑같은 외이外夷이기 때문에 아무 말이나 숨김없이 해도 되나 저들 앞에서는 말을 가려서 해야 하네.”

화탁씨는 말귀를 잘 알아듣지 못한 듯했다. 커다란 눈을 깜빡거리면서 고개를 갸웃거렸다. 건륭에게는 그 모습이 귀엽게만 보였다. 그는 화탁씨의 머리를 끌어당겨 가슴에 안았다. 그리고는 이마에 가볍게 입을 맞추면서 애정을 표시하고는 속삭였다.

“저녁에 다시 올 테니 곱게 치장하고 기다리게. 나는 태후마마께 문후 올리러 다녀와야겠네. 설 끝이라 명절 분위기에 취해 있을 테지. 자네는 오후에 따로 들어가 문후 올리면 되겠네.”

화탁씨가 알겠다는 듯 고개를 끄덕였다. 건륭은 씩 웃어 보이고는 자리를 떴다.

22장

조정朝廷의 동량棟梁

　건륭은 연 이틀 동안 양성전 용비의 침궁에 머물렀다. 원소절에 즈음해서는 정무도 한가했고, 이참에 쌓였던 피로를 풀고자 이곳을 택했던 것이다. 사실 다른 후궁들의 처소에서는 새벽녘에 단잠을 청할 수 없었다. 이른 새벽부터 태감들이 오리처럼 시끄러운 목소리로 '철등화'撤燈火(등불을 내림), '철쇄'撤鎖(자물쇠를 염)를 외쳐댔던 것이다. 게다가 용비는 아직 남녀 사이의 정사에 대해 많이 서툰 편이었다. 건륭으로서는 그녀가 다른 후궁들에 비해 '그 맛'을 잘 모르기에 '폐하의 용마정신龍馬精神'을 운운하면서 은근히 힘을 빼게 하는 후궁들보다 다루기도 편했던 것이다. 한마디로 적당히 운우지정雲雨之情을 나누고 숙면을 취하기에는 용비의 침궁이 그만이었다.

　건륭은 초이렛날 아침에도 묘시卯時 정각이 다 돼서야 일어났다. 화탁씨는 먼저 일어나 말간 눈빛으로 허옇게 밝아오는 창문 밖을 바라보고 있었다. 뭔가 깊은 생각에 잠긴 모습이었다. 그녀는 그러나 건륭이 일어나자 서둘러 건륭의 옷과 세수 시중을 들었다. 아침상을 물린 뒤에는 전신을 비출 수 있는 큰 거울 앞에 건륭을 앉게 하고는 머리채를 곱게 땋아줬다. 순간 그녀가 건륭의 등에 바짝 붙어 무언가를 찾는 듯 살피더니 손가락으로 머리카락을 헤집었다. 그런 모습을 거울을 통해 보고 있던 건륭이 웃으면서 물었다.

"흰머리라도 있는 겐가?"

화탁씨가 아이처럼 순진한 웃음을 지었다.

"예, 하나 있는 것 같사옵니다. 제가 북경에 와서 가장 우스웠던 것이 무엇인 줄 아시옵니까? 바로 남정네들이 머리채를 길게 땋고 앞머리를 빡빡 밀어버린 모습이었사옵니다. 그것이 그렇게도 우스울 수 없었사옵니다. 지금은 자꾸 보니 좀 익숙해진 것 같사옵니다. 보거다 칸, 보거다 칸께서는 지고무상의 권력을 가진 분이시거늘 어째서 단발령을 내리지 않는 것이옵니까?"

건륭이 용비의 말에 가볍게 한숨을 내쉬었다.

"조상 대대로 내려온 가법이니 짐도 어쩔 수 없네. 사실 짐은 이십 년 전부터 이런 차림이 싫었네. 그러나 태후마마와 황친귀족들이 펄쩍 뛰면서 복장과 두발에 대한 개혁을 반대하고 나섰지. 끝까지 밀고 나갔더라면 아마 그분들이 나를 '개혁'해버렸을지도 모르네! 만주족의 풍속은 아녀자들이 머리 자르는 걸 대단히 기피하네. 모발을 자르는 것은 곧 자신의 남정네가 싫어졌다는 의미로 받아들이지. 남자들의 경우에는 머리를 기르고 앞머리를 반들거리게 면도하지 않으면 죽는다는 속설이 있다네!"

"정말이옵니까?"

"당연히 정말이지. 자네 머리 위에 있는 진주와 마찬가지로 진짜

라네.”

건륭이 다시 천천히 말을 이었다.

“나중에 짐을 따라 출궁하면 길에서 이발장理髮匠들이 지게를 메고 다니는 걸 볼 수 있을 거네. 지게 한쪽에는 화로와 더운물 대야, 다른 한쪽에는 서랍이 하나 달린 자그마한 탁자를 넣어 가지고 다니지.”

건륭이 이어 화탁씨의 화장대를 가볍게 두드렸다.

“모양은 이거하고 비슷하네. 위에 쇠갈고리를 꽂아 가지고 다니는 데 어디에 쓰는 물건인 줄 아나? 잘라낸 사람머리를 걸어놓기 위한 거라네!”

“예?”

화탁씨의 두 눈이 휘둥그레졌다. 너무 놀라 하마터면 손에 쥐었던 빗을 떨어뜨릴 뻔했다.

“어찌 그리 잔인할 수 있다는 말이옵니까?”

“잔혹하지.”

건륭이 덧붙였다.

“한족들도 앞머리를 빡빡 밀라는 거지. 밀지 않는 자는 가차 없이 목을 쳤어. 수급을 쇠갈고리에 걸고 다니면서 새 왕조의 통치에 반항한 자의 처참한 말로를 보여주고는 했다네. 우리 대청大淸이 세워진 뒤 전명 시대를 잊지 못하고 새 시대의 도래를 부정하는 자들이 꽤 많았지. 그런 자들이 앞머리를 미는 데 항거하다가 양주성에서만 열흘에 삼십만 명이 죽어 나갔다고 하네……. 물론 짐은 조상들의 과거에 대해 왈가왈부할 수 없지. 그래서 짐은 더더욱 관대한 정치를 베풀려고 하네. 그때 당시 한족들이 당했던 치욕과 원한은 백년의 세월이 흐른 지금까지도 잊혀지지 않은 것 같네.”

건륭이 말을 마치고 거울을 통해 화탁씨를 쳐다봤다. 화탁씨는 얼마나 놀랐는지 얼굴이 새파랗게 질려 있었다. 건륭이 입가에 한 가닥 미소를 머금으며 덧붙였다.

"백삼십 년 전의 일이네. 그리 놀랄 건 없네. 이제 함께 태후마마께 문후 올리러 가세."

화탁씨는 애써 웃음을 지었다. 그리고는 길게 땋아 내린 건륭의 머리채 끝에 노란 비단 리본을 달아줬다. 옆에서 시중들던 작약이 말했다.

"가마를 준비하겠사옵니다."

건륭이 일어서면서 손을 저었다.

"그럴 것 없다. 짐은 용비하고 산책삼아 걸어서 갈 것이야. 너는 뒤에서 따라오면서 시중을 들거라."

"예……"

건륭과 용비가 양성전을 나섰을 때는 아침 해가 떠오른 뒤였다. 그러나 궁벽宮壁과 즐비한 건물들 때문에 햇살이 안으로 비쳐 들어오지 못해 어둡고 바람이 차가웠다. 궁전의 노란 기와를 비롯해 담장, 그리고 처마 밑에 매달린 동마銅馬와 수두獸頭들은 갓 떠오른 태양 빛에 노랗게 물들어 반짝반짝 빛났다. 건륭은 그것들을 둘러보면서 자녕궁으로 향하는 골목을 계속 걸었다. 그러다 잠시 멈춰 서서 망설였다. 그때 진미미가 종종걸음으로 다가왔다. 건륭이 그를 보고 물었다.

"무슨 일인가?"

진미미가 숨이 차는지 헐떡이면서 아뢰었다.

"태후마마께서는 어화원으로 산책을 떠나실 예정이옵니다. 폐하에게는 굳이 문후 올리러 들지 않아도 괜찮다고 하셨사옵니다. 어화원에 다녀오시는 길에 양성전에 잠깐 들르시어 조선早膳을 드시고 싶다고 하셨사옵니다. 일부러 격식을 갖춰 음식상을 준비할 것은 없고 있는 그대로가 좋다고 하셨사옵니다."

건륭이 알겠노라 대답하고는 화탁씨에게 말했다.

"태후마마께서 지난번에 자네가 만들어 올린 양고기 요리를 맛있게 드셨다더니 오늘 또 그 생각이 나셨나 보네. 작약, 너는 가서 요리사에게 전하거라. 태후마마가 들어오실 시간에 맞춰 양고기 요리를 만들어 올리라고 이르거라."

"그리 하겠사옵니다."

작약은 말을 마치자마자 뒤돌아서 빠르게 달려갔다. 진미미는 건륭이 어화원으로 향하려는 것임을 눈치채고 건륭과 화탁씨를 북쪽 길로 안내했다. 이어 지름길로 가자 금방 도착할 수 있었다.

마당이 휑뎅그렁한 걸 보니 태후는 아직 도착하지 않은 것 같았다. 흠안전欽安殿의 붉은 돌계단 위에서는 늙은 태감 몇몇이 열심히 비질을 하고 있었다. 화탁씨가 건륭을 따라 천천히 곤녕문坤寧門 쪽으로 걸어가면서 물었다.

"보거다 칸, 저들은 어째서 보거다 칸에게 행례行禮를 하지 않는 것이옵니까?"

"저네들 말인가?"

건륭이 희미한 미소를 지었다. 이어 천천히 대답했다.

"모두 성조 때부터 궁중에서 살아온 태감들이네. 저네들은 환갑이면 젊은 축에 속하네. 게다가 대부분 귀가 멀지 않으면 벙어리라서 기척도 모른다네. 짐이 여기를 찾는 횟수가 손을 꼽을 정도인 데다 오더라도 측문側門을 통과하는 경우는 거의 없으니 짐일 거라고는 생각하지 못했을 테지."

"저들이 모두 벙어리 아니면 귀머거리라고요?"

"그래."

건륭이 히죽 웃으면서 덧붙였다.

"뭐가 그리 놀라운가? 성조 말년에 궁중의 시끄러운 소문이 밖으로 새어나가는 걸 차단하기 위해 저들에게 고육지책을 쓴 것이라네."

이어서 건륭은 뒤따라오는 작약에게 분부했다.

"짐은 귀비하고 산책을 하고 있을 테니 너는 여기서 지키고 서 있거라. 태후마마께서 당도하시면 전갈을 하거라."

분부를 마친 건륭은 서북쪽을 가리키면서 화탁씨에게 말했다.

"저기에 천추정千秋亭이라고 있는데, 거기서 따뜻하게 햇볕을 쪼이고 화방花房에 들러 꽃구경이나 하세. ……헌데 무슨 생각을 그리 하는가?"

용비는 얼어붙은 듯 제자리에 서 있다가 그제야 정신을 차리고 건륭을 따라 천천히 걸음을 떼어놓았다. 그리고는 천천히 대답했다.

"아침부터 너무 무서운 얘기를 들어서 좀 놀랐사옵니다. 멀쩡한 귀를 멀게 하고 목구멍을 찔러 벙어리로 만들다니……. 너무 끔찍하옵니다."

"아름답고 선량한 공주가 듣기에는 끔찍한 말이지. 이래서 아녀자는 정무와 전쟁에서 멀어질수록 좋다고 하는 것이야. 지금은 처음이라 충격이 클 테지만 점차 익숙해지면 괜찮아질 거야……."

건륭이 말끝을 흘리면서 돌아섰다. 이어 동쪽 어딘가를 가리켰다.

"우리가 방금 지나온 다섯 칸짜리 작은 궁방宮房, 그 속에 황태후 한 분이 갇혀 있었지. 모두가 합심해 그녀의 아들을 황제로 옹립했는데, 그녀의 태후 지위는 끝끝내 인정하지 않으려고 했어. 결국 저 속에 이십 년 동안 수감돼 있었다네. 어느 날 아들이 뒤늦게 찾아갔을 때 황태후는 이미 병이 고황에 들어 두 눈마저 실명한 뒤였다네.

아들의 옷자락을 잡고 '컸구나! 장성했구나! 어미는 이제 죽어도 여한이 없다'라면서 한참을 되뇌더니 그 자리에서 숨을 거두고 말았다고 하네……."

건륭의 목소리가 갑자기 가늘게 떨렸다. 두 사람은 거의 동시에 걸음을 멈췄다. 그리고는 흠안전 계단 아래에 가만히 서서 한동안 아무 말도 없었다.

"저쪽……."

건륭이 이번에는 서북쪽을 가리키면서 말을 이었다.

"저기는 중화궁重華宮이라는 궁전이 있네. 태자가 무려 칠 년 동안이나 감금당해 있던 곳으로 유명하지. 나중에는 황제마저 본인에게 그런 아들이 있었는지 깜빡할 정도였다고 하니 말 다했지! 그의 모친이 힘이 약해 아들을 보호하지 못했기 때문이지. 다른 후궁들이 서로 자신의 소생을 보위에 올려놓고자 아귀다툼을 벌였는데, 그 명쟁암투 속에서 패한 거지. 아이는 감금당한 채 커갔고 뒤늦게 부자는 상봉을 했어. 그런데 아이는 황제를 처음 만난 자리에서 누가 가르쳐주지도 않았는데 '아바마마'하면서 달려가 안겼다고 하네. 그래서 피는 못 속인다고들 하나 보지……."

말끝을 흐리는 건륭의 두 눈에 급기야 눈물이 차올랐다. 그는 두 눈을 깜박이며 고인 눈물을 감추려고 했다. 그리고는 다시 남쪽 어딘가를 가리키면서 말을 이었다.

"자네가 지금 머물고 있는 양성전은 이백 년 전쯤 명나라 십일대 황제 주후조朱厚照가 살았던 곳이네. 세상에 둘도 없이 무능하고 황음荒淫한 혼군昏君이었지. 그런데 어느 날 밤 궁녀 일곱 명이 밧줄을 들고 덮치는 바람에 하마터면 큰 변을 당할 뻔했다네……."

"어머나, 세상에!"

그녀가 깜짝 놀라자 건륭이 입가에 소름끼치는 웃음을 지어보였다.

"그러나 다행히 참사는 면했다네. 궁녀들이 칠흑 같은 어둠 속에서 우왕좌왕하는 통에 밧줄이 한데 엉겨 붙었기 때문이었네. 생각해보게, 그때 당시 황제는 어떤 심정이고 궁녀들은 또 얼마나 두려웠겠는가?"

화탁씨는 어느새 건륭의 품안으로 파고들며 바들바들 몸을 떨었다.

"더 이상 말씀하지 마세요, 폐하. 무서워요……."

"그래도 들어두는 게 좋을 거네."

건륭이 품에서 화탁씨를 떼어내며 어깨를 다독여줬다. 그리고는 인자한 목소리로 설명을 이어갔다.

"모두 혼군이 초래한 비극이지. 지금으로부터 몇 백 년 전의 일들이네. 대청 건국 이후에는 그런 끔찍한 일이 한 건도 없었다네. 다만 옹정 초에 융과다라는 군기대신이 병마를 이끌고 반란을 꾀한 적이 있었지. 감히 자금성을 범하려고 하는 바람에 선제께서 어지를 내려 그자를 종신토록 구금시켰네. 그 외에는 별다른 사건이 없었지. 그러고 보니 그것도 벌써 오십 년 전의 일이네. 용비, 자네는 서역에서 귀하디귀한 공주로 규방 생활만 해왔기에 모르는 것이 너무 많네. 겁도 유난히 많고. 그래서 이런 일은 알아두는 게 좋을 것 같아 짐이 말해주는 것이네."

건륭이 다시 빙그레 웃으면서 덧붙였다.

"하지만 그리 겁먹을 건 없네. 짐이 있는 한 감히 자네에게 해코지할 사람은 아무도 없을 테니!"

건륭과 용비가 이런저런 얘기를 나누면서 거닐고 있을 때였다. 천추정 북쪽에서 누군가 떠드는 소리가 흘러나왔다. 두 사람은 소리

나는 곳으로 다가가 유심히 살펴봤다. 무성한 죽림竹林 너머로 한 무리의 아이들이 술래잡기를 하는 모습이 보였다. 대나무 사이로 언뜻언뜻 작은 그림자가 스쳐 지나가고 아이들끼리 웃고 떠드는 소리가 맑게 울려 퍼졌다.

한참 귀 기울여 듣던 건륭이 계단을 올라갔다. 그리고는 화탁씨에게 설명했다.

"이제 막 입궁한 꼬마 태감들이네. 중화궁에서 큰 태감들에게 교육을 받고 있지. 아마 명절 동안 관리가 소홀해진 틈을 타서 나온 것 같네. 자기들끼리 놀고 있는 것 같네."

화탁씨는 궁금한 듯 죽림을 돌아가 살펴보았다. 과연 열 명도 넘는 아이들이 공터에서 놀고 있었다. 자세히 보니 술래잡기 놀이는 아니었다. 큰 아이는 열 살쯤, 작은 애들은 예닐곱 살밖에 안 돼 보였다. 개중에는 다리를 하나씩 올려 잡고 일명 닭싸움이라는 놀이를 하는 아이들이 있는가 하면 팽이를 돌리는 아이들도 있었다. 또 몇몇은 동그랗게 모여 뭔가를 열심히 들여다보고 있었다.

건륭이 다가가 보니 백발의 늙은 태감이 아이들의 한가운데 무릎을 꿇고 앉아 뭔가를 그리고 있었다. 아이들은 건륭이 누군지 모르는 것 같았다. 코를 들이마시면서 힐끗 쳐다보고는 이내 무시해버렸다. 그리고는 늙은 태감을 에워싸고 떠들어댔다.

"건청문을 거기다 그리면 안 되지!"

"자녕궁은 여기가 맞고!"

"이건 무슨 여자가 바지도 안 입었어? 징그럽게! 머리채가 긴 걸 보니 이건 남자인 것 같은데……, 역시 바지를 안 입었네? 헤헤헤, 고추는 징그럽게 크구면……."

그러자 한 아이가 반박했다.

"밖에는 머리채 긴 여자들도 있어. 머리채만 보고 남자라고 단정 지을 수는 없잖아?"

다른 아이가 그림을 가리키면서 설명했다.

"여기를 잘 봐. 사타구니에 달걀이 없잖아!"

그러자 다른 아이가 키득대면서 말을 받았다.

"그러는 너는 달걀이 있어? 어디 보자!"

한바탕 웃고 떠들고 나서 또 다른 아이 한 명이 태감에게 말했다.

"이봐 고풍자高瘋子(미치광이라는 뜻), 그 따위로 그릴 거면 엉덩이 걷 어차기 전에 일어나!"

건륭은 그제야 정자 앞 벽돌바닥이 온통 낙서 천지인 것을 발견했 다. 궁궐의 누문樓門도 있었을 뿐 아니라 남자와 여자가 섞여 있는 그 림도 있었다. 어떤 그림은 발로 밟아 잘 알아볼 수 없었다. 늙은 태감 은 언뜻 보기에 예순 살쯤 되는 것 같았다. 머리를 깎지 않아 한 뼘 이 넘도록 자란 봉두난발이 얼굴을 반쯤 가리고 있었다. 손에는 옷 을 재단할 때 쓰는 활석滑石을 들고 있었다. 그러나 아이들의 놀림 따 위에는 전혀 아랑곳하지 않은 채 땅바닥에 뭔가를 죽죽 긋고 있었 다. 건륭은 늙은 태감의 얼굴이 어딘가 눈에 익었다. 그러나 마땅히 떠오르는 기억은 없었다.

건륭이 그렇게 생각하고 있을 때 우두머리 격으로 보이는 아이가 일행을 부르면서 외쳤다.

"똥 버러지 같은 놈, 대꾸를 안 하잖아! 얘들아, 오줌이나 갈겨주 자!"

순간 다른 아이들이 우르르 달려들더니 저마다 바지를 내렸다. 이 어 그 와중에도 아무런 반응이 없는 늙은 태감을 향해 일제히 오줌 줄기를 뿜어냈다. 때 아닌 오줌 벼락을 맞은 태감은 머리와 몸에 온통 오물을 뒤집어쓰고 말았다. 날이 추웠던 탓에 금세 얼어버릴 것 같았다. 처음에는 아이들을 귀엽게 봐주던 건륭의 얼굴이 무섭게 일그러졌다.

그가 막 아이들에게 일갈을 하려는 찰나였다. 꼬마들 중 누군가가 고함을 질렀다.

"진공공秦公公이시다!"

그 소리에 아이들은 삽시간에 뿔뿔이 흩어졌다. 건륭이 돌아다보니 과연 진미미가 빠른 걸음으로 다가오고 있었다. 태후가 당도한 모양이었다. 건륭은 진미미가 아뢰기도 전에 화탁씨를 데리고 돌아섰다. 이어 천천히 걸어가면서 진미미에게 분부했다.

"어느 궁의 태감인가? 병이 들었으면 의생을 불러 고쳐줘야지, 저렇게 방치해 둘 참인가? 씻겨주고 옷을 갈아입히라고 하게. 그리고 저 조무래기들은 누가 맡고 있나? 맡으려면 제대로 맡아야지 교육을 어떻게 시켰기에 저리 위아래도 없이 막돼먹은 건가? 저들의 교육 태감과 아이들에게 모두 대나무 회초리로 종아리를 다섯 대씩 치게!"

분부를 마친 건륭이 덧붙여 물었다.

"저 늙은이가 전에 어느 궁에서 시중들었는지 아는가? 눈에 익은 것 같은데 생각이 나지 않네."

진미미는 화탁씨를 부축하며 조심스럽게 계단을 내려섰다. 그리고는 아뢰었다.

"저 미치광이 노인은 전에 옹화궁에서 폐하의 필묵을 시중들었던 적이 있사옵니다. 폐하께서 즉위하시자 따라서 입궐했사옵니다. 그때 당시만 해도 고대용高大庸이 주사主事 태감이었는데, 한때 그 세력을 믿고 꽤 으스대고 다녔나 보옵니다. 전에 계시던 황후마마부터 지금의 황후마마, 유호록 귀비 등 여러 마마님들의 시중을 들었사온데 어쩌다 태감 고운종高雲從과 척을 졌다고 하옵니다. 궁중의 자화字畵를 훔쳤다는 누명을 쓰고 한바탕 매타작을 당한 끝에 북오소北五所 마당 청소부로 보내졌다고 들었사옵니다. 전에 폐하께서 남순을 마치시고 귀경하실 즈음 다시 저수궁으로 돌아올 수도 있다고 했사온데 갑자기 저렇게 미쳐버리고 말았사옵니다. 누구를 봐도 말 한마디 하지 않고 그저 땅바닥에 엎드려 그림을 그리는 게 전부라고 하옵니다. 몇 년 동안 쭉 그래왔다고 하옵니다. 그 밖의 다른 건 소인도 잘 모르겠사옵니다."

건륭은 진미미의 말을 들으면서 애써 기억을 더듬었다. 그러나 역시 떠오르는 바가 없었다. 그때 태후가 곤녕문 쪽에서 진씨와 스물넷째 복진 오아씨의 부축을 받으면서 흠안전을 향해 천천히 움직이는 모습이 보였다. 뒤에는 한 무리의 태감들이 따르고 있었다.

건륭이 빠른 걸음으로 다가가더니 오아씨가 잡았던 태후의 팔을 대신 부축했다. 그리고는 웃으면서 말했다.

"숙모는 이렇게 이른 시간에 벌써 태후마마께 문후 여쭈러 드셨습니까? 정성이 갸륵하십니다. 어마마마, 오늘은 기분이 어떠십니까? 소자는 화탁씨를 데리고 어마마마께 문후 여쭈러 가려고 나섰다가 어마마마께서 이리로 거동하실 거라는 소식을 접하고 기다리던 중입니다. 모자지간에 통하는 것이 있었나 봅니다."

"그러게 말입니다."

태후가 웃으면서 덧붙였다.

"오늘은 여느 때보다 좀 더 일찍 눈이 떠지지 뭡니까? 스물넷째복진이 들여보낸 조선 찹쌀떡이 참 맛있었는데, 소화가 잘 안 될 것 같아 한 쪽만 먹고 나왔습니다. 산책을 하면서 여기까지 걸어와도 다리 아픈 줄을 모르겠네요! 나는 스물넷째복진이 부축하면 됩니다. 폐하도 환갑을 넘기신 분인데 무리하지 마세요. 여기는 양지라 따뜻하고 바람도 없군요. 의자를 가져다 잠시 앉았다 가는 것도 좋겠네요. 화탁씨의 음식 솜씨는 좀 있다 보도록 합시다."

그 사이 화탁씨는 태후에게 예를 갖춰 인사를 올렸다. 건륭이 다시 분부를 내렸다.

"작약, 가서 의자를 가져오너라. 화탁, 인사드려야지, 이분은 숙모님이시네!"

화탁씨는 건륭의 말이 떨어지기 무섭게 궁중에서 배운 예법대로 몸을 낮춰 인사를 했다. 그러자 오아씨가 당황한 나머지 황급히 화탁씨에게 맞절을 했다.

"귀비마마, 마마께서는 주인이시고 저는 아무리 숙모라도 아랫것인데 앞으로는 이러지 마세요. 태후마마, 용비의 의상이 참으로 곱지요? 미색도 절륜絶倫하시고요. 어쩌면 코도 저리 조각한 듯 오뚝하고 이쁠까요!"

태후가 환한 미소를 지은 채 고개를 끄덕였다. 그 사이 태감들이 등나무의자를 가져왔다. 태후가 진씨와 오아씨의 부축을 받아 의자에 앉더니 입을 열었다.

"방금 내무부의 조아무개가 아뢰는데, 화신이 산동에서 또 금 삼백 냥을 보냈답니다. 금발탑을 세우는 데 보태라면서요. 솔직히 이건 아니에요. 금발탑을 만든다고 궁중에서 쓰는 금수저까지 다 걷어가지 않았습니까. 이제 더 이상은 무리인 듯싶습니다. 받침대는 은을 섞어 마무리 짓도록 합시다. 근검절약의 모범을 보여야 할 천가天家에서 너무 수선을 떠는 것도 보기에 안 좋습니다. 어지를 내려 더 이상 금 사냥에 나설 것 없다고 하세요."

건륭이 그러자 웃으면서 말했다.

"무슨 말씀인지 알겠습니다. 하오나 어마마마의 근검절약 정신과 위배될 정도는 아닙니다. 금발탑을 만든답시고 국고에 손을 댄 건 단 한 냥도 없습니다. 어마마마께서 말씀 안 하셔도 받침대는 은을 섞으려고 했습니다. 작약, 어지를 전하거라. 화신이 보내온 금 삼백 냥 가운데서 삼십 냥으로 금수저 백 개를 만들어 자녕궁에 보내거라. 나머지는 은과 섞어 받침대 만드는 데 요긴하게 쓰라고 하라. 더 이상 금을 수거하는 일은 없도록 하라."

건륭의 말이 끝나기도 전에 오아씨가 갑자기 손수건으로 입을 막고는 웃음을 터트렸다. 건륭이 물었다.

"무슨 일입니까, 숙모님?"

오아씨가 발갛게 상기된 얼굴로 대답했다.

"작약이라는 이름이 너무 재미있어서 그러옵니다. 탄 누룽지처럼 곰보자국이 더덕더덕한 저 얼굴이 '작약'이라고요? 너무나도 짧은 저 다리가 '작약꽃대'라고 생각하니 웃음이 절로 나옵니다."

진씨 역시 웃음을 참지 못하고 아뢰었다.

"숙모님 댁의 태감들은 모두 선제 때부터 부리던 태감들이라 우스운 이름들이 없어서 그렇습니다. 자꾸 듣다보면 참 재미있어요. 화친왕부의 몇몇 태감들은 '개똥'에, '갈보새끼'에……. 입에 올리기도 민망스러운 이름 천지입니다."

진씨의 말에 건륭과 태후를 비롯해 궁녀와 태감들도 한바탕 웃음을 터트렸다. 이어 태후가 원소절 관등觀燈 행사에 대해 진지하게 입을 열었다. 아녀자들 역시 어화원에 커다란 용등龍燈을 만들어야 한다는 둥, 자녕궁 앞마당에 천막을 만들어 온 세상의 등롱을 다 모아놓고 이색적인 등절燈節을 보내야 한다는 둥…… 앞을 다퉈 재잘댔다. 심지어 태감들을 동원해 긴 장대를 두 다리에 묶고 춤추는 전통 앙가秋歌놀이와 한선旱船(배 모형을 만들어 저으며 춤추는 놀이)놀이를 곁들여야 제격이라고 주장하는 이도 있었다. 또 사슴과 노루를 풀어 사람과 더불어 뛰놀게 하면 금상첨화일 것 같다고 주장하는 이도 없지 않았다. 그러자 건륭이 어이가 없다는 듯 웃으면서 말했다.

"그러다 자금성에 야수들까지 쳐들어오게 되면 큰일 아닌가? 어화원에서 연회를 베풀어 백관을 초대하는 자리인 만큼 정중함을 잃어서는 아니 되네. 구애받지 않고 즐겁게 놀려면 원명원圓明園이 낫지. 보월루寶月樓, 서해자西海子 쪽에 넓은 공터가 있지 않은가. 내무부에서 정월대보름 분위기를 한껏 고조시킬 수 있도록 그쪽에 준비를 해놓으라고 하면 되겠네. 그게 더 낫지 않겠습니까?"

태후가 건륭의 말에 즉각 고개를 저었다.

"궁원宮苑에서는 어디를 가든 단 하루라도 속박에서 벗어나 마음껏 뛰놀고 웃고 즐기는 일이 불가능하죠. 여기서 가까운 정양문正陽門이 북경 성내에서는 가장 번화한 곳이 아닙니까? 선제께서는 젊은 시절에 늘 이 어미를 데리고 그리로 꽃등 구경을 가고는 하셨죠. 밤하늘을 온통 화려하게 수놓은 폭죽, 한껏 치장한 주변의 은산화수銀山火樹, 그리고 인산인해人山人海를 이룬 사람들……. 지금도 잊혀지지가 않습니다. 궁원에서는 아무리 공을 들여도 그런 재미를 만끽하기 힘들죠!"

태후는 옛 기억을 더듬으면서 말을 하다가 그 시절이 그리운지 눈빛을 반짝였다. 그러나 곧이어 그 옛날의 풍화風華가 아득하고 세월이 흐른 것이 실감나는 듯 조용히 개탄을 했다.

"아이고, 눈 깜짝할 새에 벌써 오십오 년이라는 세월이 흘렀군……."

건륭이 모친의 어깨를 감싸 안으며 위로했다.

"그때로 다시 돌아가고 싶으시죠? 신제께서 어마마마께 그리 아름다운 추억을 남겨주셨거늘 소자가 어찌 가만히 있을 수 있겠습니까? 이참에 아주 제대로 등절燈節을 즐겨봅시다. 북경의 백성들에게 고시하고 소자가 직접 어마마마를 모시고 정양문으로 가서 등불 구경을 할 것입니다! 황후, 귀비를 비롯한 여러 후궁들, 그리고⋯⋯."

건륭이 오아씨를 힐끗 쳐다보더니 덧붙였다.

"친왕과 패륵, 패자와 모든 복진들도 함께 정양문으로 모이게. 백성들이 밀물처럼 몰려들 텐데 그 이상 떠들썩하고 즐거운 등절이 어디 있겠습니까!"

태후가 그러자 어린아이처럼 좋아하면서 박수를 쳤다.

"폐하께서 그렇게 배려해 주신다면 이 늙은이는 더 이상 바랄 게 없습니다! 상상만 해도 여민동락與民同樂, 금오불금金吳不禁(통금 해제를 의미함)의 성세盛世 분위기가 물씬 느껴집니다. 헌데 사람이 너무 많아 깔려죽거나 다치거나, 아니면 시끌벅적한 틈을 타서 아이들을 유괴해 가는 사고가 발생하면 큰일입니다."

"염려놓으세요, 어마마마."

건륭이 금세 기뻐서 어쩔 줄 몰라 하다가 갑자기 없는 걱정도 굳이 만들어서 하는 태후를 보면서 웃음을 지었다. 이어 태후가 안심할 수 있도록 덧붙였다.

"이시요가 있지 않습니까? 이럴 때 만전을 기하라고 당부하면 좀 잘하겠습니까!"

태후가 흡족한 표정으로 몸을 일으켰다. 건륭이 오아씨를 바라보면서 바로 분부했다.

"진씨와 숙모께서 부축해드리세요. 우리 다 같이 화방에 꽃구경이나 갑시다."

일행은 자리에서 모두 일어나 태후를 에워싸고 서쪽으로 조금 더 걸어갔다. 그러자 유리창 너머로 만자천홍萬紫千紅이 눈앞에 활짝 펼쳐졌다. 태후를 비롯한 여인들은 그 모습에 연신 환호성을 지르면서 입을 다물지 못했다.

그때 건륭은 멀리서 종종걸음으로 달려온 작약이 왕팔치에게 뭐라고 귀엣말을 전하며 심각한 표정으로 수군거리는 것을 목격했다. 고개를 돌려 두어 걸음 떼어놓던 건륭은 어딘지 불안한 느낌에 뒤돌아섰다. 이어 여인네들이 태후를 둘러싸고 호들갑을 떨면서 꽃구경에 여념이 없는 틈을 타서 몰래 작약에게 다가가 물었다.

"무슨 일인가?"

작약이 낮은 목소리로 아뢰었다.

"부항 공께서…… 돌아가셨다고 하옵니다!"

"……"

"복강안 공이 천가天街로 들어와 비보를 알리고 군기처에서 어지를 기다리고 있사옵니다."

건륭은 작약의 말에 그 자리에 굳어버리고 말았다. 드디어 올 것이 왔구나 하는 생각이 들었다. 물론 불과 엊그제까지만 해도 '며칠 사이에 비보가 있을지도 모른다'는 방정맞은 생각을 하지 않은 것은 아니었다. 그럼에도 정작 소식을 들으니 충격을 금할 수 없었다. 위태위태하던 담벼락이 쿵 하고 무너져버린 느낌이었다. 그는 한참 동안 맥을 놓고 서 있다가 가까스로 정신을 추스르고는 황급히 지시를 내렸다.

"당직 군기대신에게 전하라. 복강안을 데리고 양심전에 가서 기다리라고 하라. 짐이 곧 그리고 갈 것이다. 그리고, 이시요를 들라 하라!"

건륭은 그 자리에서 잠시 마음을 안정시킨 다음 뒤돌아서서 걸어갔다. 마침 화공花工 태감이 벌꿀을 마셔보라면서 태후에게 받쳐 올리고 있었다. 건륭이 그 모습을 보고는 바로 쇳소리를 내질렀다.

"네 이놈, 네가 먼저 마셔보고 올려야지!"

태후가 건륭의 벼락같은 호통에 조금 놀란 기색을 보였다. 그러자 건륭이 바로 태후에게 사죄하는 뜻으로 웃어 보이면서 말을 이었다.

"어마마마, 그새 무슨 일이 있다고 하네요. 어마마마를 모시고 조선무膳을 들지는 못할 것 같습니다. 나오신 김에 실컷 꽃구경을 하고 들어가세요. 화탁씨가 서역의 춤사위로 어마마마를 즐겁게 해드릴 것입니다! 그럼, 소자는 이만 가보겠습니다. 화탁, 태후마마를 정성껏 시중들게. 숙모님도 모처럼 입궐하셨으니 오래 놀다 가세요. 늦으면 여기서 주무셔도 되고요. 진씨가 알아서 잠자리를 봐드리게……."

건륭의 말이 길어지자 태후가 어서 가보라는 듯 손사래를 쳤다. 이어 웃음 띤 얼굴로 말했다.

"염려 붙들어 매시게. 폐하께서 당부 안 하신다고 누가 감히 이 늙은이를 괴롭히기라도 하겠습니까?"

어화원을 나선 건륭은 곤녕문 앞에 대기해 있는 가마를 타고 길을 재촉했다. 이어 저수궁 문 앞에 다다르니 영항 남쪽 양심전의 수화문이 한눈에 보였다.

기윤은 이미 와 있었다. 흰색 상복을 입은 복강안은 기윤과 함께 계단 아래에 엎드려 어가를 맞고 있었다. 가마에서 내려선 건륭은 어깨를 들썩이면서 소리 죽여 울고 있는 복강안을 보고는 한숨을 내쉬었다. 이어 짤막한 한마디를 남기고 궁전 안으로 들어갔다.

"들게!"

왕팔치와 왕렴은 서둘러 건륭의 의복을 갈아 입혔다. 궁녀가 차를 가져오기도 전에 기윤이 묵묵히 들어섰다. 그 뒤로 슬픔에 젖어 몸도 제대로 가누지 못하는 복강안이 따라 들어왔다.

"폐하……!"

복강안은 팔다리가 마비된 사람처럼 땅바닥에 풀썩 엎드려 울먹였다. 평소 한 올의 흐트러짐도 없이 빗어 내렸던 머리카락은 사방으로 푸석푸석하게 삐져나와 있었다. 슬픔에 잠긴 낯빛이 초췌해 보였다. 그는 손으로 바닥을 후벼 파면서 연신 건륭을 불렀다.

"폐하……! 폐하……!"

말을 잇지 못하는 복강안을 바라보는 기윤의 눈에도 눈물이 그렁그렁 고였다. 그는 복강안을 부둥켜안고 크게 목 놓아 울고도 싶었다. 그러나 어전에서 감히 그런 무례를 범할 수는 없었다. 평소에도 언성이 어느 정도 이상 높아지면 군전무례君前無禮의 죄명을 쓰기 십상인 탓이었다. 기윤이 곧 터져 나오는 울음을 애써 참으면서 입을 열었다.

"부항이 이승의 끈을 그만 놓아버리고 말았사옵니다……."

건륭은 잠시 말이 없었다. 그는 눈 둘 곳을 못 찾고 사방을 두리번거렸다. 그러더니 천장의 조정藻井을 한참 뚫어지게 바라봤다. 곧이어 두 줄기의 눈물이 소리 없이 흘러내려 그의 턱에 빗물처럼 대롱대롱 매달렸다. 왕팔치가 황급히 수건을 받쳐 올렸다. 건륭이 서둘러 눈물을 문질러 닦고는 쉰 목소리로 말했다.

"끝내 가버렸군……. 이제 쉰 살을 조금 넘겼을 뿐인데, 뭐가 그리 조급해서 짐을 뒤로 하고 떠나버렸다는 말인가?"

복강안은 연신 머리만 조아릴 뿐이었다. 목이 메어 숨쉬기조차 힘겨운 듯했다. 그는 핏줄이 튀어나온 손으로 미끄러운 바닥을 죽어라 헤집으면서 극도의 슬픔을 참고 있었다. 건륭이 그 모습을 잠자코 지켜보다 위로의 말을 건넸다.

"강아야, 네가 얼마나 괴로울지 짐작하고도 남음이 있느니라. 억지로 참지 말고…… 소리 내어 울거라. 실컷 울거라."

"흑, 흑, 흑……."

복강안의 입에서 드디어 참고 참았던 오열이 터져 나오기 시작했다. 급기야 아무렇게나 땅에 엎드린 채 몸을 뒤틀면서 대성통곡을 했다. 복강안이 울음을 터트리자 건륭의 두 눈에서도 참았던 눈물이 비 오듯 흘러내렸다. 궁전 가득한 태감과 궁녀들도 모두 눈물을 쏟았다.

평소에 빈부귀천을 따지지 않고 아랫것들이라고 해서 하대하는 법 없이 자상하고 인간적이었던 부항이었기에 사람들은 모두들 부항의 죽음을 슬퍼했다. 기윤 역시 그랬다. 아예 복강안을 껴안은 채 한참 동안이나 오열을 쏟아냈다. 그러자 그나마 가슴이 좀 홀가분해진 것 같았다.

그리고 나서야 기윤은 정신이 조금 드는지 앞으로의 일을 생각했다. 이대로 맥을 놓고 있기에는 그가 할 일이 너무 많았던 것이다. 그는 서둘러 눈물을 닦고 감정을 추슬렀다.

"실로 여한이 없는 일생을 살다 갔사옵니다. 폐하의 성은을 한 몸에 받고 백성들의 신망을 듬뿍 얻었으니 역사의 한쪽을 멋지게 장식할 것이옵니다. 대청을 위해 혁혁한 공로를 세운 일등공신으로 세인들의 가슴에 오래도록 남을 것이옵니다……."

기윤이 눈물을 흩뿌리면서 연신 머리를 조아렸다.

"발인 기간까지 사흘 동안 철조輟朝한다."

건륭이 눈물을 닦았다. 이어 한참 복강안을 내려다 봤다. 그러다 그의 울음이 그치기를 기다렸다가 입을 열었다. 그는 탁하고 무거운 목소리로 힘을 주어 또박또박 말을 이었다.

"기윤, 자네는 짐을 대신해 제문祭文을 작성하게. 황자 옹린을 발인

식에 보낼 것이네. 다라니경陀羅尼經 이불은 미리 준비해 뒀었네. 혹시 기적이라는 게 생기지 않을까 기대하고 미리 하사하지 않았을 뿐이네. 이제 기윤 자네가 우민중과 함께 가서 어지와 다라니경 이불을 함께 전해주게. 장례식은 예부의 규칙에 따라 일등공장一等公葬으로 치러질 것이네.”

건륭이 잠시 말을 멈췄다가 다시 이었다.

“부항이 현량사賢良祠에 들어가는 건 두말하면 잔소리이네. 장례가 끝나면 부항의 단청丹青 초상을 자광각紫光閣에 모시게. 복륭안福隆安은 일등백작一等伯爵, 복령안福靈安은 이등백작二等伯爵 겸 산질대신散秩大臣으로 봉하겠네. 복강안福康安은 부항의 적자嫡子이니……, 지금 이 순간부터 자네 부친의 작위를 세습 받게. 일등공작一等公爵에 봉하네.”

복강안이 기운 없이 무릎을 꿇고 있다 놀라움에 몸을 흠칫 떨었다. 기윤의 허리에도 힘이 들어갔다. 부항의 아들 복륭안과 복령안에게 내린 은전은 부항의 신망과 일생 동안의 업적을 돌이켜볼 때 당연한 것이라고 할 수 있었다. 그러나 ‘일등공작’은 신하로서는 최고의 공명功名이었다. 얼마나 많은 인신人臣들이 이 최고의 공명을 얻고자 노력을 다하고 있는가. 사막의 전쟁터에서 목숨까지 던지더라도 그런 공명은 쉬이 얻지 못하는 것이었다. 그런데 복강안은 아비를 잘 뒀다는 이유 하나만으로 촌척의 공로도 없이 ‘일등공작’의 명예를 손쉽게 따내지 않는가. 기윤으로서는 그저 놀라울 따름이었다. 그러나, 아직 앞날이 구만리인 복강안에게 이 같은 특별한 은혜를 하사하는 것이 이로울까? 기윤은 머리를 갸웃거렸다.

건륭의 복강안에 대한 성총이 유별함을 모르는 이는 없었다. 몇 번이고 3등공작의 공명을 하사하려고 했으나 물론 그때마다 번번이 군기처의 반대로 무산되고는 했다. 그런데 건륭은 마치 그에 대한 분풀이를 하기라도 하듯 이번에 갑자기 복강안에게 '일등공작'을 세습 받도록 하는 결정을 내렸다!

기윤은 복강안에게 득보다는 실이 많을 공명 하사를 재고해 주십사 청을 드리고 싶었다. 그러나 혼자는 자신이 없었다. 때가 때이니만큼 가뜩이나 예민해 있는 건륭을 자극하는 것도 좋지 않다고 생각했다. 결국 기윤은 어찌 대답해야 할지 몰라 그저 깊이 생각하는 척할 수밖에 없었다.

기윤은 생각다 못해 복강안을 슬쩍 건드렸다. 복강안이 기윤의 뜻을 짐작했는지 머리를 조아리면서 아뢰었다.

"폐하의 지극한 은전은 부친에 대한 성총의 연장임을 잘 알고 있사옵니다. 그러니 신은 마땅히 사양하지 않는 게 예의이옵니다. 하오나 폐하께서는 누누이 '기품 있는 여인은 부모가 마련해주신 혼수를 받지 않고, 뜻 있는 사내는 부모께서 농사지은 쌀을 먹지 않는다'고 뜻 깊은 훈육을 내리셨사옵니다. 신은 오로지 스스로의 힘으로 공로를 세워 폐하의 높고 크신 성은에 보답하고 부친께서 못 다한 뜻을 이어받아 공로를 이룩하는 그날, 폐하께서 내리시는 공명을 당당하게 받는 것이 좋을 것 같사옵니다. 그럴 때 구천에 계신 부친께서도 기뻐하실 것이옵니다. 신은 장례가 끝나는 대로 부친을 잃은 슬픔을 딛고 일어나 폐하와 종묘사직을 위한 일에 전념하도록 하겠사옵니다."

"자네의 뜻이 정 그러하다면 짐이 이 조목을 어지에 명시토록 하겠네. 자네 뜻대로 더욱 거듭나는 계기가 되기를 바라네."

건륭이 힘을 줘 덧붙였다.

"그러나 자네는 누가 뭐래도 복륭안이나 복령안과는 다르네. 자네가 공명을 사절하면 그들은 어찌하겠는가? 이등공작二等公爵이라도 내릴 테니 두말하지 말게."

그때 이시요가 눈물범벅이 된 채 엎어질 듯 들어와 예를 행했다. 건륭이 이시요를 보면서 말했다.

"경과 기윤은 모두 부항의 은혜를 입은 사람들이네. 기윤이 중심이 돼 장례식을 무사히 치르도록 하게. 부항은 다른 사람과 다르네. 짐의 처남이자 사책史冊에 길이 빛날 고굉대신이네. 짐은 부항의 집으로 걸음 할 자신이 없네. 만조의 문무백관이 다 모인 자리에서 흐트러진 모습을 보일 것 같아서 말이네. 그러니 짐은 가지 않겠네. 경들이 알아서 잘하리라 믿고 맡기겠네. 무슨 일이 있으면 수시로 짐에게 아뢰도록 하게."

이시요가 눈물을 거두고는 머리를 조아렸다.

"부상은 신의 상사이자 훌륭한 스승이었사옵니다. 융종문에서 비보를 접하고 신은 벼락이라도 맞은 듯 놀랐사옵니다. 지금도 신은 실감이 나지 않고 믿을 수가 없사옵니다…… 부상은 폐하께서 손수 키워내신 재상이옵니다. 정계에서 일인지하 만인지상의 위력을 과시했을 뿐더러 삼군三軍의 장사將士들에게도 영원한 대통수大統帥로 추앙받을 것이옵니다. 청하옵건대, 장례식 때 병사 일천 명을 동원해 영구靈柩를 위로하는 것이 어떨까 하옵니다."

건륭이 이시요를 물끄러미 바라봤다. 그러나 말은 없었다. 대통수로서의 부항의 위망威望을 고려할 때 1000명의 병사를 동원해 영구를 호송하는 건 어쩌면 당연한 일인지도 몰랐다. 그러나 전쟁터에서 장렬하게 죽어간 통수를 제외하고는 지금까지 그런 영광을 누린 전례는 없었다. 이미 일등공작에 봉하는 등 최고의 공명을 하사했거늘 이시요는 무슨 이유로 한술 더 뜨려고 하는 것일까?

건륭은 잠시 아무런 말도 하지 않았다. 그의 무거운 침묵은 기윤을 비롯한 세 신하에게 무형의 압력으로 작용했다. 복강안과 기윤은 이 시요를 대신해 뭔가 변명이라도 하고 싶었으나 마땅히 아뢸 말이 떠오르지 않았다. 그제야 이시요는 자신의 말이 지나쳤던 걸 후회하는 듯 슬쩍 건륭의 눈치를 살폈다.

건륭은 그런 이시요를 보면서 그냥 '말실수'로 치부해버리기로 마음을 굳혔다. 이어 한숨을 내쉬었다.

"자네도 좋은 마음에서 그리 말했다는 걸 알고 있네. 영웅의 가는 길에 좀 더 대접을 해주고 싶은 마음을 짐이 어찌 모르겠나. 다만 너무 부담을 주면 좋지 않네. 부항의 성격에 구천에서도 발 편히 뻗고 잠을 자지 못할 것이네."

이시요가 그러자 연신 머리를 조아렸다.

"신의 불민함을 용서해주시옵소서. 폐하의 성유聖諭에 따르겠사옵니다."

건륭이 다시 막 입을 열려고 할 때였다. 왕렴이 들어섰다. 손에 두 통의 서찰을 받쳐 들고 있었다. 건륭이 물었다.

"어디서 온 편지인가?"

"군기처에서 화급하다면서 전해온 서찰이옵니다."

왕렴이 편지를 받쳐 올렸다. 그리고는 한 걸음 뒤로 물러나 아뢰었다.

"하나는 수혁덕 장군의 서찰, 다른 하나는 열다섯째마마의 서찰이옵니다. 둘 다 '특급'이라는 글씨가 적혀 있사옵니다. 열다섯째마마의 서찰에는 세 개의 닭털이 붙어있사옵니다……."

건륭이 시끄럽다는 듯 미간을 찌푸리면서 손사래를 쳤다. 왕렴은 황급히 입을 다물고는 풀이 죽은 채 뒷걸음질을 쳤다. 기윤과 이시요는 무슨 일인지 몰라 긴장한 표정으로 허리를 펴고 고개를 들었다.

복강안 역시 눈물이 그렁그렁한 눈으로 건륭을 바라봤다.

건륭은 두 통의 편지를 번갈아 봤다. 수혁덕의 통봉서간은 긴 여정을 대변하듯 모서리가 닳아 있었다. 옹염의 편지는 군기처로 보낸 서찰이었다. 건륭은 먼저 수혁덕의 편지를 뜯어 빠른 속도로 재빨리 훑어봤다. 그리고 나서 서둘러 옹염의 편지에서 속지를 꺼냈다. 놀랍게도 옹염의 필적이 아니었다. 건륭이 크게 놀라며 물었다.

"기윤, 이번에 옹염을 수행한 사람은 누군가?"

기윤이 느닷없는 질문에 놀라면서 황급히 대답했다.

"왕이열이라는 사람이옵니다. 육경궁에서 황자들의 글공부를 시중들고 있는 자이옵니다. 한림원에서 편수……."

기윤은 말을 맺지도 못하고 입을 다물어야만 했다. 건륭이 열심히 서찰을 읽고 있었던 것이다.

난각 안팎은 미세한 숨소리조차 들리지 않을 정도로 조용해졌다. 무릎을 꿇고 있는 기윤 등의 세 신하는 잠시 부항의 상사喪事도 잊은 채 건륭 쪽에만 온통 정신을 집중했다. 태감들 역시 건륭의 눈치를 살피며 숨을 죽였다.

편지는 종이가 많지는 않았다. 그러나 글씨가 작고 행간이 좁아 내용이 아주 장문長文인 듯 보였다. 무표정하던 건륭의 얼굴이 점점 벌겋게 달아오르기 시작했다. 약간 내리깐 눈꺼풀 사이로는 분노에 찬 서슬이 번득였다. 그러는가 싶더니 바로 눈빛이 암담하게 변했다. 안색도 우울하고 창백하게 변했다.

그가 편지를 내려놓고 깊은 생각에 잠긴 채 한참 앉아 있더니 천천히 입을 열었다.

"내심 두려워했더니 결국 터지고 말았군!"

건륭이 편지를 집어 들고는 자리에서 일어났다. 이어 천천히 실내를 배회하기 시작했다.

건륭은 한번 자리를 잡고 앉으면 적어도 여섯 시간은 거뜬히 버텨내 좌공坐功이 옹정을 능가한다고 소문난 사람이었다. 그런 건륭이 지금 안절부절못하고 있었다!

다행히 잠시 후 그의 안색이 점차 원래대로 돌아오는 것 같았다. 기윤이 떨리는 목소리로 여쭈었다.

"무슨…… 안 좋은 일이라도 생긴 것이옵니까?"

"평읍平邑현에서 사고가 났다네."

불길한 예감을 감추지 못하고 있던 기윤 등 세 신하는 건륭의 입에서 그 한마디가 나오는 순간 놀라움을 금치 못했다. 건륭이 다시 말을 이었다.

"땔감장사 둘이 손님 하나를 두고 다투다가 몸싸움이 붙었는데, 현아문의 아역들이 두 사람을 다 연행했다고 하네. 그중 한 사람의 눈먼 어미가 아들을 찾아갔다고 하네. 아들이 불쌍하다고 울면서 동냥해온 밥을 한 입씩 떠먹이고 있는데 아역들이 그 밥그릇을 빼앗아 발로 차버렸다고 하네."

건륭의 안색이 다시 무섭게 변했다.

"그러니 백성들의 분노를 사지 않고 배기겠나? 때는 설 연휴인 초닷새 낮이라 지나가던 사람들이 많았다는군. 백성들이 그 광경을 보고 욱하고 몰려들어 난동을 부린 게지. 왕염王炎이라는 자가 마차에 뛰어올라 사람들을 모아놓고 선동을 하자 삽시간에 오천여 명이 호응했다네. 그리고는 우르르 현아문으로 쳐들어가 감옥을 부수고 한바탕 아수라장을 만들었다는군! 열다섯째황자는 '왕염'이라는 그자를 임상문으로 의심하고 있네. 현령은 어디론가 숨어버리고 현령의 큰아들은 난민亂民들의 칼에 맞아 죽었다고 하네. 하녀 여섯 명이 윤간을 당하고, 아역들도 스물한 명이나 맞아 죽거나 중상을 입었다네. 더욱 가증스러운 것은 성 밖에 주둔해 있다는 일천 명의 녹영병들이 저희들끼리 치고받고 내분을 치르느라 성안에 난이 일어났는데도 진압하러 오지 않았다는군. 그 혼란을 틈타 또 이천 명의 난민들이 뻥 뚫려 있는 군영 채문寨門으로 돌격해 군영을 점령했다고 하네. 그렇게 해서 병사 열세 명이 죽고 조총도 다섯 자루나 빼앗겼다는군. 대포 한 문도 그 자리에서 폭파됐다고 하네. 난민들은 병사들에게 배급한 고기와 식량까지 전부 빼앗아 유유히 달아났다고 하네!"

흥분한 건륭은 칸막이 병풍을 주먹으로 치면서 분통을 터트렸다. 이어 큰 소리로 불렀다.

"고운종은 들라!"

"찾아 계셨사옵니까!"

고운종이 구르듯 달려 들어왔다.

"어제 군기처에 물었을 때 아계가 어디쯤 왔다고 하던가?"

"아뢰옵니다, 폐하! 고비점高碑店까지 왔다고 하옵니다."

"쾌마快馬를 파견해 어지를 전하라. 엄동嚴冬에 뭐가 볼 게 있다고 그리 느려터졌느냐고!"

"예!"

고운종이 일어나려다 말고 다시 엎드렸다. 이어 어지를 복술했다. 건륭이 더 이상 보태는 말이 없자 그제야 물러갔다.

건륭은 무서운 눈빛으로 궁전 여기저기를 쓸어봤다. 누구에게 분풀이라도 하고 싶은 모양새였다. 곧이어 신하들도 쭉 둘러보더니 기윤에게 눈길을 박았다.

"조혜의 군중에서 채소를 못 먹은 지 오래 됐다는데, 군기처에서는 어찌해서 짐에게 이 사실을 아뢰지 않았다는 말인가?"

산동 평읍현의 폭동 사건에 대해 생각하고 있던 기윤은 엉뚱한 호령에 황급히 머리를 조아렸다. 이어 떨리는 목소리로 대답했다.

"신은 군무에 대해서는 잘 모르옵니다. 군기처 장경 유보기劉保琪에게 들은 말은 있사옵니다. 우민중 공이 홍당무 삼십만 근을 하남성 개봉開封에서 서녕西寧으로 운송하고자 했는데 병부에서 난색을 표했다고 하옵니다. 홍당무 삼십만 근이라고 해봤자 삼백 냥 값어치밖에 안 나가는데 운송비용이 육천 냥이나 든다고 말이옵니다."

건륭이 그러자 포효하듯 고함을 질렀다.

"육천 냥이 아니라 육만 냥이라도 보낼 건 보냈어야지! 병부 그 자식들, 안 되겠구먼! 값비싼 물건을 운송하라고 했으면 그렇게 나오지 않았을 걸? 조혜의 병사들은 채소를 먹지 못해 대부분 야맹증을 앓고 있다네. 밤중에 적들이 쳐들어오면 알아보지를 못해 갈팡질팡하다가 자칫 자기들끼리 치고받고 하는 불상사가 생길 수 있다는 말이지. 병부 상서 아합목阿合穆의 직무를 박탈한다. 그자에게 어지를 전하게. 빠른 시일 내에 조혜의 군영에 채소를 운송하고 조혜의 영수증을 받아오면 복귀시켜주겠다고 말이야!"

"예!"

기윤이 대답과 함께 일어서려고 했다. 건륭이 손짓으로 그를 눌러 앉히고 왕팔치를 불렀다.

"왕팔치, 네가 다녀오너라. 우민중에게도 어지를 전하거라."

왕팔치가 황급히 다가와 귀를 기울였다. 건륭이 바로 분부했다.

"산동성 평읍현에서 폭동이 발생한 사실을 우민중에게 이르거라. 그러나 조혜 군영의 군무가 더 우선이니 채소 외에 필요한 물건은 없는지 사전에 파악하고 미리미리 공급하라고 하거라. '서선안, 천하녕' 西線安, 天下寧(서부전선이 무사해야 천하가 안녕하다는 의미)! 이 여섯 글자를 부디 명심하라고 하거라! 가봐!"

건륭은 여섯 글자를 미리 생각해뒀던 것 같았다. 이시요는 잠깐의 되새김 끝에 그 여섯 글자의 분량을 가늠해 낼 수 있었다. 내지內地의 군정軍政과 민정民政은 사방에서 구멍이 숭숭 뚫리고 있었다. 팔방에서 바람이 샌다는 것도 틀린 말이 아니었다. 그러나 서부전선에서 승리를 한다면 그 여세를 몰아 내지의 안정을 쉽게 도모할 수 있을 터였다. 반대로 내지가 불안정한 상황에서 서부 전사까지 패하게 되면 사태가 걷잡을 수 없는 악화일로로 치닫게 될 터였다. 이것이 조정, 더 정확하게 말하면 건륭이 서부 전사戰事에 목숨을 거는 이유라면 이유였다.

이시요는 북경에 오고나서부터 속 시원히 풀리는 일이 하나도 없었다. 그러던 차에 갑자기 한 가지 생각이 떠올랐다. 이럴 때 총대 메고 나가 사막을 종횡무진 누비는 것이 차라리 낫지 않을까? 멋지게 승전고를 울리고 다시 북경으로 돌아온다면 지금보다는 상황이 좋아질 것 아닌가? 이시요가 흥분해서 막 입을 열려는 찰나 복강안이 먼저 앞질러 나섰다.

"폐하, 신이 성려聖慮를 덜어드리겠사옵니다! 조혜가 주장主將이 되고 신이 선봉先鋒이 돼 서역을 소탕하고 개선하겠사옵니다!"

"이시요도 엉덩이를 들썩이는 걸 보니 뜻이 있나 본데……. 둘 다 가상한 생각이기는 하나 아직 서역이 그 정도로 위급한 상황은 아니네."

건륭이 한결 부드러워진 눈매로 신하들을 바라보면서 다시 말을 이었다.

"워낙 넓디넓은 천하가 아닌가. 이 구멍을 막으면 저쪽에서 물이 새고, 동쪽을 무마하면 남쪽에서 궐기하니 짐이 과부하에 걸려 유난히 민감해진 것 같네. 강아는 부친의 장례식도 끝나지 않았으니 조급해하지 말거라. 우선 마음을 가라앉히고 장례식부터 탈 없이 치르거라. 그 후에는 상심이 큰 모친을 돌봐야 하지 않겠나. 삼 년의 효도 기간이 끝나면 짐이 자네를 기용할 것이니 염려하지 말게."

복강안은 타고난 성정이 고집스럽고 승부욕이 강했다. 그래서 평소에 쉬이 자신의 뜻을 굽히는 경우가 없었다. 지금도 속으로는 아버지의 후광을 입어 일등공작에 봉해지면 뭘 하고, 자손 대대로 후한 녹봉을 먹으면서 구차하게 살아서 뭘 하랴 싶은 생각을 하고 있었다. 평소에 연마하고 익힌 군사재능을 발휘해 보고 싶은 생각만이 머릿속에 가득했다. 그러니 눈앞에 닥친 기회를 놓칠 리 만무했다. 급기야 연신 머리를 조아리면서 간청을 했다.

"폐하! 폐하의 넓고 큰 성은에 깊이 사은을 표하옵니다. 그러나 신은 이번 기회를 놓칠 수 없사옵니다. 그동안 저희 일가가 입어온 하해河海와 같은 성은에 조금이나마 보답할 수 있는 절호의 기회이옵니다. 집에는 두 형제가 남아 있으니 신은 나랏일을 마무리 짓고 어머니를 위로해도 될 것이옵니다. 폐하께서 신을 서녕西寧으로 보낼 의향이 없으시다면 평읍으로라도 보내주시옵소서. 선량한 백성들을 난민亂民으로 전락하게 종용하고 선동한 악의 무리를 때려 엎고 오겠사옵니다. 그곳의 반적反賊들은 지금은 오합지졸에 불과하오나 시간이 흐를수록 세력이 커져 대적하기 점점 힘겨워질 것이옵니다. 통촉해 주시옵소서!"

건륭이 그러자 미간을 찌푸린 채 대답했다.

"평읍의 난은 비적들과 사교 일당이 우매한 백성들을 선동해 일으킨 난동에 불과할 뿐 계획적이고 조직적인 폭동은 아니네. 오천 명이라고는 해도 백성들이 대부분이고 비적과 사교도는 천 명 정도가 고작일 것이네. 허니 그 정도면 유용과 화신이 처리해도 무난할 것 같네."

복강안이 다시 머리를 조아렸다.

"유용은 믿을 만하오나 화신은 한낱 평범한 관리에 불과하다고 생각하옵니다! 그자가 무슨 재주가 있어 군사를 이끌겠사옵니까?《좌전》左傳을 보면, 싸움에서 이기고 지는 것은 모두 병사들의 사기에 의해 결정되옵니다. 대체로 첫 번째 북을 칠 때 병사들의 사기가 제일 왕성하지만 두 번째는 사기가 줄어들고, 세 번째는 쇠진해 버리고 만다고 하옵니다. 그러므로 단박에 쳐내지 못하면 열 배로 힘들어질 것이옵니다!"

복강안은 남다른 성총을 입으면서 승승장구하는 화신을 평범한 관리로 매도해 버렸다. 사실 이시요와 기윤도 평소에 화신을 못마땅하게 생각하고는 있었다. 그러나 곧 군기대신으로 입직을 앞두고 있는 사람인 탓에 감히 비난할 엄두를 못 냈다. 그런 상황에서 복강안이 무모하다 싶을 정도로 담대한 발언을 했으니 한편으로 통쾌하면서도 다른 한편으로는 걱정도 됐다. 두 사람은 약속이나 한 듯 가만히 건륭을 훔쳐봤다.

"화신은 평범한 관리가 아니네. 육부六部를 조화롭게 하는 이재理財의 능신能臣이네."

건륭이 덧붙였다.

"그러나 그가 군무에 재능이 없다는 자네의 말에는 공감하네."

건륭의 얼굴에는 전혀 화가 난 기색이 없었다. 목소리도 담담했다. 심지어 복강안을 향한 눈빛은 부드럽기만 했다. 크게 호통을 치고 한바탕 훈책을 할 것이라고 짐작했던 기윤과 이시요는 적이 의외라는 표정으로 서로를 마주봤다. 다른 신하들은 감히 엄두도 내지 못할 말을 건륭 앞에서 아무렇지도 않게 내뱉는 복강안도 그렇고, 그런 신하를 따뜻하게 바라보는 건륭도 그렇고……. 상상도 할 수 없는 장면이었기에 둘을 지켜보는 기윤과 이시요의 마음은 조마조마했다가 놀랐다가 하며 건륭의 속마음을 종잡을 수가 없었다.

건륭은 그런 둘의 마음을 아는지 모르는지 여전히 봄 햇살처럼 따사로운 미소를 지으며 복강안을 향해 말했다.

"네가 한사코 밀어내면서 받기를 거부하지만 너는 일등공작이고 잠영簪纓의 귀주貴胄이니라. 앞으로 신분에 어긋나는 언행은 금물이다. 무심코 던진 돌에 개구리가 맞아 죽는다고 했어. 유심有心이든 무심無心이든 항상 말조심을 해야 하느니라. 너의 아비는 온溫, 량良, 공恭, 검儉, 양讓 다섯 가지 미덕을 두루 갖춘 흔치 않은 호인이야. 잘 본받아 이 나라의 동량으로 거듭나거라. 웬만하면 너의 뜻을 받아 주고 싶으나 차마 상중喪中인 너를 보낼 수가 없구나."

복강안의 두 눈에서 눈물이 흘러내렸다. 급기야 땅에 엎드려 연신 머리를 조아렸다.

"부친께서는 평소에 늘 가르침을 주시기를, 폐하의 은혜에 충효로써 보답해야한다고 하셨사옵니다. 임종시에도 신의 손을 잡고 '폐하는 너의 고모부이다. 그러나 사적인 친분 이전에 군신관계가 엄연한 주종 사이임을 간과해서는 아니 된다. 태어날 때부터 가지고 나온 부귀공명은 아무 소용이 없느니라. 네가 두 주먹으로 이뤄낸 것이야말로 진정으로 값지고 보람 있는 것이다. 금천으로 너를 데리고 가지 않았던 건 지금 돌이켜 보면 후회막급이다'라고 유언을 남기셨사옵니다……."

건륭은 부항이 아들에게 남겼다는 유언 내용을 듣고는 아랫입술을 지그시 깨물었다. 진정한 충신을 잃은 슬픔이 다시금 파도처럼 밀

려왔다. 한참 눈을 감고 생각에 잠겨 있던 그가 드디어 천천히 입을
열었다.

"너의 아비의 뜻이 정녕 그러하다면 짐도 생각을 고쳐야겠구나. 너
에게 초비선위사剿匪宣慰使 자격을 줄 테니 산동으로 가서 사태를 수
습하고 오너라!"

23장
복강안과 가병家兵들

"옛!"

실망한 표정이 역력하던 복강안의 얼굴이 금세 활짝 폈다. 너무나 흥분한 나머지 자리에서 벌떡 일어서며 소리치듯 아뢰었다.

"망극하옵니다! 신의 부친께서도 필히 성은에 감은感恩하시어 감격의 눈물을 흘리실 것이옵니다. 이 한 몸 다 바쳐 폐하의 크나큰 성은에 보답하겠사옵니다! 신은 지금 당장 모친께 인사를 드리고 병부로 가서 감합勘合을 받겠사옵니다. 오후에 입궐해 폐사陛辭(황제와 작별함)한 다음 폐하의 기의機宜(상황에 따라 사무를 처리함)를 면수面授받도록 하겠사옵니다!"

건륭은 젊은 혈기를 주체하지 못하고 서두르는 복강안을 향해 진정하라는 손짓을 했다. 그리고는 물었다.

"북경에서 군사를 데리고 갈 테냐, 아니면 산동의 녹영병들을 쓸 것이냐?"

복강안이 즉각 대답했다.

"현지 주둔군들을 활용하고자 하옵니다. 한낱 도량소추跳梁小醜(소란이나 피우는 소인배)에 불과한 자들을 소탕하면서 대병大兵까지 동원시킬 수는 없사옵니다. 그리 되면 북경의 백성들을 경동시켜 갖은 요언이 난무할 수 있사옵니다. 청하옵건대 조총鳥銃과 화창火槍 서른 자루와 쾌마 서른 필을 지원해 주시옵소서. 신은 가노家奴들을 데리고 밤을 낮 삼아 출발하겠사옵니다. 열흘 내에 폐하께 승리의 소식을 들려드리도록 하겠사옵니다."

건륭이 사기가 한껏 올라 있는 복강안을 바라봤다. 그리고는 오랜 침묵 끝에 천천히 입을 열었다.

"과연 발전이 빠르구나. 대병을 동원시키면 북경의 백성들이 불안해하는 것까지 염려하는 걸 보니! 반적들을 소탕한답시고 사람을 너무 많이 죽이지는 말거라. 양민들은 반드시 보호해야 하느니라. 항상 '선위'宣慰(제왕이 사람을 보내어 위로하고 대접함) 두 글자를 잊어버리지 말거라. 그리고 하찮은 적일지라도 절대 소홀히 대해서는 아니 될 것이다. 시간이 걸리더라도 전략전술에 만전을 기해 반드시 승리해야 한다. 패배하는 날에는 왕법王法이 무친無親하니 그때 가서는 짐도 성은을 내릴 수 없음을 미리 못 박아두는 것이다. 알겠느냐?"

복강안의 준수한 얼굴이 조각상처럼 딱딱하게 굳어졌다. 그는 머리를 조아리며 엄숙하게 대답했다.

"폐하의 지엄한 훈육을 가슴에 새기고 절대 경거망동하지 않겠사옵니다. 부친께서도 늘 마속馬謖, 조괄趙括의 예를 들어 신의 쾌우파차快牛破車(소를 너무 빨리 몰아 수레가 망가짐)를 염려하셨사옵니다. 부친의 정훈庭訓이 아직도 귓전에 생생하온데 어찌 군부君父의 훈육을 한순간인들 잊을 수 있겠사옵니까? 성려를 거두시옵소서. 신은 이 자리에서 군령장軍令狀을 세우겠사옵니다!"

건륭이 말없이 '조카'를 응시했다. 당부의 말이 태산 같았다. 그러나 목까지 올라온 말을 억지로 삼켰다. 그가 천천히 입을 열었다.

"그럼 이만 물러가거라. 기윤은 복강안과 함께 병부에 들렀다가 짐을 대신해 부항의 문상을 가게. 가보게……."

건륭이 손사래를 쳤다. 기윤과 복강안은 함께 물러났다. 건륭은 창문 너머로 두 사람이 조벽照壁을 돌아서는 걸 끝까지 지켜보고 나서야 이시요를 향해 돌아섰다.

"그만 일어나서 저쪽 걸상에 앉게."

이시요가 사은을 표하고 미처 자리에 앉기도 전이었다. 건륭의 질문이 빠르게 날아들었다.

"원소절(정월대보름)이 바로 코앞인데 자네 보군통령아문에서는 북경의 치안을 어떻게 유지할 셈인가?"

마치 그림처럼 정좌正坐해 있던 이시요가 장시간 꿇은 무릎이 아픈 듯 몰래 손으로 문지르면서 아뢰었다.

"폐하! 순천부와 손잡고 화재 예방과 도둑을 잡는 데 전력을 다하기로 했사옵니다. 순천부와 구문제독아문에서 주야로 당직을 설 것이옵니다. 유사시 신속한 화재진압을 위해 수통水桶, 수차水車와 구화대救火隊도 준비해 놓았사옵니다. 그리고 집포청緝捕廳의 아역들을 수시로 출동시킬 수 있도록 미리 조처했사옵니다. 이 밖에 사이비 교도들이 명절을 틈타 소동을 일으키지 못하도록 예방책도 마련했사옵니다. 구문제독아문의 군리軍吏들이 변복變服 차림으로 청방, 황천패 등과 함께 엄밀한 감시를 할 것이옵니다. 수상한 움직임이 포착되는 즉시 손을 쓸 예정이옵니다. 정양문, 서직문, 동직문, 북안정문, 조양문

등 사람이 많이 몰리는 곳에 대해서는 더욱 철저하게 감시할 것이옵니다. 이밖에 이천 명의 군사들이 항시 신의 명령을 대기하고 있을 것이옵니다. 사달이 일어나지 않으면 더할 나위 없이 좋겠지만 설령 이상한 움직임이 있더라도 즉각 사태를 진정시킬 수 있도록 최선을 다하겠사옵니다. 각 향당香堂의 당주堂主들과 평소에 요주의 인물로 찍힌 자들에게는 미행을 붙이겠사옵니다. 모두가 즐겁고 무사한 등절燈節을 보낼 수 있도록 다방면으로 노력할 것이옵니다. 만에 하나 차질이라도 생기는 날에는 신의 죄를 물어주시옵소서!"

"그 '만에 하나'라는 말 자체도 없어야 하네."

건륭이 온돌로 돌아가 앉으면서 덧붙였다.

"태후마마와 황후도 백성들과 더불어 등절을 보내고 싶다고 하셨네."

순간 이시요의 눈꺼풀이 가볍게 떨렸다. 화들짝 놀란 그가 다그치듯 물었다.

"어디서 관등觀燈을 하실 것이옵니까?"

건륭이 말했다.

"정양문이네. 북경의 백성들에게 안민고시安民告示를 내붙이게. 짐이 친히 태후마마를 뫼시고 성곽에 오를 것이라고 고시하게."

건륭은 태후를 모시고 성곽에 오르려는 계획과 백관들에게 연회를 베푸는 등의 행사에 대해 자세히 설명해줬다. 이시요는 잔뜩 긴장한 표정으로 귀를 기울여 듣고만 있었다. 이어 오래도록 말이 없었다. 그러자 건륭이 물었다.

"자네 표정이 어찌 그리 어두운가? 무슨 어려움이라도 있는 건가?"

"시간이 좀 촉박할 것 같사옵니다."

이시요가 침착하게 말을 이었다.

"신은 태후마마께서 정양문으로 오르시어 관등하실 것이라는 생각을 못하고 인력을 다른 곳에 배치해버리고 말았사옵니다. 폐하께서 성모聖母를 모시고 여민동락與民同樂하며 뜻 있는 등절을 보내시고 군신群臣들에게 은연恩筵을 내리시는 것은 태평성세를 널리 알리시는 것이옵니다. 또 효를 만천하에 공표하는 큰 일이 아닐 수 없사옵니다. 첫째도 안전, 둘째도 안전, 셋째도 안전이옵니다. 명절 기간에 치안을 확보하는 것이 무엇보다 긴요한 일이라 하겠사옵니다. 이리 되면 정양문 일대에만 적어도 이만 병력을 풀어야 할 것이옵니다. 다른 지역에 배치하기로 했던 병력을 끌어와야 하오니 다른 곳의 방어에 구멍이 뚫리는 위험도 배제할 수 없사옵니다."

건륭이 연신 고개를 끄덕였다.

"맞는 말이네. 곧바로 문제점을 짚어내는 걸 보니 과연 예지가 돋보이네. 설령 태후께서 성곽에 올라 관등하지 않더라도 성세를 널리 알리는 일이 무엇보다 중요하지."

건륭에게서 처음으로 "예지가 돋보인다"는 칭찬을 들은 이시요는 기뻐서 어찌할 바를 몰라 했다. 애써 흥분을 삭이느라 숨도 가쁜 듯했다. 그가 한참 생각한 끝에 다시 아뢰었다.

"고시가 나붙기만 하면 아문에서 나설 사이도 없이 상인들과 실세들이 정양문 앞의 관제묘關帝廟, 기반가棋盤街, 대랑묘大廊廟 일대에 천막을 세운다, 등불을 내건다 하면서 한바탕 수선을 피울 것이옵니다. 어림잡아 칠십만 인파가 몰릴 것 같사옵니다. 순천부에서 총출동하고 신의 아문에서 이만 명을 동원시키면 그날의 치안을 유지하는 데는 무리가 없을 것 같사옵니다. 좀 더 구체적이고 세밀한 부분은 신이 돌아가서 부하들과 충분히 검토하고 상의한 끝에 폐하께 아뢰도록 하겠사옵니다."

건륭은 이시요의 말을 다 듣고도 아무 말이 없었다. 이시요가 물러가려고 하자 그제야 불러 세우면서 물었다.

"자네, 혹시 광주나 다른 곳에 장원莊園을 구입한 적이 있나?"

막 자리에서 일어서던 이시요가 느닷없는 질문에 잠시 멍한 표정을 짓더니 황급히 대답했다.

"신은 모두 세 곳에 장원이 있사옵니다. 그중 두 곳은 폐하로부터 하사 받은 것이옵니다. 또 나머지 하나는 선조께서 유산으로 남겨주신 땅이옵니다. 그 밖의 다른 건 없사옵니다. 신은 다년간 전쟁터에서 군무를 봐왔사옵니다. 몇 해 동안 총독을 지냈어도 군정軍政이 위주이다 보니 그런 신외지물身外之物에는 관심이 없었사옵니다. 병마를 이끄는 장군은 땅이나 재산이 많으면 안 된다는 생각을 갖고 있사옵니다. 그런 것들에 애착이 생기면 결정적인 순간에 과감하게 목숨을 내놓을 수 없게 되옵니다. 그래서 신은 재물에 대해 욕심을 갖지 않고자 노력하는 편이옵니다……."

이시요는 건륭의 질문을 듣는 순간 자신이 모함에 빠졌다는 생각을 했다. 가장 먼저 떠오르는 인물은 역시 화신이었다. 그러나 이내 침착함을 되찾고 말을 이었다.

"화신이 출경出京을 앞두고 신에게 이런 얘기를 했사옵니다. 순의順義현에 쓸 만한 장원이 사천 무 가량 있는데, 의향이 있으면 싼값에 살 수 있도록 도와주겠다고 했사옵니다. 신은……."

"됐네. 그만하게. 짐은 그저 문득 생각이 나서 물어봤을 뿐이네."

건륭은 어느새 이마에 땀까지 송골송골 맺힌 이시요를 보면서 히죽 웃었다. 그리고는 손사래를 쳤다.

"우민중, 기윤 등과 부항이 북경 바깥에 장원을 구입했다는 제보가 들어 왔네. 그래서 혹시 자네도 알고 있나 해서 그러네."

이시요가 즉각 아뢰었다.

"우민중과 기윤은 잘 모르겠사오나 부상은 결코 그런 일이 없을 것이옵니다. 불과 닷새 전에 찾아뵈었을 때만 해도 성은에 힘입어 부씨의 재산이 날로 늘어났다는 얘기를 했사옵니다. 그동안 과분한 부귀를 누렸으니 이제는 폐하께서 하사하신 일곱 개의 장원을 복릉안을 시켜 폐하께 환원하고 싶다는 뜻을 내비쳤사옵니다. 사후에 신이 대신 폐하께 주청을 올려달라고 부탁했사옵니다."

건륭이 이시요의 말을 듣고 나더니 잠시 생각에 잠겼다. 그리고는 천천히 입을 열었다.

"모두 짐이 하사한 건데 뭐가 문제된다고 그러는가? 본인이 없어도 자손들은 살아야 할 게 아닌가? 근본이 바로 선 자손들이라면 재산이 아무리 많아도 해가 되는 법이 없네. 바탕이 비뚤어진 족속들에게나 재물이 화를 부르지. 알았네, 가보게!"

양심전에서 나온 이시요는 아문으로 돌아가지 않았다. 가마에 올라 갈 곳을 일렀다.

"병부로 가세!"

말이 끝나기 무섭게 사인교는 미끄러지듯 앞으로 나아갔다. 거리에는 아직도 명절 분위기가 다분했다. 골목마다 아이들이 깔깔대면서 뛰노는 소리가 울려 퍼졌다. 또 한가롭게 걸어 다니는 사람들이 차창을 스치고 지나갔다. 가마는 흔들림 없이 편안했다. 그러나 이시요의 마음은 쉬이 안정되지 않았다.

무엇보다 건륭이 질문할 때의 말투와 자신을 바라보던 눈빛이 어쩐지 석연치 않았다. 건륭은 별일 아니라고 가볍게 넘겼으나 아무리 생각해봐도 '그저 해본' 소리가 아닌 것 같았다. 누군가가 자신을 모함하고 다니는 것이 분명했다. 불안하지 않을 수 없었다. 물론 건륭이 "예지가 돋보인다"는 평가를 내린 걸 보면 그에 대한 성총은 아직까지 흔들리지 않는 것 같기도 했다. 그러나 다시 생각해보니 '예지'가 '총명'하다는 말은 칭찬일 수도 있으나 칭찬을 가장한 폄하일 가능성도 있었다…….

이시요는 부항의 병세가 악화되면서 우민중과 화신을 향한 성총이 기윤과 자신을 능가한다는 느낌을 자주 받았다. 솔직히 그의 생각은 틀린 것이 아니었다. 그와 기윤은 모두 부항의 부뚜막에 얹힌 솥과 같은 신세에 다름 아니었다. 부항이 없어지면 둘의 처지가 어찌 될지는 불 보듯 뻔했다. 그래서인지, 기윤은 언젠가부터 유난히 언행에 조심하는 것 같았다. 쓸데없는 걸음은 하지도 않고 쓸데없는 말도 일절 하지 않았다.

자신의 추측이 맞는다면 갈대 같은 근성을 지닌 아랫것들이 성의聖意의 움직임을 간파하고 낡은 '부뚜막'을 헐어버리려 드는 것이 분명했다. 그나마 안심이라면 아계가 아직 건재하다는 사실이었다. 또 부항이 비록 한 줌의 재로 사라진다고 해도 그를 향했던 은총이 복강안에게로 옮겨져서 다행이라고 할 수 있었다. 부씨 일가가 여전히 건재할 것은 확실했다. 낡은 부뚜막도 부뚜막 나름이니 조금 더 추이를 지켜보는 것이 좋을 듯했다. 알다가도 모르겠고, 뻔히 보이는 것 같은데 점칠 수 없는 것이 성의聖意가 아니겠는가. 그래서 '제심帝心은 불측不測'이라고 했다.

이시요는 머리를 감싸쥔 채 이 생각 저 생각을 하느라 마음이 복잡했다. 그러다 보니 눈앞이 가물거렸다. 그 사이 가마가 내려앉았다. 친병 한 명이 창가로 다가와 아뢰었다.

"군문, 병부에 도착했습니다."

"오, 알았네."

이시요는 깊은 사색에서 헤어나 창밖을 내다봤다. 과연 육부 골목의 북쪽 끝에 와 있었다. 길 서쪽 첫 번째 아문의 조벽照壁 안에 오동나무가 빼곡하게 자리하고 있는 곳이 바로 병부아문이었다.

때는 오시午時가 막 지난 시각이었다. 병부는 명절 기간에 휴가가 따로 없다고 하나 워낙 한가하다 보니 각 사司에는 당직을 서는 관리들밖에 없었다. 대당大堂, 이당二堂, 공문결재처의 문은 모두 굳게 닫혀 있었다.

미꾸라지처럼 닳고 닳은 몇몇 서판書辦들은 공문결재처 옆방에 모여 있었다. 출입문을 열어 놓은 채 화롯불을 둘러싸고 앉아 땅콩 껍질을 후후 불면서 황주를 마시고 있었다.

환담을 나누고 있던 좌중의 사람들은 이시요가 들어서는 걸 발견하고는 서둘러 자리에서 일어났다. 공손히 예를 갖춰 하는 인사말은 뒤늦은 설 인사가 대부분이었다. 이시요는 일일이 그들의 손을 잡아주고 어깨를 두드려주면서 인사를 받았다. 각자의 이름은 정확히 몰랐으나 모두 낯익은 얼굴들이었다.

이시요가 물었다.

"호胡 사마司馬(병부상서의 다른 이름)와 고高 사마는 어디로 갔소?"

"예부 상서를 지낸 우명당尤明堂 대인께서 부르셔서 갔습니다. 끄윽! 우 대인이 그들의 사부님이지 않습니까? 노인네가 일선에서 은퇴해 적적하실 텐데 가보지도 않는다면 예의가 아니죠. 쾌마를 띄워 불러올까요?"

얼굴이 벌건 서판이 술 트림을 앞세우면서 대답했다. 이시요가 입을 열었다.

"그럴 필요 없네. 우리 아문에 화약 오백 근이 모자란다고 했더니 초닷새 날에 보내주기로 해놓고 오늘이 며칠인데 아직까지 화약 그림 자도 안 보이나 해서 와 봤지! 다행히 조혜 군문이 급히 필요로 하는 군용이 아니기에 망정이지……. 이제 이 자리도 슬슬 싫증이 나는가 보지?"

이시요가 심기가 불편하던 차에 서판이라도 그렇게 붙잡고 싸잡아 혼내주려고 할 때였다. 밖에서 급한 발소리가 들렸다. 고개를 돌려보니 기윤이 복강안과 함께 무고사武庫司 당관인 하봉전何逢全과 직방사職方司 당관인 후만창侯滿倉 등 대여섯 당관들에게 에워싸인 채 병부로 오고 있었다. 서판들은 뚝 웃음을 거두고 정색을 하면서 한쪽으로 물러섰다. 상복을 입은 복강안을 맞이하기 위해 앞으로 나선 이시요가 말했다.

"복 도련님, 댁으로 돌아가신 줄 알았는데 여기로 오셨군요."

"넷째공자께서 필요한 말과 총, 화약을 친히 고르시겠다고 해서 모시고 왔소. 오늘밤에 출발할 예정이니 서둘러 모든 준비를 끝내놓고 댁으로 돌아가시어 노부인께 하직 인사를 고할 거라고 하시오."

옆에서 기윤이 대신 대답했다. 복강안이 이시요를 향해 고개를 끄덕여 보였다. 그리고는 무고사 담당인 하봉전에게 말했다.

"쾌마 서른 두 필과 짐을 실어 나를 노새 여섯 마리가 필요하네. 닷새 동안 천오백 리를 달려야 하니 알아서 건장한 놈으로 잘 골라주게. 내 차사를 그르쳤다가는 큰 코 다칠 줄 알아!"

하봉전이 연신 굽실거리면서 대답했다. 그 사이 복강안이 후만창에게 물었다.

"방금 누구를 고북구 대영의 좌영左營 대장으로 보낸다고 했나?"

후만창이 황급히 대답했다.

"시대기柴大紀라고 했습니다, 복 도련님."

"어디서 많이 들어 본 이름인데?"

복강안이 기억을 더듬느라 미간을 좁혔다. 이시요가 막 "우리 아문에서 차사를 맡고 있습니다"라고 말하려 할 때였다. 복강안의 등 뒤에서 종복인 길보가 대답했다.

"잊으셨습니까? 언젠가 양주揚州의 역관에서 술에 취해 호극경胡克敬을 구류시켰던 그 천총 아닙니까!"

"그렇다면 중용할 수 없네. 그자의 첫인상이 그리 유쾌하지 않았네."

복강안이 생각할 여지도 없다는 듯 잘라버렸다. 그러자 후만창이 이시요를 힐끗 쳐다보고는 적이 난감한 표정으로 아뢰었다.

"하오나 복 도련님, 이건……. 시대기는 풍대 대영에서 올려온 평점이 높은지라 이부에서 이미 표票를 내렸사옵니다."

"높다니?"

복강안이 차갑게 눈을 흘기면서 말을 이었다.

"문관들은 은자만 뿌리면 개나 소나 높게 얻어내는 게 고과평점考課評點이네. 이제는 무관들도 좋은 고과평점을 낚고자 은자를 쓰는가 보지? 당장 이부에 전하게. 내가 안 된다고 하면 안 되는 거라고!"

내뱉듯 말하고 난 복강안은 곧 기윤과 함께 자리를 떴다. 이시요는 그 자리에 멍하니 서 있었다. 후만창이 난감한 표정을 지으면서 다가왔다. 이어 두 손을 쓱쓱 비비면서 말했다.

"다 된 밥에 복 도련님이 와서 코를 횅 풀어버렸네요!"

이시요가 물었다.

"시대기가 언제 복 도련님께 미운 털이 박혔지? 대책 없이 일을 저지르고 다니는 위인은 아닌 것 같던데……."

이시요는 자기들도 모른다는 듯 절레절레 고개를 젓고 있는 후만창

등을 향해 분부를 내렸다.

"시대기 일은 급한 게 아니니 먼저 내가 부탁한 일부터 처리하도록 하게. 자네 직방사에서는 이부에서 내려온 표를 잘 건사하고 있게. 찾아보면 대책이 있을 거네!"

후만창이 한숨을 내쉬었다.

"언제쯤 이 천덕꾸러기 신세를 면할는지 모르겠네요. 돼지오줌보처럼 이리저리 걷어차이고 자질구레한 심부름은 혼자서 다 떠안고!"

하봉전이 후만창의 볼 부은 소리에 웃음을 터트렸다.

"그럼 우리 둘이 바꿀까? 남의 떡이 커보여서 그렇지 막상 속을 들여다보면 다 거기서 거기야. 자네 직방사는 권력은 그리 크지 않아도 병부 지붕 위의 강태공姜太公이지 않은가!"

하봉전을 비롯한 좌중의 사람들은 돌아가면서 한마디씩 불평을 털어놓았다. 그리고는 천천히 안으로 들어갔다.

복강안과 가마에 동승한 기윤은 그의 얼굴에서 아직 노기가 가시지 않은 것을 보고 이유를 물었다.

"세형, 아직도 직방사의 말 때문에 화가 나 있는 거요?"

"어디 그럴 가치나 있어야죠."

복강안이 거칠게 숨을 몰아쉬면서 앞쪽으로 시선을 고정시킨 채 말을 이었다.

"언젠가 유통훈 중당이 했던 말씀이 생각나네요. 어느 조대朝代를 막론하고 관직을 매매하는 것이 보편화 되고 당연시 된다면 천하의 대세는 이미 갔다고 봐야 한다고 하셨죠. 그래서 유통훈 부자는 목숨을 걸고 이를 막아왔죠. 나더러 한 가지 더 보태라면 이렇게 말하고 싶네요. 무관이 문관을 따라 배워 승진과 재물에만 혈안이 되면 그 천하도 끝을 향해 치닫는다고요!"

복강안이 탄식을 내뱉고는 다시 덧붙였다.

"십년 전만 해도 시대기는 이름조차 들어본 적 없는 말단 중의 말단 무관이었어요. 그 사이 어느 전쟁에 참전해 무슨 공을 세웠다는 소리를 들어본 적도 없어요. 그런데 벌써 참장參將 반열에 오르다니! 고북구 대영은 비교적 깨끗한 곳 아닙니까? 그런 곳의 병사들을 자격이 의심스러운 자에게 맡긴다니, 그게 말이 된다고 생각하세요?"

기윤은 흥분한 채 마구 분통을 터트리는 '젊은이'를 멍하니 바라봤다. 아직 앳된 얼굴이 잔뜩 부어올라 있었다. 그래서였을까, 약간 치켜 올라간 턱이 무척 날카로워 보였다. 착 내리 깐 눈꺼풀 위로는 유아독존식의 오만함도 풍겼다. 알 듯 말 듯 머리를 가로 저으면서 기윤이 탐색하듯 물었다.

"세형은 전에 그자를 만나본 적이 있소?"

복강안이 고개를 끄덕였다.

"딱 한 번이에요. 양주揚州 과주도瓜州渡에 있는 역관에서 만났었죠."

복강안은 내친김에 역관으로 연락을 취하러 보냈던 호극경이 시대기 등에게 당해 역관에 억류됐던 사연을 간략하게 설명했다. 그리고는 덧붙였다.

"호극경이 그 당시 옷차림이 깔끔했거나 이 사람의 명을 받고 왔다는 사실도 미리 밝히고 그런 굴욕을 당했더라면 나는 그자를 용서할 수 있었을 겁니다. 그러나 호극경은 그 당시 걸인 행색을 하고 찾아갔었죠. 아니나 다를까, 눈밭에 엎어놓고 무자비하게 발길질을 하고 구타를 가했어요. 그게 사람이 할 짓입니까?"

기윤은 그제야 자초지종을 알 것 같았다. 그러나 그것만으로 복강안이 시대기의 '자격'을 의심한다는 것은 억지스러워 보였다.

"원수는 과연 외나무다리에서 만나는 건가 보오!"

기윤이 한숨을 섞어 한마디를 하고는 바로 말머리를 돌려버렸다.

"노부인을 뵈면 어지를 받고 산동으로 내려간다는 얘기는 조심스럽게 꺼내야 할 것 같소. 부항 공의 장례식도 끝나지 않아 아직 상심이 크실 텐데 아들까지 멀리 불측의 길로 보내야 하는 심정이 어떠시겠소?"

"벌써 알고 계실 것 같습니다. 내가 북경에 있는 한은 어디를 가든지 그 감시의 눈길 안에 있거든요."

복강안은 모친에 대한 얘기가 나오자 굳어져 있던 표정을 물에 불린 버섯처럼 스르르 풀었다. 미간을 살짝 찌푸리고 곤혹스럽다는 표정을 짓기는 했으나 말투에는 애정이 듬뿍 배어 있었다. 그가 다시 말을 이었다.

"아직도 내가 나무에 올라가서 새둥지를 털거나, 어디 가서 사달이나 일으키고 다니는 코흘리개인 줄 아시나 봐요……. 아무튼 꽁무니에 붙어 다니지 않으면 불안해서 잠을 못 잔다니까요!"

기윤이 그러자 빙그레 미소를 지어보였다.

"그게 부모 마음이 아니겠소? 우리 어머님도 엄청 극성이셨지. 언젠가 내가 붓을 입에 문 채 먹을 갈고 있었더니 어디서 나타났는지 쏜살같이 달려 나오셨소. 그리고는 입에 문 붓을 확 낚아채시고는 '그러다 엎어지면 목구멍 찔려 죽어' 하시면서 호들갑을 떨지 않겠소? 책상 앞에 앉아 있는 사람이 어디로 엎어진다고!"

복강안은 아무 대답도 않은 채 잠깐 침묵했다. 가마의 움직임에 몸을 내맡긴 채 다소 우울한 눈빛으로 앞만 보고 있었다. 한참 후 그가 다시 입을 열었다.

"부친께서 돌아가시고 나니 조정에 지각변동 정도까지는 아니지만 뭔가 다른 움직임이 있는 것 같아요. 기윤 대인도 조심하세요. 소인배들이 사방에 득실대니 책상 앞에 앉아 먹을 갈다가도 곤경에 빠질 수가 있어요."

예상치 못한 복강안의 말에 기윤은 흠칫 놀랐다.

"폐하께서는 부상을 잃은 자리에 또 다른 부상을 심으려 하실 테니, 인사이동은 불가피하지 않겠소?"

복강안이 진지한 눈빛으로 기윤을 보면서 말했다.

"부친께서 누워계시는 동안 부친을 시봉하면서 두문불출하고 있으니 눈에 보이는 것도 더 많아지더군요. 병문안을 오는 사람들을 보니 부친의 병세가 가중될수록 어중간한 관리들의 왕래는 뜸해지는 반면 거물들의 움직임이 바빠지는 것 같았습니다. 그걸 지켜보면서 처음으로 이 바닥이 시장터 같다는 생각을 해봤죠. 장이 열리면 사람들이 바글바글 몰려들고, 장이 파하면 저마다 짐을 싸서 각자 집으로 돌아가는 그런 시장터 말입니다."

기윤이 가슴 속을 파고드는 한기를 느끼면서 물었다.

"부항 공께서는 뭐라고 하셨소?"

"부친께서는 시종일관 담담한 표정이셨습니다……."

복강안은 아버지를 떠올리자 또다시 코끝이 찡해지는 모양이었다. 그가 잠긴 목소리로 말을 이었다.

"미얀마에서 돌아오시더니 바로 '삼춘三春 끝에는 백화百花가 지니, 각자 집으로 돌아가세'라고 하시면서……, '평소에 접하지 못했던 사안을 접하면 머리를 잘 써서 현명하게 대처하는 것이 중요하다. 기윤 숙부의 《열미초당필기》閱微草堂筆記를 읽고 자연의 섭리에 순응하는 법을 배우거라. 넘쳐나는 재량을 주체할 수 없을 때는 밖으로 뛰처나가 일석一席의 공명을 노릴지라도 그렇지 않으면 조용히 집에 있거라'는 말씀도 하셨습니다."

복강안은 그예 눈에 그렁그렁 눈물을 담았다. 그러나 끝내 흘리지는 않았다.

두 사람은 곧 공부公府의 대문에 들어섰다. 대문에서 의사청으로 이어지는 자갈길 양 옆에는 영번靈幡이라고 불리는 흰 천과 백설이 하얗게 덮여 있었다. 백설은 흰 종이꽃이었다. 또 상복 차림을 한 400여 명의 남정네들은 통로 양측에 서 있었다. 뿐만 아니라 노인네들 역시 담벼락에 붙어 서 있었다. 젊은이들은 허리에 큰칼을 찬 채 장승처럼 그 자리에 못 박혀 있었다. 의사청 앞에도 수화곤水火棍을 든 사람들이 그린 듯 서 있었다.

초상집에 웬 '장승'들이냐는 듯 기윤이 의아해 하자 길보가 복강안에게 아뢰었다.

"마님께서 벌써 다 알고 계십니다. 이들은 마님께서 직접 선발하신 도련님의 수행원들입니다."

복강안이 고개를 끄덕였다. 길보가 큰 소리로 외쳤다.

"흠차대신, 우리의 복 도련님께서 귀가하셨다!"

기윤이 몸속을 파고드는 듯한 외침에 흠칫 놀랄 때였다. 가인 한 명이 두어 걸음 앞으로 나서면서 무릎을 꿇었다.

"소인 호극경이 넷째도련님께 문후 올립니다!"

곧 호극경의 뒤를 이어 마당에 가득하던 가인들이 전부 무릎을 꿇었다. 그리고는 집이 떠나갈 듯 외쳤다.

"넷째도련님께 문후 올립니다!"

400여 명의 합창은 대단히 요란했다. 나무 위의 까마귀들이 까악! 까악! 울면서 하늘로 날아갈 정도였다. 복강안이 위엄 있는 눈빛으로 가인들을 쓸어보면서 물었다.

"마님은 어디 계시는가?"

"마님께서는 상복 차림이신지라 도련님과 기 대인을 맞으러 나오실 수 없다고 하셨습니다. 서화청에서 두 분을 기다리고 계십니다!"

"모두 일어나게!"

"예!"

복강안의 말이 끝나기 무섭게 가인들이 우레와 같은 대답과 함께 나무 위의 까마귀 떼처럼 시끌벅적하게 일어섰다. 복강안은 손짓으로 기윤을 안으로 안내했다. 이어 월동문을 거쳐 서화청으로 향했다. 그곳의 동쪽 서재에는 이미 당아를 비롯해 복륭안, 복령안 그리고 복강안이 새로 맞은 부인 황씨가 나와서 기다리고 있었다.

"어머니!"

복강안이 달려가 무릎을 꿇었다. 당아는 눈이 퉁퉁 부어 있었다. 그리고는 한 손에 지팡이를 짚고 다른 한 손으로 화청花廳의 기둥을 붙든 채 금방이라도 쓰러질 듯이 겨우 버티고 서 있었다. 복강안이 소리 나게 땅에 머리를 세 번 조아리면서 울먹였다.

"어머니……, 불초한 소자를 용서하십시오……."

복강안은 겨우 입은 떼었으나 더 이상 말을 잇지 못했다. 눈물이 치밀어 오르면서 목이 메었던 것이다.

기윤은 평소 부항의 집을 자주 드나든 편이었다. 그러나 이처럼 온 가족이 모두 모여 있는 모습은 처음이었다. 그중 당아는 남편을 잃은 여인답게 창백하고 초췌한 모습이었다. 가인들은 그녀를 모두 '노부인'이라고 불렀으나 사실 아직 쉰을 조금 넘긴 나이에 지나지 않았으므로 전혀 그렇게 보이지 않았다. 또한 그 뒤에 있는 복강안의 부인인 황씨는 작고 아담한 체구에 화장기가 전혀 없는 얼굴이었다. 한

마디로 청순했다.

'저런 미색이 하마터면 홀아비에게 팔려갈 뻔했다니 놀라울 따름이군. 다행히 운 좋게 인연을 만나면서 첩실에 이어 흠사복진欽賜福晉(황제가 맺어준 정실부인)으로 머리를 올리지 않았는가! 이제는 만인의 부러움을 받는 공작부인까지 됐으니 불과 몇 년 사이에 삶이 완전히 바뀌었군……'

기윤이 새삼 인생의 무상함에 대해 속으로 감탄하고는 당아에게 읍을 해 보이면서 말했다.

"얼마나 상심이 크십니까? 그만 고정하십시오, 부인! 복 공자는 폐하를 알현해 청을 올리고 종군從軍을 윤허 받았습니다. 조정과 종묘사직을 위해 곧 출전하게 됐습니다. 복 공자는 충효를 두루 갖춘 인중지걸人中之傑이 되기에 손색이 없습니다! 부항 공께서 구천九泉에서 이를 아시게 되더라도 절대 책망하시는 일은 없을 것입니다."

"나도 책망하지는 않습니다."

당아가 말했다. 가녀린 몸에서 나오는 목소리는 의외로 카랑카랑하고 힘이 있었다. 그녀가 다시 말을 이었다.

"그리 하는 것이 아비의 유언이었으니 아무쪼록 탈 없이 잘 다녀왔으면 좋겠습니다. 새끼를 영원히 품안에서 놓치고 싶지 않은 것이 어미의 욕심입니다만 나이가 들면 과감히 날려 보낼 줄도 알아야 하지 않겠습니까? 아들아, 일어나서 이 어미의 말을 듣거라. 폐하의 성은이 망극하다만 진정 너의 힘으로, 너의 두 주먹으로 얻은 공명은 아니지 않느냐. 설령 산동에서 쾌거를 올린다 할지라도 자만해서는 아니 되느니라. 네가 갈 길은 멀고도 멀었느니, 네가 산동에서 돌아오는 대로 이 어미는 폐하께 너를 오리아소대烏里雅蘇臺(울리아스타이. 내몽고 서부 도시로, 울란바토르에서 서쪽으로 1,115km 거리에 있다)로 보내

연마케 해 주십사 하고 주청을 올릴 참이다. 너 스스로 칼 한 자루, 창 한 자루로 이루어낸 공명이야말로 값지고 소중한 것이기에 폐하와 너의 아비에게 한 점 부끄럼 없이 당당할 수 있다는 걸 명심하거라."

"어머니!"

"가인들을 모두 앞마당에 집결시켰다."

당아가 여전히 그 자리에서 움직이지 않고 단호한 어조로 말을 이어나갔다.

"네 마음대로 뽑아가고 솎아가거라. 은자도 필요한 만큼 얼마든지 가져가거라. 네가 이 어미 얼굴에 먹칠은 안 할 거라고 믿어마지 않는다!"

당아가 어투를 조금 부드럽게 하고는 다시 기윤에게 말했다.

"효람 공, 그대는 우리 영감님의 오랜 벗이니 늘 가족처럼 지내오지 않았습니까? 앞으로도 그 마음 변치 말고 자주 왕래했으면 합니다. 강아가 앞마당에 다녀올 동안 먼저 선부先夫의 영전에 잠깐 앉아 계시죠. 강아가 돌아오면 저를 대신해 석 잔 술로 강아를 배웅해주시겠습니까?"

"부인의 명이라면 여부가 있겠습니까!"

"여기는 넷째복진만 남고 모든 아녀자들은 뒤뜰로 물러가거라."

당아가 덧붙였다.

"강아가 떠나기 전까지 아녀자들은 앞마당에 얼씬거려서는 아니 된다. 강아는 떠날 채비를 마치고 마지막으로 부친의 얼굴을 한 번 더 뵙고 떠나거라!"

"예, 어머니! 그럼, 소자는 가보겠습니다!"

복강안이 큰 걸음으로 화청을 나섰다. 월동문 앞에서 꼼짝도 않고 기다리고 있던 길보와 호극경이 깍듯이 군례를 올렸다. 길보가 아뢰었다.

"주인님, 병부에서 조총鳥銃과 화창火槍, 그리고 화약火藥을 보내왔습니다."

"상을 줘서 보냈느냐?"

"큰 주인님께서 하시던 대로 일인당 은자 여덟 냥씩을 줘서 보냈습니다."

복강안이 고개를 끄덕였다. 이어 기윤을 데리고 곧바로 의사청 앞의 월대月臺 위로 올라갔다.

그 사이 호극경은 앞마당에 집결해 있던 가인들을 군대의 대오처럼 줄을 세워 데리고 왔다. 삽시간에 200명도 넘는 대오가 네모반듯하게 열을 지어 널찍한 마당에서 대령했다. 기윤이 보니 수화곤을 든 자들은 여전히 움직이지 않고 있었다.

200명이 떠난 자리에 남은 170명 중에는 60세를 훌쩍 넘긴 늙은이도 없지 않았다. 또 마흔을 갓 넘긴 장정도 있었다. 그중 어떤 이들은 쌍지팡이를 짚고 있었으나 어떤 이들은 옆에서 누군가가 부축하고 있었다. 그러나 모두 숙연한 얼굴로 월대만을 뚫어지게 바라보고 있는 것은 똑같았다.

기침소리 하나 없이 조용한 가운데 복강안이 월대 중앙으로 한 걸음 나섰다. 그가 뭔가 중요한 얘기를 할 것이라 생각한 기윤은 옆으로 한 걸음 물러섰다.

"외아들들은 대오에서 벗어나 왼쪽에 집합하라!"

복강안이 외쳤다. 자그마한 소동과 함께 스무 명 남짓한 젊은이들이 대오에서 벗어나 왼쪽에 줄지어 섰다.

"선친을 따라 미얀마로 갔던 자들은 오른쪽에 집합하라!"

복강안이 다시 외쳤다.

"미얀마에서 전사한 가족을 둔 자들도 오른쪽으로 건너가라!"

복강안이 오른팔로 길게 곡선을 그었다. 대오에서는 이번에도 마흔 명 이상이 빠져 나왔다.

"치질이나 은질隱疾(성병 따위의 드러내고 말하기 거북한 병)이 있거나 병약한 자는 대오에서 벗어나 뒤로 가거라!"

좌중의 사람들은 이번에는 두리번거리기만 했다. 이탈하는 이는 아무도 없었다.

"길게 말할 시간이 없다!"

복강안이 턱을 반쯤 치켜 올리고 오른손을 들었다. 이어 큰 소리로 말했다.

"임상문이라는 악질분자가 오천 난민들을 충동질해 산동성 귀몽정龜蒙頂 평읍현 경내에서 반란을 일으켰다고 한다. 그래서 나는 그 일당들을 깡그리 쓸어버릴 기회를 주십사 하고 폐하를 면대해 청을 올렸다. 폐하께서는 이를 윤허하셨다. 물론 현지 관군들을 동원시키겠지만 내가 데리고 가는 부대는 일명 감사대敢死隊라고 할 수 있다. 말 그대로 죽음을 두려워하지 않고 목숨을 초개같이 여기는 자들로 구성돼야 할 것이다. 내가 친히 인솔해 용맹하게 싸우는 모습을 산동의 녹영병들에게 보여줄 것이다! 나의 뜻이 이러할진대 간담이 오그라드는 자들과 목숨을 내놓을 자신이 없는 자들은 지금 알아서 나오너라!"

복강안이 목소리를 한층 높였다.

"겁쟁이라고 비웃지 않을 것이니 걱정하지 말고 나오라!"

좌중의 사람들은 이번에도 아무런 움직임이 없었다. 조금 침묵이 흐른 뒤 갑자기 대오에서 누군가가 팔을 흔들면서 고함을 질렀다.

"도련님, 여기는 겁쟁이가 없습니다! 선발해주십시오!"

"누구야? 아, 갈봉양葛逢陽이군."

복강안이 사람들 틈에서 소리친 자를 확인하고는 자부심에 찬 표정으로 기윤을 향해 고개를 끄덕여 보였다. 그리고는 덧붙였다.

"갈 영감의 막둥이, 자네의 형은 지금 어디 있나?"

"귀주貴州에서 안찰사按察使로 있습니다!"

"그래서 형에게 뒤질 수 없으니 도대道臺 자리 하나 꿰차야겠다 이건가?"

"예, 그렇습니다!"

"자식!"

복강안이 말을 마치고는 바로 월대의 계단을 밟고 아래로 내려섰다. 이어 몇 걸음을 옮기더니 그 용감한 젊은이에게 다가갔다. 그리고는 말없이 아래위를 훑어봤다. 그러더니 돌연 가래 같은 손을 번쩍 쳐들어 젊은이의 뺨을 찰싹찰싹 소리 나게 갈겼다. 동시에 주먹으로 어깨와 가슴을 수차례 강타했다. 갈봉양은 느닷없는 주먹세례에 경황이 없어 이리 비틀 저리 비틀 휘청거렸다. 그러나 이내 다시 중심을 잡고 그 자리에 우뚝 섰다.

기윤은 복강안의 그런 모습을 처음 보는 터라 놀라움을 금치 못했다. 복강안은 사실 갈봉양을 이미 점찍어 놓고 있었다. 뺨을 때리고 주먹으로 친 것은 그를 시험하기 위한 것이었다. 복강안은 곧 갈봉양에게 가까이 다가가더니 그의 어깨를 주물러주면서 말했다.

"됐어! 근골筋骨도 단단하고 위험에 직면한 상황에서도 침착했어. 첫 번째로 발탁된 거야. 마구간으로 가서 달걀에 콩을 섞어 말을 먹이고 와! 알았어?"

"예!"

방금 전까지 얻어맞느라 정신이 없던 갈봉양은 씩씩하게 예를 갖추고는 달려갔다. 복강안은 그제야 가인들 속에서 수행할 사람을 선발하기 시작했다. 그러나 더 이상 사람을 때리지는 않았다. 대신 신체 조건과 표정은 유심히 살폈다. 때로는 손을 내밀어 그 자리에서 팔씨름을 해보기도 했다. 신중하게 선택했다고 할 수 있었다. 그렇게 뽑힌 자들은 저마다 자랑스럽다는 듯 어깨를 으쓱거렸다. 아직도 대오에 남아 있는 자들을 한심하다는 듯 쳐다보기도 했다. 그렇게 호극경까지 포함해 이십여 명이 뽑혔다.

이제나저제나 자신을 뽑아주기를 기다리던 길보는 복강안이 그대로 돌아서자 다급히 물었다.

"도련님! 저는……, 안 데리고 가시는 거예요?"

"자네는…… 집에 남아 있어야지."

복강안이 부드러운 눈매로 놀라움과 서운함에 멍한 표정을 짓고 있는 길보를 바라봤다. 그리고는 말을 이었다.

"자네 할아버지는 나의 조부님을 따라 전장을 누볐어. 자네 아비는 나의 부친을 따라 금천으로 가서 포구砲口를 몸으로 막아 주인을 구하는 공로를 세웠네. 자네가 나를 따라 나서지 않아도 나는 자네의 마음을 누구보다 잘 알고 있네. 이미 병부와 이부에 얘기해 놓았으니 자네는 곧 참장參將 계급에 유격遊擊으로 제수될 것이네. 집안의 노인네들을 잘 보살펴 드리게……."

길보는 그러나 복강안의 말은 들은 둥 마는 둥 했다. 믿어지지 않는다는 듯 중얼거리면서 물었다.

"어째서 저를 선발하시지 않는다는 말씀이십니까, 어째서요? 주인님께서 이놈을 외면하실 줄은 정녕 몰랐습니다."

길보는 원래 복강안의 말이라면 토 하나 달지 않고 고분고분 순종했다. 그러나 이번에는 달랐다. 처음으로 억지를 부리고 있었다. 복강안은 말이 통하지 않는 길보를 마주한 채 난감한 기색을 감추지 못했다.

그때 동쪽에 열을 지어 서 있던 무리에서 한 사람이 앞으로 나왔다. 백발이 성성한 노인이었다. 노인은 절뚝절뚝 다리를 절고 있었다.

기윤은 한눈에 그를 알아봤다. 노인은 바로 부항 댁의 오랜 집사 왕 영감이었다. 즉 길보의 할아버지였다.

몸이 성치 않은 노인은 힘겹게 복강안의 앞으로 다가갔다. 이어 부들부들 떨면서 복강안을 향해 아뢰었다.

"도련님, 태로太老(복강안의 할아버지)와 서거하신 주인님께서는 저희 일가에 태산 같은 은혜를 내리신 분들입니다. 하온데 길보 저 녀석이 어찌 주인께서 가시는 길에 시중들지 않을 수 있겠사옵니까? 길보야, 와서 나를 부축하거라. 이 할아비는 도련님께 무릎을 꿇고 청을 드려야겠다."

노인이 힘겹게 말을 내뱉고는 컹컹 심하게 기침을 해댔다. 그러자 복강안이 눈물을 흘리면서 말했다.

"이…… 이러시면 안 됩니다!"

복강안의 말이 끝나기 무섭게 길보가 자신의 할아버지를 부축했다. 복강안이 다시 떨리는 목소리로 입을 열었다.

"자네 할아버지를 집으로 모시게. 어르신, 길보를 데리고 가겠습니다. 염려하지 마시고 돌아가 계세요!"

복강안은 힘겹게 걸어가는 조손祖孫 두 사람의 뒷모습을 한참이나 지켜봤다. 그런 다음 계단을 여러 개씩 뛰어올라 월대에 다시 올라섰다. 이어 좀 더 소리를 높였다.

"아랫것이 아랫것다워야 주인도 더욱 주인다워지는 거야! 앞으로 전쟁터에 나갈 기회는 얼마든지 있다. 이는 폐하의 말씀이다. 여러분이 최선을 다해 싸워준다면 팔자를 고치는 건 일도 아니지!"

복강안이 손을 휘저으면서 다시 큰 소리로 외쳤다.

"모든 것은 가법家法에 따를 것이다. 나를 따라 나서는 가인들 가족의 월례는 배로 올려줄 것이다! 용맹하게 싸우다 전사하거나 부상을 입은 자는 노비 신분에서 탈적脫籍시켜 주고 군기처의 휼금恤金 이외에 따로 은자와 가택家宅을 상으로 내릴 것이다! 우리 부씨 가문이 어떤 가문이라는 걸 이참에 확실히 보여줄 것이야!"

좌중의 사람들 사이에서 떠나갈 듯한 박수갈채와 환호성이 터져 나왔다. 저마다 팔을 걷어붙이고 주먹을 내두르기도 했다. 사기가 충천해 하늘을 찌르고 있었다.

복강안은 가인들에게 상복을 벗고 머리에 검은 천을 두르라고 명했다. 이어 갈봉양이 가인들을 시켜 커다란 나무상자 두 개를 옮겨 왔다. 상자 안에는 총대에 누런 기름이 그대로 묻어나는 새 총이 서른 한 자루나 들어 있었다.

복강안도 옷을 갈아입었다. 머리에 네 개의 동주東珠가 박힌 금룡金龍 무늬 이등국공二等國公 조관朝冠도 썼다. 또 몸에는 사조四爪의 망포蟒袍를 입었다. 허리에는 검정색 비단 띠를 둘렀다. 다음에는 노란 술 장식이 달린 왜도倭刀를 뽑아들었다. 황제에게서 하사받은 것이었다.

그러나 그의 몸에서 가장 눈에 띄는 건 허리춤에 비스듬히 내건 금줄이 박힌 조총이었다. 길이가 이척二尺 정도 되는 조총 옆에는 동탄銅彈 한 줄이 누런 뱀 마냥 동그랗게 감겨져 있었다. 그 총은 수행원들뿐만 아니라 기윤도 처음 보는 것이었다.

마당은 삽시간에 소란스러워졌다. 저마다 총에 장전을 하고 도검刀劍을 챙기느라 살기등등한 분위기가 연출됐다. 복강안이 움직일 때마다 온몸에서 차가운 쇳소리가 났다. 그가 기윤을 향해 고개를 끄덕이면서 큰 소리로 씩씩하게 말했다.

"준비가 완료됐습니다. 훈시訓示를 부탁드립니다!"

"짤막하게 몇 마디만 하겠소."

기윤이 한발 앞으로 나섰다. 그는 '감사대'로 뽑힌 사람들 앞에 나서자 어쩐 일인지 잠깐 가슴이 뛰었다. 그러나 이내 마음을 진정시키면서 말을 이었다.

"애병필상哀兵必祥(어려움에 처한 병사들은 반드시 이김)이라고 했다! 부항 공의 영령英靈이 하늘에서 굽어보실 것이다. 복강안 공자의 이 같은 신무충의神武忠義와 가인들의 용맹함에 크게 흡족하시어 여러분들도 잘 보우해 주실 것이다! 자고로 왕후장상은 씨가 따로 없다고 했다. 공명功名은 스스로 쟁취하는 수밖에 없다고도 했다. 부항 공께서는 일생동안 영예로운 이름을 유지해오셨다. 이제부터는 여러분이 부씨 가문의 광영을 위해 부항 공의 이름을 계승, 발양해야 할 때이다. 이번 출정에서는 문무를 겸비한 복강안 공자의 진두지휘 아래 필승하리라 믿어마지 않는다!"

기윤의 말이 떨어지기 무섭게 복강안이 박수를 쳤다. 이어 장내에 우레와 같은 박수갈채가 길게 울려 퍼졌다.

그 시각 건륭은 양심전에서 황천패를 불러 접견하려 하고 있었다. 장소는 동난각이 아닌 정전이었다. 건륭은 수미좌에 앉은 채 주장을 어람하고 있었다. 황천패가 긴장한 표정으로 쭈뼛거리면서 들어섰다. 건륭이 기다렸다는 듯 손가락으로 의자 하나를 가리키면서 고개를 끄덕였다.

"잠깐 앉아 있게. 짐이 어비를 달고 나서 얘기하세."

황천패는 그동안 건륭의 얼굴을 본 적이 여러 번 있었다. 그러나 무리들 틈에 끼어서만 봤지 이처럼 독대하기는 처음이었다. 때문에 싸울 때는 두려움이라는 것이 무엇인지 모르는 그였으나 이 시각만큼은 다리가 후들거리고 가슴이 쿵쾅거렸다.

자리에 앉으라고 했으나 그러지도 못했다. 급기야 잠시 망설인 끝에 말없이 무릎을 꿇었다. 그리고는 책상에 엎드려 붓을 날리고 있는 건륭을 수시로 훔쳐봤다.

건륭이 드디어 주필을 내려놓았다. 황천패가 그제야 머리를 조아리면서 아뢰었다.

"존체 강녕하시옵니까, 폐하!"

"일어나게."

건륭이 덧붙였다.

"의자에 앉으라고 했는데……. 앉게. 차를 내어오너라!"

건륭은 '강호의 기인'으로 불리는 황천패의 모습을 유심히 뜯어봤다. 원숭이처럼 긴 팔, 표범처럼 날렵한 허리, 사자처럼 튼튼한 어깨에 얼굴은 길고 입은 부삽처럼 컸다. 50세를 넘긴 나이임에도 날카로운 검미劍眉 아래 두 눈은 여전히 부리부리했다. 완전히 한 성질하게 생긴 얼굴이었다. 뿐만이 아니었다. 아무리 퍼내도 마르지 않는 우물처럼 힘이 샘솟을 것처럼 보였다.

그런데 거구의 사내가 앉아 있는 모양은 어쩐지 불안해 보였다. 자세히 보니 의자에 엉덩이를 붙이는 둥 마는 둥 위태롭게 걸터앉아 있었던 것이다. 게다가 두 손은 무릎을 짚고 있었으니 자칫 뒤로 벌렁 넘어갈 것 같았다. 건륭이 웃으면서 말했다.

"어찌 그리 불편하게 앉아 있는가? 짐이 자리를 하사했으니 편하게 앉아도 되네. 공경하는 마음은 이런 데 있는 게 아니네."

"신은 이게 되레 편하옵니다."

황천패가 덧붙여 아뢰었다.

"신의 무림지가武林之家에서는 입문하자마자 이런 좌공坐功부터 연마하는 게 정석이옵니다. 제자들은 신의 앞에서 이런 자세를 취하옵니다. 신이 어찌 폐하를 알현하는 자리에서 감히 엉덩이를 붙이고 앉겠사옵니까!"

"알았네, 편한 대로 하게."

건륭은 더 이상 강요하지 않았다. 이어 화제를 달리 해서 황천패에게 물었다.

"듣자니 자네는 고항과 친척 사이라면서? 그게 사실인가?"

황천패가 몸을 미세하게 떨었다. 이어 황급히 몸을 숙이면서 아뢰었다.

"엄밀히 말씀 올리면 고항과 신은 친척 사이는 아니옵니다. 하오나 그런 소문이 난 것에는 이유가 있사옵니다. 어느 해인가 육십오만 냥의 군량미와 군비를 운송하다가 일지화에게 털린 대형사고가 터지지 않았사옵니까? 그때 신과 고항이 호송을 맡았었사옵니다. 그렇게 환난을 같이 겪으면서 약간 가까워졌사옵니다. 또 알고 보니 신의 안사람 마씨의 언니와 고항이 그렇고 그런 사이였사옵니다. 이후 고항이 죄를 범해 참형을 받자 신이 후사를 처리해줬습니다. 마씨의 언니는 삭발을 하고 산으로 들어가 버렸사옵니다. 이것이 그런 소문이 난 배경이라면 배경일 것이옵니다. 폐하께서 하문하시는데 신이 어찌 추호라도 거짓이나 숨김이 있겠사옵니까."

건륭이 뚫어지게 황천패를 쳐다봤다. 이어 한참 만에 다시 천천히 입을 열었다.

"짐은 자네의 충성과 진정을 당연히 믿네. 어찌된 영문인지 알았으니 됐네. 자네가 고향의 시체를 거둬줬다고 해서 같은 편이니 어쩌니 말들이 많았네만 짐은 자네에 대한 굳건한 믿음으로 그런 의혹들을 불식시켜버렸네. 세상에 둘도 없는 의리파인 데다 녹림綠林에 몸담고서도 조정을 위해 얼마나 큰 공을 세워왔는데 그런 당치도 않은 말들을 하느냐고 호통을 쳤네. 짐이 있는 한 아무도 감히 자네를 해치려 들지 못할 테니 염려하지 말게. 지금은 백작의 신분이나 나중에 후작, 공작인들 바라보지 못하겠는가?"

황천패는 관가에 입문하고부터 지금껏 유통훈 부자와 고락을 함께 나누어왔다고 해도 과언이 아닌 사람이었다. 그랬으니 산처럼 믿고 의지하던 유통훈이 죽고 난 후 잠깐 의기소침했던 적도 있었다. 건륭의 유용에 대한 성총이 남다르다고는 하나 황천패에게는 별로 큰 도움이 되지 못했다. 그래서 그의 관직은 여전히 그리 높지 않았다. 강호 사람들 사이에서 평생 동안 충성을 바치고도 빛을 못 보느냐는 식으로 비웃고 이죽대는 이야기가 많았던 것은 다 그 때문이라고 할 수 있었다.

그는 그러나 그런 말에는 개의치 않는다면서 한 귀로 듣고 한 귀로 흘리는 대범한 모습을 보였다. 그럼에도 솔직히 마음 한구석에 서운한 감정이 전혀 없지는 않았다. 그러나 건륭의 말을 듣는 이 순간 그는 그동안 쌓였던 억울함과 서운함이 눈 녹듯 녹아내리는 것 같았다. 언제 흘렸던지 기억조차 가물가물한 눈물이 주체할 수 없이 흘러내렸다.

그는 급기야 무릎을 꿇고 어깨를 들썩였다.

"신의 충정은 하늘이 알고 천자께서 아시옵니다! 신은 폐하의 그 말씀 한마디로 족하옵니다……. 폐하께서 신을 믿어주시고 지켜 주신다는데 신이 무엇인들 두려워하겠사옵니까? 마지막 피 한 방울까지 다 쏟고 숨을 거두는 그 순간까지 조정과 폐하를 위해 분골쇄신하겠사옵니다……."

건륭이 태감에게 황천패를 부축해 일으키라는 턱짓을 했다. 황천패는 태감이 건네주는 물수건으로 얼굴을 닦고는 복받치는 감정을 추슬렀다. 건륭이 다시 입을 열었다.

"자네도 알고 보니 정이 많은 사람이로군. 유용을 군기대신으로 들이라는 어지를 이미 내렸네. 그러나 자네는 여전히 그를 수행하게 될 것이네. 이번에는 자네를 필요로 하는 일이 있어서 불렀네. 다만 자네 제자들이 이래저래 다친 이들이 많아 예전 같지 못하다고 들었네."

황천패는 건륭의 말에 마치 주인의 부름을 받은 사냥개처럼 고개를 번쩍 쳐들었다. 이어 눈에서 빛을 뿜으며 건륭을 바라봤다. 그리고는 단호한 어투로 아뢰었다.

"그렇긴 하오나 큰 문제될 것은 없사옵니다. 신은 수하에 열세 명의 제자를 두고 있었사온데, 그중 하나는 일지화와 대적하는 과정에서 죽었사옵니다. 큰제자는 중풍에 이어 다리까지 분질러졌사옵니다. 막내는 이번에 열다섯째마마를 수행해 외지에 나갔사옵니다. 그들을 제외하면 나머지는 수시로 부릴 수 있사옵니다!"

"오, 그럼 옹염을 따라간 '인정자'라는 자도 자네의 제자구먼."

건륭이 이내 미소를 거둬들이면서 정색을 했다. 이어 천천히 다시 입을 열었다.

"옹염은 지금 산동성 평읍 일대에 있네. 그쪽에 난이 일어나 대단히 위태롭다고 하네. 복강안을 파견하기로 했으나 그래도 혹시 연락이 닿지 않을까봐 염려스럽네. 누군가 옹염의 신변을 지켜줘야 할 것 같은데, 그 일을 자네에게 맡기고자 하네."

"신이 직접 내려가겠사옵니다. 심려 거두시옵소서. 신이 죽지 않는 한 열다섯째마마께서는 털끝 하나 다치지 않을 것이옵니다!"

황천패가 감격에 겨워 덧붙였다.

"제자들을 전부 데리고 가겠사옵니다!"

건륭이 고개를 저으며 단호한 어조로 말했다.

"다는 안 돼. 원소절이 코앞이네. 북경에서 이시요를 도와 원소절 때의 치안을 도모할 사람이 필요하네. 짐은 자네 한 사람만 내려가도 짐의 아들을 노리는 자들의 간담이 서늘해질 것이라고 믿네."

건륭의 칭찬에 황천패는 온몸에 힘이 불끈 솟는 것 같았다. 곧바로 우렁찬 목소리로 대답했다.

"하오면 신은 산동성 녹림과 인연이 깊은 양부운梁富雲 한 명만 데리고 가겠사옵니다."

"가서 먼저 유용을 찾아보게. 무슨 일이 있으면 유용을 통해 짐에게 밀주하도록 하게."

건륭이 말을 마치고 이제 그만 물러가라는 손짓을 했다. 이어 황천패가 물러가자 그동안 참았던 하품을 길게 내뱉었다. 그리고는 자리에서 일어나 창밖을 내다봤다.

밖은 조금씩 어두워지고 있었다. 꼬마 태감이 양초를 한 아름 안고 이 방 저 방 다니면서 나눠주고 있는 모습이 보였다. 그는 곧 태감 왕팔치를 불러 지시했다.

"지금쯤 복강안은 이미 출발했을 거야. 말을 타고 부항의 집에 가서 어지를 전하거라. 복강안과 유용에게 노란색 여우털 외투를 하나씩 상으로 내린다. 그리고 황후전에 들어 황후에게 전하거라. 오늘 하루 종일 태후마마 시중을 드느라 노곤할 터이니 일찍 침수에 들라고 하거라. 짐은 오늘밤 진씨의 처소에 들겠다고 이르거라."

분부를 마친 건륭은 곧 몇몇 태감들을 데리고 진씨의 처소가 있는 건복궁建福宮으로 향했다.

건복궁은 양심전의 서북쪽에 위치해 있었다. 함복궁咸福宮을 사이에 두고 황후의 처소인 저수궁과 마주하고 있었다. 함복궁은 순치 때의 폐황후廢皇后 박이제길특博爾濟吉特씨가 머물렀던 곳으로 유명했다. 그래서인지 이곳 건복궁 일대도 전부 '냉궁'冷宮으로 간주되고 있었다. 태감, 궁녀들조차 평소에는 멀리 에돌아갈 정도였다. 수십 년 동안 방치해둔 함복궁 정원에는 잡초가 키를 넘었을 뿐 아니라 가끔 뱀이 출몰하기도 했다. 한번은 지나가던 태감이 뱀에 물려 죽은 적도 있었다. 밤에 귀신울음소리가 들린다는 소문까지 돌아 모두가 꺼리는 곳이었다.

진씨는 건륭의 후궁들 중에서는 지위가 그다지 높지 않은 편이었다. 그러나 건륭의 총애를 듬뿍 받고 있었다. 이 점에서 옹염의 모친인 위가씨와 비슷하다고 할 수 있었다. 진씨는 성격이 부드럽고 이해심이 많아 다른 후궁을 질투하거나 미워하는 법이 없었다. 늘 흐르는 물처럼, 떠다니는 구름처럼 현실에 순응해 건륭을 편하게 해줬다. 그 점이 오히려 건륭에게 높은 점수를 받기도 했다. 다른 후궁들은 한 번이라도 건륭의 발길을 더 붙잡고자 곤녕궁, 종수궁, 저수궁 쪽으로 오지 못해 안달이었으나 그녀는 자진해 이 무시무시한 '냉궁' 건너편에 처소를 정했다. 끝까지 "다툼을 통해 잘되고 싶지 않다"는 소신을 지켰던 것이다.

건륭이 건복궁으로 이어지는 어두컴컴한 골목에 들어서자 태감들은 누군가 뒷덜미라도 붙잡을까봐 종종걸음을 쳤다. 그러나 건륭은 느긋한 걸음걸이에 기분이 좋아 보였다. 그는 들어가 아뢰려는 문지기 태감을 제지시키고 혼자 궁문 안으로 들어갔다.

불이 훤한 창문을 통해 들여다보니 안에는 오아씨도 자리를 함께

하고 있었다. 진씨와 함께 다과를 먹으면서 지패를 폈다 엎었다 하는
모양이 점괘를 보고 있는 것 같았다.

24장

악역惡逆의 죄

점괘를 보면서 깔깔대던 두 여인은 기척도 없이 나타난 건륭을 보자 터져 나오는 비명소리를 손바닥으로 눌러 막으면서 후닥닥 일어났다. 건륭이 빙그레 웃자 그제야 놀란 가슴을 쓸어내리며 예를 갖춰 인사했다. 건륭은 시녀가 올린 찻잔을 받아 조금씩 홀짝이면서 물었다.

"둘이서 무슨 얘기를 그리 재미있게 하고 있었나?"

오아씨가 얼굴이 빨개지며 웃음 띤 얼굴로 대답했다.

"아녀자들끼리 무슨 말을 하겠사옵니까? 아녀자들끼리만 할 수 있는 은밀한 얘기를 하고 있었사옵니다."

진씨 역시 얼굴을 붉힌 채 수줍게 고개를 숙이고 있었다. 건륭이 못내 궁금하다는 듯 관심을 보였다.

"아녀자들끼리만 하는 은밀한 얘기가 뭡니까, 숙모님?"

건륭은 말을 하면서 음흉한 눈빛을 오아씨의 봉긋한 젖가슴에다 던졌다. 진씨가 수줍어하면서 고개를 푹 숙이고 있었기 때문에 그렇게 몰래 훔쳐보는 것이 가능했다. 사실 두 여인은 방금 전 남녀 간의 방사房事에 대해 얘기를 하고 있던 차였다. 그랬기에 진씨가 더욱 몸 둘 바를 몰라 했던 것이었다.

오아씨는 그걸 잘 아는 건륭이 짓궂은 농담을 더 하려고 하자 진씨를 힐끗 봤다. 이어 건륭에게 제발 그러지 말라는 듯 불안한 눈짓을 해 보였다. 그제야 정신이 든 건륭이 정색을 하며 물었다.

"숙모님 댁에는 외관들이 많이 드나드는데, 혹시 바깥에서 무슨 소리를 들은 건 없습니까? 좋은 일이든 나쁜 일이든 상관없으니 밤도 긴데 얘기 보따리나 풀어보시죠."

"마마께서 저리 병상에만 계시니 신첩도 외부인을 거의 접견하지 않았사옵니다."

오아씨가 자세를 고쳐 앉으면서 말을 이었다.

"간혹 고명부인들이 문안인사차 들었다가 부상의 병세에 대해 얘기하면서 안타까워하는 소리는 들었사옵니다……."

그녀는 침을 꿀꺽 삼키고 목소리를 가다듬고는 다시 덧붙였다.

"부찰 황후마마께서 선서仙逝하신 마당에 부상까지 잘못 되는 날에는 부씨의 가세도 기우는 게 아니냐면서 걱정들이 많았사옵니다. 우민중을 비롯해 화신과 유용이 무섭게 치고 올라오는데 과연 복강안, 복령안, 복륭안 등 세 기둥들이 어느 정도까지 선전을 할 수 있겠느냐는 걱정스런 말들이었사옵니다."

건륭은 귀를 쫑긋 세웠다. 자신도 미처 생각하지도 못한 부분이 외인들 사이에서 벌써 화제가 됐다는 점에서 적이 놀랐던 것이다. 오아씨가 눈치를 살피며 입을 다물자 그는 짐짓 아무렇지도 않은 듯 웃으면서 말했다.

"계속해보세요, 괜찮아요. 이 자리에서는 무슨 말을 하든 죄가 되지 않을 테니 마음 놓고 얘기하세요!"

그러나 오아씨는 눈치가 빨랐다. 건륭이 결코 가볍게 들어 넘기지 못할 것이라고 판단하고는 말을 아끼기로 했다. 그래서 잠시 망설인 끝에 다소 어색한 표정을 지으면서 입을 열었다.

"아녀자들이 들어앉아 지지고 볶아봤자 무슨 들을 만한 소리를 하겠사옵니까? 요즘은 부상 일가의 일 외에는 별다른 화제가 없는 것 같사옵니다. 민감한 사안은 아니고 그냥 사람 사는 얘기가 아니겠사옵니까."

오아씨가 잠깐 말을 멈추고 눈동자를 굴리면서 뭔가를 생각하더니 다시 말을 이었다.

"아! 그리고…… 밖에서 사교가 날로 창궐한다고 들었사옵니다. 동직문東直門 밖 좌가장左家莊 북쪽에는 조총 네 자루가 일시에 불을 뿜어도 꿈쩍도 하지 않는 대단한 신선이 있다고 하옵니다. 만병통치약을 나눠주고는 돈도 받지 않는다고 하옵니다. 또 남경 현무호玄武湖의 어느 도관道觀의 제자가 세상을 구하러 나왔다는 소문이 파다하옵니다. 구문제독아문에서 나와 양측 사이에 한바탕 승강이도 벌어졌다고 하옵니다. 아역들이 포박을 거부하는 도인의 팔을 칼로 치니 신기하게도 도인은 한줄기 검은 연기로 변해 감쪽같이 사라져버렸다고 하옵니다! 대신 그 자리에는 팔뚝만 한 연근蓮根이 떨어져 있었다고 하옵니다. 신도들은 마치 신선을 모시듯 연근을 대각사大覺寺에 모셔 놓았다고 하옵니다. 그리고 그날부터 대각사는 인산인해로 몸살을 앓는다고 하옵니다."

건륭은 마치 자신이 직접 본 것처럼 신이 나서 떠드는 오아씨를 보면서 말없이 웃었다. 그리고는 천천히 입을 열었다.

"짐도 비슷한 요언을 들은 바 있어요. 그자는 도사道士가 아닌 화상和尙(스님)이었어요. 지금 순천부에 구금돼 있죠. 요언처럼 그리 대단한 신선이라면 벌써 검든 희든 노랗든 연기로 변해 허공으로 날아가 버리지 않았을까요? 숙모님께서는 대각사에 다녀오셨나요?"

"그런 건 아니옵니다. 마마께서 근처에도 얼씬거리지 못하게 하시옵니다……."

오아씨가 가벼운 한숨을 짓고는 다시 덧붙였다.

"전에 붙잡혔던 표고飄高 도사를 처형할 때 저의 마마께서 직접 감독했다고 하옵니다. 그때 당시 요망한 무리들은 표고가 형장에서 홍포紅袍를 입고 구름을 타고 날아갔다면서 요언을 날조했다고 하옵니다. 지난번 다섯째황자마마께서 저의 집에 오셨을 때 뒤뜰에 있는 늙은 복숭아나무를 보시더니 '나무가 시름시름 죽어 가는 걸 보니 불길한 조짐이군. 베어 내게!'라고 하셨사옵니다. 그 소리를 듣고 저의 마마께서는 허튼소리 그만 하고 집에 가서 '성현의 글'이나 읽으라면서 발끈하셨사옵니다. 그 일만 생각하면 신첩은 지금도 가슴이 벌렁벌렁하옵니다!"

"다섯째황자라니? 옹기 말씀인가요?"

"당연하옵죠. 지금 다섯째황자가 둘이라도 된다는 말씀이옵니까?"

오아씨가 당치도 않다는 듯 웃으면서 말을 이었다.

"그래서 신첩이 마마께 한마디 했사옵니다. 아무리 손자뻘이라고는 하나 엄연히 똑같은 친왕 신분인데, 어찌 그리 호통을 치시느냐고 말이에요! 그랬더니 마마께서는 아녀자가 무얼 안다고 그러냐면서 '군자는 애인이덕愛人以德'이라느니 어쩌니 큰 도리를 한바탕 쏟아 놓으셨사옵니다."

건륭은 자식 복이 변변치 않은 군주였다. 다섯째 옹기 위로 넷이 더 있었으나 모두 요절했으니 사실상 옹기가 맏이인 셈이었다. 오아씨가 옹기를 두려워하는 숨은 이유를 알아차린 건륭이 말했다.

"아무리 황자라도 잘못했으면 혼이 나야죠. 할아버지가 손주를 혼내는 것도 눈치를 봐야겠어요? 염려하지 마세요, 숙모님! 짐은 필히 덕이 있고 어질고 유능한 아들에게 대통을 잇게 할 것입니다. 스물넷째숙부의 훈육은 참으로 지당하셨습니다!"

건륭의 말뜻을 잠시 음미하던 오아씨가 당황한 듯 황급히 아뢰었다.

"폐하께서 마음 놓고 얘기하라고 하시기에 신첩은 별 생각 없이 수다를 떤 것이옵니다. 이 일로 폐하께서 다섯째마마를 훈책하신다면 신첩이 고자질한 게 되지 않겠사옵니까? 마마께서는 본분에 충실하신 분이옵니다. 타고난 체질이 병약하시어 지푸라기라도 잡고 싶은 심정으로 주술적인 힘에 의존하시는 게 아닌가 하옵니다. 신첩은 특별히 옹기마마에게 아부를 하거나 비호하기 위해서가 아니옵니다. 솔직히 밖에 나도는 소문에 태자감으로 이 황자, 저 황자가 거론되는 걸 들었어도 옹기마마의 이름은 듣지 못했사옵니다……."

오아씨는 조심하느라 애썼다. 그러나 엉겁결에 도리어 옹기의 '치부'를 들춰버리고 만 셈이 되었다. 더구나 그걸 무마하느라 말을 하다가 어느새 건륭이 더욱 민감하게 여기는 '태자' 문제까지 운운해 버리고 말았다. 오아씨의 입에서 수습할 수 없는 얘기가 흘러나오자 당황한 진씨가 황급히 찻잔 뚜껑을 열면서 말했다.

"차가 식겠사옵니다, 어서 드세요. 오늘 저녁 숙모님의 잠자리는 신첩의 별채에 봐드렸사옵니다. 화롯불에 물주전자를 올려놓았더니 훈기도 돌고 훨씬 덜 건조한 것 같사옵니다……."

"말을 자르지 말게, 진씨!"

건륭이 싸늘하게 웃더니 오아씨에게 계속 물었다.

"숙모님, 그래 밖에서는 짐이 누구를 태자로 점지했다고 합디까? 두려워하지 말고 말씀하세요. 짐이 들은 것과 같은지 궁금해서 그럴 뿐입니다. 오늘 이 자리에서 우리끼리 한 얘기는 절대 문제 삼지 않을 것이니 아무 염려하지 마세요. 나중에 무슨 일이 있더라도 결코 두 사람을 연루시키지는 않을 것입니다."

건륭은 평소와 똑같이 '숙모님'이라는 호칭을 쓰고 있었다. 어쩐지 그 말이 오늘따라 더욱 무겁고 엄숙하게 느껴졌다. 순간 오아씨의 얼굴에 두려운 기색이 역력해졌다. 진씨 역시 안색이 하얗게 질렸다. 계속 앉아있자니 바늘방석이요, 일어서자니 그것도 예의가 아니었으니 몸 둘 바를 몰랐다.

건륭이 재촉하듯 말했다.

"집안 식구끼리 문 닫아 걸고 얘기 좀 나누자는데, 어찌 그리 전전긍긍하시는 겁니까? 국본國本에 관련된 요언이라 알고 싶다는데 그리 불안해하면 짐을 못 믿겠다는 얘기십니까?"

"무슨 그런 말씀을……. 저는 오로지 저희 집을 드나드는 태감들끼리 생각 없이 하는 소리를 귀동냥해 들었을 뿐이옵니다."

오아씨가 마지못해 주저하며 입을 열었다. 이어 작심한 듯 덧붙였다.

"뜬소문에 의하면 다섯째와 열둘째 황자는 둘 다 옥체가 좋지 않으시고 여덟째와 열한째는 공부밖에 모르는 '수재 황자'인 데다 아직 천화天花(천연두)가 나오지 않은 상태여서 늘 불안하오니…… 폐하께서 열일곱째황자를 태자로 점지하시어 금책金册에 이름을 올리셨다는……."

오아씨가 말을 마치고는 궁전 안에 가득한 태감과 궁녀들을 힐끗 쓸어봤다. 이어 손수건으로 입을 막고 가볍게 기침을 했다. 주위를 물리쳐줬으면 하는 눈치였다. 건륭이 손사래를 치면서 명했다.

"다들 썩 물러가 있거라!"

건륭의 한마디에 태감과 궁녀들은 몸을 깊이 숙이고는 발소리를 죽여 뒷걸음질로 물러갔다. 오아씨의 '기침'도 곧 멈췄다. 그녀가 조심스럽게 말을 이었다.

"열다섯째마마와 열일곱째마마는 둘 다 성총이 남다른 위 귀비의 소생인 데다 천연두까지 앓고 난 몸이옵니다. 대겁大劫을 떨쳐냈으니 그런 소문이 도는가 보옵니다. 게다가 열일곱째마마는 열다섯째마마에 비해 기개와 도량이 크시고 나이도 어리오니……."

오아씨가 갑자기 말끝을 흐렸다. 건륭이 바로 말했다.

"됐습니다. 그만하면 무슨 말인지 알겠습니다."

건륭은 의외로 오아씨의 말을 담담하게 받아들이고 있었다. 그러자 오아씨가 건륭의 기색을 조심스럽게 살피면서 다시 아뢰었다.

"또 어떤 이는 폐하께서 작성하신 전위조서傳位詔書를 직접 봤다고도 하옵니다. 마지막 한 획이 유난히 길어서 '린'璘자가 틀림없다고까지 했사옵니다."

전해들은 바를 다 쏟아낸 오아씨는 그제야 홀가분한 듯 길게 숨을 내쉬었다.

"아하……!"

건륭의 표정이 순간 심상치 않게 변했다. 어쩐지 요언이 예사롭지 않다는 느낌이 들었던 것이다. 곧 그가 턱을 문지르면서 일어섰다. 이어 한참 널뛰는 촛불을 지켜보더니 입을 열었다.

"요언의 진원지를 알아 보셨겠죠?"

오아씨가 잠시 고개를 숙이고 생각하더니 대답했다.

"그 당시는 경황이 없어 그럴 생각조차 못했사옵니다. 나중에 심증이 가는 태감을 불러 추궁했사옵니다. 쉽게 입을 열지 않기에 매타작을 했더니 저의 스물넷째마마께서는 '이 여편네가 큰일 저지르려고 작정을 했어? 뭘 안다고 감히 궁중의 가무家務에 끼어들어?' 하시면서 신첩을 나무라셨사옵니다. 결국 요언을 퍼뜨린 자를 추궁해내기는 했사오나 그게 무슨 소용이 있겠사옵니까?"

"누굽니까?"

건륭이 오아씨를 뚫어지게 쳐다보면서 다그쳐 물었다. 진씨 역시 눈이 휘둥그레져 오아씨를 바라봤다.

"이…… 이름이 진학회秦學檜라는 태감이었사옵니다. 양심전에서 시중든다고 했사옵니다."

건륭의 미간이 무섭게 엉켜 붙었다. 사실 양심전에서 시중드는 태감이 100명도 넘었으니 그 많은 이름을 일일이 기억할 수는 없는 일이었다. 게다가 그가 아는 태감 중에 진학회라는 이름을 가진 자는 없었다. 잠시 생각에 잠겨 있던 건륭이 무슨 방법이 떠오른 듯 가볍게 기침을 했다. 이어 목청을 가다듬고 나서 밖을 향해 소리쳤다.

"왕렴은 들라!"

건륭이 태감들에게 유난히 엄격하고 벌할 때는 인정사정을 보지 않는다는 것은 궁전 안팎에 널리 알려진 사실이었다. 그걸 익히 아는 두 여인은 아닌 밤중에 피비린내가 진동할지도 모른다는 생각이 드는지 바로 얼굴이 노래졌다. 가슴이 두근거리다 못해 터질 것만 같았다. 결국 두 여인은 더 이상 앉아 있지 못하고 그 자리에서 무릎을 꿇었다. 왕렴 역시 심상찮은 분위기를 감지한 듯 잔뜩 숨죽인 채 두루마기 자락을 잡고 무릎을 꿇었다. 그리고는 머리를 조아렸다.

"찾아 계셨사옵니까?"

건륭의 표정은 그러나 의외로 담담했다. 차를 한 모금 마시더니 입 안에 남은 찻잎을 씹으면서 물었다.

"양심전 태감들 중에 진학회라는 자가 있는가?"

"예, 그러하옵니다. 어차방御茶房에서 시중들고 있사옵니다."

"지금 여기 와 있나?"

"예, 와 있사옵니다."

"들라 하라!"

"예!"

"잠깐!"

건륭이 얼굴 가득 서늘하고도 음험한 미소를 띠우며 왕렴을 멈춰 세웠다. 이어 다시 분부를 내렸다.

"짐을 시중드는 개돼지들을 전부 조벽照壁 앞에 집합시키거라. 그리고 화명책花名冊을 가져오너라. 오늘 일을 누가 감히 한 글자라도 발설했다가는 유용에게 넘겨 난도질을 당하도록 해 버릴 거야! 흥!"

건륭의 목소리는 높지 않았다. 노기가 스며있는 목소리도 아니었다. 그러나 단전丹田에서 끌어낸 듯 숨소리가 무거웠다. 순간 오아씨와 진 씨는 온몸의 솜털이 쫙 일어서는 느낌을 받았다. 왕렴 역시 다리를 후들거리면서 물러갔다. 건륭이 그제야 두 여인에게 말했다.

"밖의 소란을 잠재우려면 안부터 진정시켜야 하는 법이에요. 요언의 진원지가 궁중에 있으니 절대 간과할 수 없죠. 두렵겠지만 이런 일은 짐이 직접 처리해야 여러 사람이 편해질 수 있어요."

건륭이 말을 마치고는 파랗게 질려 있는 두 여인을 향해 미소를 지었다. 이내 어조도 부드럽게 바꿨다.

"아녀자들은 어쩔 수 없군요. 뭐가 그리 두려워 사시나무 떨 듯 하세요? 그리 무서우면 서쪽 별채로 가 있으세요."

진씨가 바로 떨리는 목소리로 대답했다.

"망극하옵니다. 신첩은 이대로 있다가는 가슴이 터져 버릴 것 같사옵니다. 숙모님, 우리 아녀자들은 멀찌감치 물러나 있는 게 좋겠습니다."

건륭이 히죽 웃으면서 몇 마디 위로의 말을 건네려고 할 때였다. 밖에서 발걸음소리가 들려왔다. 건륭이 바로 미소를 거둬들이고는 두 여인을 향해 물러가라고 손사래를 쳤다.

두 여인이 도망치듯 자리를 뜨는 사이 진학회가 들어섰다. 얼굴이 석고처럼 창백해진 그는 마치 곤경에 내몰린 쥐처럼 초라한 모습이었다. 그는 곧 무릎이 깨질 정도로 털썩 꿇어앉았다. 이어 뒤따라 온 왕렴이 건륭에게 화명책을 받쳐 올렸다. 그리고는 몸을 새우처럼 구부린 채 한쪽으로 물러섰다.

건륭이 화명책을 힐끗 들여다보고 나서 한쪽 팔로 책상 모서리를 짚고 비스듬히 앉으면서 물었다.

"진학회, 네놈이 무슨 죄를 지었는지 아느냐?"

"이, 이, 이, 이놈…… 지, 지, 지, 지은 죄를 알고 있사옵니다. 아, 아, 아…… 니, 잘…… 모르겠사옵니다."

"너는 알고 있다! 이 자리에서 이실직고하면 짐이 용서해줄 것이다. 그러나 단 한마디라도 거짓을 고했다가는 결코 살려두지 않을 것이다!"

"이, 이, 이, 이놈이…… 대가리가 몇 개 붙어 있다고…… 가, 가, 감히…… 기군欺君을 시도하겠사옵니까……?"

건륭은 잠시 말이 없었다. 그저 마치 고양이가 구석에서 바들바들 떨고 있는 늙은 쥐를 희롱하듯 느릿느릿 찻잔을 집어들 뿐이었다. 이어 뚜껑으로 물위에 뜬 찻잎을 천천히 밀어내면서 진학회를 힐끗 쳐다봤다. 그리고는 목소리를 내리깐 채 물었다.

"밖에 나가서 어느 황자가 태자로 유력하니 어쩌니 떠들고 다닌 적이 없어? 있어, 없어?"

"그런 적이…… 이, 있사옵니다. 작년 시월 무렵에 안(궁중)에서 들리는 소문을…… 입이 간지러워…… 밖에 나가…… 떠든 적이 있사옵니다. 죽을죄를…… 지었사옵니다."

"안의 누구한테 들었어?"

"……"

"말 못해?"

건륭이 오싹한 웃음을 지은 채 소리쳤다.

"네놈의 개소리를 들을 시간이 없으니 어서 말해! 살고 싶으면 제대로 불어!"

진학회가 겁에 질린 눈빛으로 왕렴을 훔쳐봤다. 건륭이 왕렴을 노려보며 대뜸 일갈을 했다.

"네놈이었어?"

땅바닥에 닿을 정도로 허리를 낮추고 있던 왕렴이 그 소리에 화들짝 놀라더니 풀썩 고꾸라졌다. 이어 마치 벼락 맞은 고목이 넘어가듯 쿵! 하는 소리가 들려왔다. 그가 사지를 땅바닥에 붙인 채 더듬거렸다.

"맹세코 이놈은…… 아니옵니다. 이놈은 그때 당시만 해도…… 난각에 얼씬도 못할 때였사옵니다. 그런 요언을 만들어 낼 수도 없었사옵니다. 하오나, 남들이 수군대는 소리에…… 한마디 거들었던 적은…… 있사옵니다. 왕팔치의 말로는…… 처음에 복의 義가 떠들고 다녔다고 하옵니다. 이놈이 진학회에게…… 말했던 건…… 사실이옵니다. 죽을죄를 지었사옵니다."

"복의라?"

잠시 놀라워하던 건륭이 껄껄 소리 내서 웃더니 입을 열었다.

"그놈이 난놈이구먼. 들이거라!"

복의는 구르다시피 안으로 들어왔다. 이어 온몸을 바들바들 떨면서 죽은 듯이 길게 엎드렸다. 그러나 막상 건륭의 벼락같은 하문이 떨어지자 어디서 그런 담력이 생겼는지 두 손으로 땅을 짚고 벌떡 고개를 쳐들었다. 건륭의 두 눈을 똑바로 직시하면서 또박또박 대답했다.

"폐하, 이놈은 이 자리에서 당장 죽는 한이 있다 하더라도 맹세코 그런 짓을 한 적이 없사옵니다! 왕팔치 그자는 이놈을 해코지하려고 작정한 것이옵니다! 작년 시월에 소문이 나돌기 시작한 건 사실이옵니다. 설령 폐하께서 전위조서를 작성하셨을지라도 곁에서 마지막 획이 긴지 짧은지 훔쳐볼 수 있을 만한 자는 왕팔치뿐이옵니다. 일을 저질러놓고 폐하께서 추궁하실까봐 몇몇 무리들과 함께 이놈에게 죄를 뒤집어 씌웠던 것이옵니다! 그때 당시 이놈은 대내大內와 원명원圓明園에서 번갈아 시중드느라 난각에 든 적이 한 번도 없사옵니다. 내무부에 있는 출입기록을 보면 한눈에 알 수 있을 것이옵니다. 필요하다면 이놈은 왕팔치와 대질할 용의도 있사옵니다!"

복의가 닭이 모이를 쪼듯 연신 머리를 조아리면서 덧붙였다.

"이놈은 폐하의 남순 길에 수행했다가 어지를 잘못 전달한 죽을죄를 지었사옵니다. 하지만 황송하옵게도 폐하의 성은에 힘입어 겨우 목숨을 건졌사온데, 어찌 감히 그런 짓을 저지를 수 있겠사옵니까? 통촉하여 주시옵소서!"

이쯤 되자 건륭은 오히려 망설여졌다. 왕팔치를 불러들인다? 그리되면 왕팔치 그놈은 또 누구를 물어델까? 이런 식으로 서로 물고 물리다 보면 궁중 전체가 불안에 떨게 될 것임은 자명한 일이었다. 설령 요언을 퍼뜨린 자를 색출해낸다 하더라도 과연 어지를 내려 벌할 수 있을까? 소동을 크게 벌여 바깥의 백성들에게까지 소문이 나가는 날에는 득보다 실이 더 클 게 분명했다.

순간 건륭은 오늘밤 자신이 너무 무모한 일을 벌였다는 사실을 깨달았다. 아아, 이럴 때 유용이 곁에 있었으면 얼마나 좋을까? 명석하고 냉정한 그와 미리 상의했더라면 좋았을 걸……. 아무리 생각해봐도 이런 식으로 계속 나가는 것은 소용이 없을 것 같았다. 그렇다고 태감 앞에서 꼬리를 내리고 백기를 들 수도 없는 일이었다. 건륭은 급기야 일부러 딱딱한 어투로 물었다.

"그럴싸하게 잘도 둘러대는구나. 그렇다면 어째서 그동안 짐의 곁에서 시중들면서 짐에게는 한마디도 아뢰지 않았다는 말이냐?"

"폐하……!"

복의는 울분에서인지 두려움에서인지 여전히 떨고 있었다. 그러나 소리 나게 머리를 조아리면서 대답하는 것은 잊지 않았다.

"이놈은 폐하께서 왕팔치에게 조련을 맡기신 똥개이옵니다. 하온데 어찌 감히 아니 '부不'자를 입 밖에 낼 수 있겠사옵니까? 자금성 안에는 수천 명의 태감이 있사옵니다. 폐하를 기만하는 일이 어디 한두 가지이겠사옵니까! 전과가 있는 별 볼 일 없는 똥개가, 그것도 집에 먹여 살려야 할 노모와 처자식이 있는 놈이 어찌 감히 망발을 할 수 있겠사옵니까."

복의는 말끝을 흐리면서 눈물까지 쏟았다. 무척이나 억울한 것이 분명한 듯했다.

건륭은 언젠가 남순 길에서 어지를 잘못 전한 죄를 물어 복의를 주살하고자 한 적이 있었다. 그러나 북경으로 돌아오는 배에서 복의가 울고 불면서 '불쌍한 노모'를 운운하는 바람에 마음이 약해져 용서해주고 말았다. 대신 복의를 왕팔치에게 넘겨 조련을 명한 것도 사실이었다.

그는 갑자기 얼마 전 자신이 화탁씨에게 들려줬던 얘기를 머릿속에 떠올렸다. 전명 때 몇몇 태감들이 무종武宗을 시해하고자 밀모를 꾸몄다는 고사故事였다. 황제가 궁인들을 지나치게 핍박해 살신殺身의 화를 자초한 대표적인 사례였다. '필부匹夫가 한번 화를 내면 오보五步에 유혈'이라는 말도 있지 않은가. 아무 이유 없이 주변에 적을 많이 만들 필요는 없지 않은가. 그는 급기야 그렇게 생각했다.

찬바람이 궁중의 처마 밑을 휩쓸고 지나갔다. 마당 하나를 사이에 두고 있는 함안궁 지붕에서 이름 모를 새가 푸드덕대면서 날아올랐다. 마치 심산유곡의 어느 동굴에서 들려오는 듯한 아찔한 울음소리도 들려왔다. 순간 건륭은 모골이 송연해졌다. 때를 같이 해 사방에서 쥐, 들고양이 등 작은 동물들이 바스락대면서 풀숲을 스치고 달아나는 소리도 들렸다…….

건륭은 갑자기 몸이 덜덜 떨리면서 소름이 끼쳤다. 그제야 자신의 흐트러진 모습을 깨닫고는 황급히 마음을 추슬렀다. 이어 땅에 엎드려 있는 복의를 향해 한숨을 지으면서 말했다.

"네놈이 똥개라도 단명할 팔자는 아닌가보군! 짐이 효심에 약하다는 걸 어찌 알고 이것이……. 째지게 가난한 집에 팔십을 넘긴 노모가 있다고 했지? 네가 없으면 당장 내일이라도 굶어죽을 노모 말이야. 네가 어지를 잘못 전한 전과가 있다고 해서 왕팔치가 너에게 죄를 뒤집어씌운 모양인데, 짐은 너의 말을 믿는다."

건륭의 말투가 한결 부드러워졌다. 그러자 복의가 눈에서 눈물을 뚝뚝 떨어뜨렸다. 그리고는 터져 나오는 울음을 참느라 안간힘을 썼다. 때문에 얼굴이 벌게지더니 이마와 목에 핏줄이 무섭게 불거졌다. 복의가 곧 눈물을 흩뿌리면서 아뢰었다.

"이놈은 이 나이가 되도록…… 어느 누구에게서든 이렇게…… 따뜻한 말을 들어본 적이 없사옵니다. 이놈의 억울한 사연을…… 믿어 주시오니…… 이놈은 이 자리에서 죽어도…… 여한이 없사옵니다. 아뢰면 죽을죄를 면키 어려운 사연이 하나 있사옵니다. 이놈이 죽으면 주군께서 노모를 불쌍히 여기시어 보살펴 주시기를 부탁드리옵니다."

건륭은 뜻하지 않은 복의의 말에 깜짝 놀랐다. 그는 복의의 입에서 뭔가 심상치 않은 이야기가 나올 것 같아 한참 후에야 입을 열었다.

"어찌 벌할지는 짐이 알아서 할 일이니 우선 말해 보거라."

"선서仙逝하신 황후마마께서는 참으로 현덕賢德하신 분이셨사옵니다. 그리 일찍 가실 분이 아니었사옵니다!"

복의는 머리를 조아리면서 일단 운을 뗐다. 그러나 어디서부터 어떻게 말을 풀어나가야 할지 모르겠다는 듯 잠시 입을 다물었다. 한참 후 그가 다시 입을 열고 한 말은 여전히 똑같은 말이었다.

"선서하신 황후마마께서는 진정 현덕하신 분이셨사옵니다."

건륭은 계속 세상을 떠난 황후만 거론하는 복의를 보면서 결국 냉소를 터트렸다. 이어 준엄한 어조로 꾸짖었다.

"효현황후가 현덕한 건 천하가 주지하는 바이다. 네 놈이 강조할 필요가 어디 있느냐? 네 이놈!"

건륭이 그러다 문득 복의의 언중유골을 깨달았는지 하던 말을 멈췄다. 그리고는 얼어붙을 것처럼 날카로운 눈빛으로 그를 노려봤다.

"그렇다면 지금의 황후는 현덕하지 못하다는 말이냐?"

"……"

"과연 그런 뜻이냐?"

"······"

쾅!

건륭이 책상을 힘껏 내리쳤다. 이어 자리에서 일어났다. 촛불도 그 기세에 질렸는지 곧 꺼질 듯 진저리를 쳤다. 건륭이 등불 밑에서 용안을 험악하게 구기면서 음침한 어투로 다시 입을 열었다.

"네 이놈! 정녕 더 이상 살고 싶지 않은 게냐? 감히 천하의 국모를 욕보이려 하다니!"

복의는 어차피 큰 화를 입을 각오를 했다. 그래서일까, 그의 얼굴은 오히려 덤덤해졌다. 곧이어 그가 물기가 번들거리는 파리한 얼굴을 들더니 천천히 아뢰었다.

"폐하께서 방금 하신 그 말씀은 왕팔치가 이놈을 위협할 때 밥 먹듯 해오던 말이옵니다. 왕팔치는 지금 종수궁에 들어 있사옵니다. 그가 어떤 식으로 황후마마를 시중드는지 폐하께서 직접 보시면 모든 것이 확연해질 것이옵니다! 애초에 폐하께서는 이름자에 인仁, 의義, 예禮, 지智, 신信, 효孝, 제悌, 충忠, 염廉, 치恥를 하나씩 달아 모두 열세 명의 큰 태감을 두셨사옵니다. 왕팔치는 그중에서 가장 막내였사옵니다. 특출한 재능도, 빼어난 재주도 없는 그가 지금은 왕 태감이 되어 있사옵니다. 궁금하지 않으시옵니까? 언젠가 폐하께서 '인仁'자로 시작되는 태감들 중에서 꼴찌인 왕팔치가 치고 올라갈 때까지 네놈들은 뭘 했다는 말이냐'라고 말씀하셨던 적이 있사옵니다!"

건륭은 복의의 말에 황급히 기억을 더듬었다. 물론 왕팔치가 영악한 것은 사실이었다. 그러나 다른 태감들도 그 정도쯤은 다 했다. 오히려 그보다 나으면 나았지 못하지 않았다. 보다 엄밀히 말하면 왕팔치는 노련미가 없어 왕 태감의 역할을 할 만한 인물이 못 됐다.

계속 생각을 더듬어보니 나랍씨가 여러 차례 베갯머리송사를 해왔던 기억이 났다. 나람씨는 그럴 때마다 다른 태감들은 여차여차해서 자격이 없으니 왕팔치가 그나마 '다홍치마'라고 대놓고 말했었다. 복의는 믿어지지 않으면 직접 가보라고 했다. 그 뜻인즉 무엇인가? 궁중의 태감들과 궁녀들 간에 서로 얽히고설킨 '채호'茶戶 관계를 생각해 보니 어렴풋이 답이 나왔다…….

그러나 건륭은 그쪽으로 더 깊게 생각할 수가 없었다. 아니, 생각하고 싶지 않았다. 그가 곧 크게 노한 얼굴로 복의를 향해 손가락을 비수처럼 겨누었다.

"네 이놈!"

건륭이 거친 숨을 몰아쉬면서 냅다 고함을 질렀다. 이어 다시 호통을 쳤다.

"감히 황후를 모함하려 들다니! 정녕 멸문지화를 당하고 싶은 게냐!"

"폐하, 이 일을 알고 있는 사람은 이놈뿐만이 아니옵니다. 복신, 왕례, 왕렴뿐만 아니라 원명원 러시아궁에서 시중드는 궁녀들은 이놈보다 더 잘 알고 있사옵니다!"

복의는 꿋꿋하게 두 팔을 땅에 짚고 엎드린 채 서슬이 뿜어 나오는 건륭의 눈빛을 똑바로 마주봤다. 내친김이라는 듯 그가 다시 입을 열었다.

"이놈은 이 사실을 상주하기에 앞서 이미 죽을 각오를 했사옵니다. 껍질을 발라도 좋사옵고, 기름 가마에 튀김을 당해도 괜찮사옵니다. 폐하께서 원하시는 대로 죽여주시옵소서! 오전에 폐하께서 어화원에서 본 그 늙은 미치광이는 바로 부찰 황후전에서 시중들던 노인이옵니다. 단혜태자端慧太子(영련永璉) 유모의 오라버니이기도 하지요. 유난히 토실토실하고 복스러워 모두가 애지중지하던 금지옥엽의 어린 태자께서 백납의百衲衣를 갈아입은 순간 천연두에 걸려 짧은 생을 마감하고 이승을 하직했사옵니다! 폐하께서 이 일을 추궁하려고 하시자 멀쩡하던 유모는 중풍에 걸려 벙어리가 됐사옵니다. 그 오라버니 역시 미쳐버렸사옵니다!"

복의는 말을 마치고는 땅에 납작 엎드려 목을 놓아 통곡했다. 이어 이마가 시퍼렇게 멍들도록 조아려댔다.

"……폐하! 영명일세英明一世하신 폐하! '등잔 밑이 어둡다'고 했사옵니다. 너무 어두워 눈앞의 손가락조차 보이지 않사옵니다……"

건륭은 그만 의자에 털썩 주저앉고 말았다. 순간 눈앞이 하얘지고 귀도 먹먹해졌다. 떠올리기조차 싫었던 예측이 사실로 확인되는 순간이었다. 그는 다시 일어서려고 했다. 그러나 다리에 힘이 빠져 일어설 수가 없었다. 팔을 내밀어 찻잔을 잡는 손가락도 심하게 떨리고 있었다. 결국 찻잔을 겨우 들기는 했으나 입가로 가져가기도 전에 찻물이 옷섶과 목에 반쯤 쏟아지고 말았다. 그는 그럼에도 식어버린 차를 꿀꺽꿀꺽 마셨다. 그러자 끓어 넘치던 속이 어느 정도 가라앉는 것 같았다. 세상에! 이 모든 것이 정녕 사실이라는 말인가!

후궁들이 그에게 낳아준 아들은 스무 명도 넘었다. 낳자마자 죽은 아이들을 빼고 이름자라도 달아본 황자는 모두 열일곱이었다. 그러나 그중에서 우여곡절 끝에 장성해 지금까지 살아있는 황자는 단 여섯 명뿐이었다! 하나둘씩 시름시름 앓다가 요절한 열한 명의 황자들, 이들의 죽음은 모두 '천연두'가 원인이었다!

물론 건륭도 누군가가 마수를 뻗쳤을 가능성을 생각해보지 않은 것은 아니었다. 그러나 그 누군가가 나랍씨였을 줄은 꿈에도 몰랐다. 용모가 꽃처럼 아름답고 마음이 비단처럼 곱다고 여겼던 여인이 과연 천추에 사무치는 범행을 저지른 장본인이라는 말인가?

나랍씨가 워낙 질투가 많은 여인인 것은 익히 알고 있었다. 그러나 아녀자들은 원래 성총聖寵(제왕의 은총)을 다투고 서로를 적당히 질투하는 족속들이었다. 때문에 그 정도의 질투는 애교로 봐줄 수 있었다. 그래서 참기도 했다. 그런데 만세기업萬世基業을 이을 싹을 잘라버렸다는 것은 질투의 차원을 넘어서는 것이었다. 엄연히 인륜을 저버린 행위였다. 천벌을 받아 마땅했다…….

갑자기 건륭의 머릿속에 미치광이 태감이 어화원 바닥에 어지럽게 낙서해 놓았던 그림들이 떠올랐다. 전당殿堂이 있었던 것 같고……. 사람, 상자, 옷가지들……. 그리고 모든 것이 밝혀진 지금 다시 생각해보니 백납의도 있었다! 분명 어린 아기의 옷이 그려져 있었다.

순간 그의 머릿속에서 번개가 쳤다. 그는 온몸의 털이 올올이 일어서는 것 같았다. 저런 불여우를 수십 년 동안이나 품고 살았다니! 책상 끝을 움켜잡은 건륭의 팔이 걷잡을 수 없이 떨렸다. 옹정雍正 말년에 친형인 홍시弘時의 사주를 받은 무리들에 의해 폭풍우가 몰아치는 황하黃河의 한복판에서 하마터면 쥐도 새도 모르게 물고기 밥이 될 뻔했던 공포스러운 기억이 뇌리를 스쳤다. 수십 년 동안 바로 옆에 흉악범을 끼고 살았다니! 분노와 실망, 비탄의 감정이 한데 뒤섞여 뭐라 형언할 수 없이 마음이 괴로웠다. 이 일을 어찌 수습해야 한다는 말인가?

초야草野의 소호小戶들도 집안 흉을 밖으로 내보내지 않는다고 했다. 하물며 천가天家에서 다른 사람도 아니고 일국一國의 국모國母인 황후가 이 같은 악역惡逆의 죄를 저질렀으니 어찌 처리해야 마땅할 것인가? 천하의 백성들에게 어찌 해명해야 할 것인가? 생각할수록 모든 것이 막막하기만 했다.

복의를 묻어버려 진실을 은폐시키는 것은 간단했다. 그러나 그런 악독하고 교활한 불여우와 계속 '부부'로 지낸다는 것은 불가능했다. 그는 당장 모든 걸 까발리고 싶었다. 하지만 '현장'을 덮치지 못했으니 내세울 만한 확증이 없었다. 만약 태후가 나서서 간섭하고 조정의 신료들이 집단으로 탄원하고 나선다면 어떻게 설득한다는 말인가? 건륭은 고민에 빠졌다. 눈에서 새파란 빛이 새어나왔다.

"도둑을 잡았으면 장물을 제시하고 간통죄로 배우자를 처벌하려면 현장을 덮치라고 했다. 네놈의 말은 믿을 수 없다. 한낱 개돼지에 불과한 주제에 어느 면전이라고 감히 황후를 욕보이려 들어? 네놈의 죄는 목을 쳐 마땅하다."

건륭은 한바탕 '산고'産苦 끝에 대책이 떠오른 듯 준엄하게 말했다. 그러나 분노의 감정은 어쩔 수가 없었다. 애써 억누르자니 턱이 떨리고 이빨 사이로 말 한마디, 한마디가 고통스럽게 새어나왔다. 그가 다시 빠르게 말을 이었다.

"허나 짐은 예나 지금이나 호생지덕好生之德이 있으니, 네놈의 개 같은 목숨은 잠시 살려주겠다. 내일 너의 노모를 데리고 객라심喀喇沁좌기左旗 농장으로 옮기도록 하거라. 복신, 왕례, 왕렴 그리고 나찰궁의 태감, 궁녀들은 따로 그 죄를 물을 것이다. 농장을 맡고 있으면서 무슨 일이 있으면 그곳에 주둔해 있는 도리침圖里琛 장군에게 아뢰도록 하거라. 명심해!"

건륭이 목소리를 더욱 낮춘 채 덧붙였다.

"생사존망은 네놈의 주둥아리에 달려있다는 걸 명심해. 명나라 주원장朱元璋의 장법章法에 따르면 '멸문지화'滅門之禍에는 구족九族 외에도 벗들과 지인, 일족이 더 포함되지. 짐이 주필을 들었다 놓는 순간 네놈과 터럭만큼의 관련이라도 있는 사람들은 전부 목이 이사 간다는 걸 명심하거라!"

복의가 무어라 말하기도 전에 건륭이 힘껏 손사래를 쳤다. 이어 고함을 질렀다.

"썩 꺼져! 왕렴을 들라 하라!"

복의는 몽유병이 도진 환자처럼 휘청거리면서 물러갔다. 곧 왕렴이 오리궁둥이를 들썩이면서 들어섰다. 긴장한 탓에 몸이 뻣뻣해진 그는 제대로 걷기도 힘든 듯했다.

"차, 차, 찾아…… 계셨사옵니까……?"

"방금 복의가 한 말을 들었느냐?"

건륭이 물었다. 왕렴이 부들부들 떨면서 대답했다.

"못 들었사옵니다. 이놈도 다른 태감들과 함께 조벽^{照壁} 근처에 있었사옵니다."

건륭은 유리창 너머로 창밖을 내다봤다. 정원에는 어느새 어둠이 완전히 내려앉았다. 서쪽 별채의 두 칸 방에 불이 밝혀져 있을 뿐 궁전 전체는 어둠 속에 잠겨 있었다. 그가 길게 숨을 들이마시면서 물었다.

"진씨와 스물넷째복진은 잠자리에 들었느냐?"

왕렴이 감히 고개도 쳐들지 못한 채 대답했다.

"아직 침수에 드시지 않은 것 같사옵니다. 지패놀이를 하고 계시는 걸 봤사옵니다."

"이 시각부터 너는 양심전의 총관태감이다. 고운종은 부총관태감을 맡게 될 것이니 그리 알거라. 육궁도태감^{六宮都太監}, 부도태감의 자리를 비워둘 테니 잘해 보거라!"

왕렴이 건륭의 말에 고개를 번쩍 쳐들었다. 그의 얼굴에는 도무지 믿을 수 없다는 듯 놀라움과 두려움이 교차된 표정이 어리고 있었다. 건륭에게 불이 번쩍 나게 따귀를 얻어맞을 각오를 하고 들어왔던 그는 느닷없는 승진 소식에 그렇게 잠시 정신이 나가 버렸다!

육궁도태감은 태감 중에서도 최고의 권력이었다. 삼대군주三代君主를 섬겨온 80세 고령의 고대용高大庸이 육궁도태감을 맡고 있었다. 부도태감은 자고로 양심전 총관태감을 겸하고 있었다. 황제를 가장 가까이에서 섬길 수 있다 해서 '천하제일태감'이라는 별칭이 붙을 정도였다. 건륭이 그런 자리를 자신을 위해 비워두겠다고 말하고 있는 것이다.

왕렴은 몰래 한쪽 허벅지를 힘껏 비틀어 봤다. 코가 찡그려지는 아픔이 느껴지는 걸 보니 정녕 꿈은 아니었다. 그가 한참 넋이 나가 있는가 싶더니 서둘러 사은을 표했다.

"이놈, 죽는 날까지 폐하의 은총과 믿음을 저버리는 일이 없을 것이옵니다. 이놈의 조상 무덤에 청기青氣가 피어오를 것이옵니다."

왕렴이 그제야 자신이 미처 무릎 꿇는 것도 잊은 채 꼿꼿하게 서 있었다는 걸 깨닫고는 황급히 무릎을 꿇었다. 이어 덧붙였다.

"이놈은 비록 장시醬尸(젓갈)이지만 '진충보국'盡忠報國이라는 말은 아옵니다……."

"장시라니?"

건륭이 왕렴의 뜬금없는 말에 궁금하다는 듯 물었다.

"그게……."

왕렴이 머뭇거렸다. 그러다 이미 내뱉은 말인 데다 황제가 하문하시니 대답하지 않을 수가 없었기에 황급히 대답했다.

"한번은 기윤 중당께서 태감들을 '엄시'腌尸(엄사閹寺와 발음이 같음. 절인 시체라는 뜻)라고 했사옵니다. 고로 태감들은 '소금에 절인 시체'라는 뜻이 아니겠사옵니까?"

건륭은 기가 막혔는지 그만 할 말을 잊고 말았다. 허허, 하고 실소도 터트렸다. 덕분에 뱃속 가득 차있던 울분이 조금 누그러드는 듯했다. 곧 그는 손사래를 쳤다.

"까불지 마. 내일 아침 궁문을 열 때 내무부 신형사愼刑司에 어지를 전하거라. 왕팔치는 명색이 육궁부도태감이라는 자가 종일 황당무계한 짓거리나 하고 일을 게을리 했다. 게다가 앞장서서 당치도 않은 요언을 살포한 바, 그 죄를 물어 봉천부奉天府의 고궁故宮으로 보내 감금한다. 복의, 복신, 왕례는 객라심 좌기 도리침 군문 밑으로 보내 죗값을 치르게 하라. 원명원 백금한궁白金漢宮(영국의 버킹검궁을 본떠 만든 궁전), 토이기(터키)궁, 나찰(러시아)궁, 포도아(포르투갈)궁의 궁녀들은 전부 신자고辛者庫의 완의국浣衣局으로 쫓아 보내거라!"

"그리 전하겠사옵니다."

"내무부에다 어지를 받자마자 즉시 압송하라고 이르거라. 일각의 지체도 허용하지 않는다!"

"예!"

"날이 밝으면 자녕궁으로 가서 태후마마께 아뢰거라. 짐은 화친왕부로 병문안을 갔다가 신료들을 접견한 뒤 저녁나절에 문후를 여쭈러 들 것이라고 말이야. 태후마마께 이를 아뢰고 화친왕부로 오너라."

"예!"

건륭이 힘겹게 무릎을 짚고 일어섰다. 이어 소리 없이 한숨을 내쉬면서 다시 분부했다.

"가서 진씨와 스물넷째복진이 자는지 안 자는지 보고 오너라. 자지 않으면 와서 짐의 말동무를 하라고 전하거라!"

화친왕 홍주는 날이 추워 그런지 벌써 한 달째 병상에 누워만 있었다. 이날도 그랬다. 그때 집사 왕보王保가 조용히 다가와 귓가에 속

삭이듯 말했다.

"마마, 폐하께서 문안을 오셨사옵니다."

그 말에 홍주가 벽 쪽을 향해 돌아누워 있다 말고 버럭 고함을 지르면서 욕설을 퍼부었다.

"이런 잡종새끼! 그런 식으로 나를 속여 약을 먹이려고 그러지?"

홍주는 말을 마치자마자 성난 눈길을 돌려 뒤를 돌아봤다. 그러다 발을 걷고 들어서는 건륭을 발견하고는 화들짝 놀랐다. 서둘러 일어나려고 몸도 버둥거렸다.

"이 빌어먹을 놈아! 어서 나를 일으켜주지 않고 뭘 꾸물거려? 진작 아뢸 것이지!"

주인의 성미를 잘 아는 왕보는 홍주의 욕설에도 전혀 개의치 않았다. 그저 홍주를 가만히 부축해 일으키려고만 했다.

"아니! 됐네, 그대로 누워 있게!"

건륭이 말을 마치고는 성큼성큼 큰 걸음으로 홍주에게 다가갔다. 그리고는 일어나 앉으려고 이불 속에서 발버둥치는 홍주를 달래서 자리에 뉘였다. 그러자 왕보가 베개를 가져다 홍주의 등 뒤에 두툼하게 받쳐줬다. 건륭이 이불깃까지 꽁꽁 여며주면서 말했다.

"내가 미리 아뢰지 못하게 했네. 친형제 사이에 아픈 몸을 끌고 마중 나오는 그런 허례허식을 차려서 뭘 하겠는가."

건륭은 홍주를 찬찬히 뜯어봤다. 걱정이 되는지 얼굴에 수심이 짙게 서려 있었다.

워낙 마른 체격인 홍주는 두 달 동안 못 본 사이에 뼈만 남아 앙상해진 몰골이었다. 눈자위와 양 볼이 무서울 정도로 깊숙이 꺼져 있었다. 시커먼 얼굴에는 군데군데 생강처럼 누런빛이 떠올라 있었다. 이불 밖으로 내놓은 앙상한 팔에는 나무뿌리 같은 핏줄이 약하게 드러나 있었다. 거죽만 남은 손은 아예 살점이 다 말라버린 송장처럼 딱딱했다. 그나마 변함없는 것은 빛나는 세모눈뿐이었다. 홍주가 우울한 눈빛으로 자신을 내려다보는 건륭을 향해 후유, 하고 길게 탄식을 토해내면서 입을 열었다.

"폐하! 말도 많고 탈도 많아 폐하의 속을 무던히도 썩여드리던 못난 아우가 이제 다시 돌아오지 못할 원행遠行을 앞두고 있사옵니다……."

홍주가 연신 탄식하면서 말을 이었다.

"며칠 전에 기윤이 다녀갔사옵니다. 생사生死는 명命에 달려 있고, 인명人命은 하늘에 달려 있는 것이니 자연의 섭리에 순응하라느니 어쩌니……, 한참 고담준론을 펴더군요. 결국엔 제가 쫓아냈사옵니다. 어찌나 정신이 사납던지 호랑이처럼 으르렁댔더니 언제 도망갔는지 가고 없더군요……."

아침이슬처럼 허망한 삶의 끝자락을 잡고서도 이처럼 달관할 수 있다니! 건륭은 괴로우면서도 적이 위안이 됐다. 그러나 홍주에 대해서는 마땅히 위로의 말을 찾지 못했다. 그러다 한참 후에야 입을 열었다.

"이 세상에 진정으로 믿고 의지할 수 있는 사람은 우리 둘밖에 없어. 선제께서 남기신 혈육은 이제 우리 둘밖에 없다고! 자네가 기적처럼 자리를 떨치고 일어났으면 좋겠어. 전처럼 이 형의 속도 썩이고 문 밖까지 쫓겨나서도 혀를 내밀면서 화내는 나를 보고 광대 같은 몸짓을 해 보였으면 좋겠어. 자네마저 없으면 나는 어디 가서 가슴속에 묻어둔 말을 털어 놓겠는가."

건륭이 급기야 눈물까지 보였다. 홍주가 희미한 웃음을 지으면서 도리어 위로를 했다.

"폐하……, 안색을 뵈니 어젯밤에도 날을 꼬박 새신 것 같군요. 옛 말에 이르기를, 숲이 크면 온갖 잡동사니들이 다 모인다고 하지 않사 옵니까. 세상천지에 무슨 기상천외한 일이 없겠사옵니까? 또 어떤 희 한한 족속인들 없겠사옵니까?《홍루몽》에 이런 대목이 있사옵니다. 해당화가 때가 아닌데 피어 있으니, 이를 본 가모賈母가 '견괴불괴見怪 不怪, 기괴자패其怪自敗'라는 명대사를 남겼습니다. 이상한 꼴은 그대로 내버려두면 절로 자멸하게 돼 있다는 뜻이죠. 폐하의 영명하심은 전 무후무할 것이옵니다. 성조도 비할 바가 못 되옵니다. 대세에 영향을 미치지 않는 작은 일은 한쪽 눈을 질끈 감아버리세요. 벌써 폐하께 서도 이순耳順을 넘기신 나이십니다. 진승陳勝과 오광吳廣의 난(제일 먼 저 진秦나라에 반기를 들며 '임금이나 제후나 장수나 정승의 씨가 어찌 따로 있으랴!'王侯將相, 寧有種乎라는 말을 했음)처럼 큰일만 아니라면 절대 조급 해 하실 필요가 없사옵니다. 폐하께서 화내지 않으시고 대희대비大喜 大悲를 자제하시는 것이 천하 신민臣民들의 복이옵니다."

건륭은 아우의 진정 어린 권유를 들으면서 고개를 끄덕였다. 이 어 눈을 돌려 주위를 살펴봤다. 방안에는 불경을 비롯해《고금도서 집성》과 원고들이 가득 쌓여 있었다. 모두 홍주가 손수 베낀《금강 경》과 불교 경전들이었다. 건륭이 일어나 몇 권 뒤적여 보더니 왕보 에게 말했다.

"우리 형제가 속내를 터놓고 얘기를 나눌까 하니 자네들은 멀리 물 러가 있게."

그 즉시 왕보는 태감과 궁녀들을 전부 데리고 물러갔다. 홍주가 건 륭을 뚫어져라 바라보더니 조심스럽게 물었다.

"폐하! 무슨 일이라도 생긴 겁니까?"

건륭이 무겁게 고개를 끄덕였다. 이어 침대에 걸터앉아 오래 침묵한 끝에 괴로운 듯 입을 열었다.

"작은 일이 아닐세. 아직 확증은 잡지 못했으나 확증을 잡으면 지금의 황후를 폐하는 수밖에 없네. 울화통이 치밀어 아픈 아우를 찾아 하소연할 수밖에 없는 이 마음이 무척 괴롭네."

건륭이 땅이 꺼지게 한숨을 지으면서 찔끔 눈물까지 보였다. 그답지 않은 태도였다. 홍주는 갑자기 건륭이 황후를 폐하겠다는 말에 깜짝 놀랐다.

"……폐하. 폐하께서는 《이십사사》를 숙지하신 분이옵니다. 결코 작은 일이 아니옵니다! 전명 때의 사대사건 중에 '이궁안'移宮案이 있사옵니다. 만약 몇 백 명의 신료들이 일제히 건청궁으로 몰려가서 '황후를 폐한다는 어지를 거둬 주시옵소서!'하고 집단 청원이라도 올리는 날에는 어찌하시려고 그러시옵니까? 황후를 책봉하거나 폐출廢黜시키는 일은 모두 천하를 진동시키는 대사입니다. 감히 입에 올리기조차 두려운 일이라고 했사옵니다."

건륭이 고개를 끄덕이며 탄식을 했다.

"나도 그 생각을 하지 않은 바는 아니네. 어젯밤에는 한숨도 못 잤네. 아우, 자네를 만나보지 않고서는 마음이 산란해 정무조차 볼 수 없을 것 같았네. 짐이 처음 남순 길에 올랐던 그해에 북경에 남아 있던 자네가 궁으로 쳐들어가 옹염 모자를 구출한 적이 있지 않나? 그때 당시 짐은 자네가 괜히 의심이 많아 사달을 일으켰다면서 크게 질책을 했었지. 자네가 아니었으면 짐이 멀쩡한 아들을 또 하나 잃을 뻔했던 줄도 모르고……."

건륭은 결심을 했는지 어젯밤 복의에게 들은 이야기를 홍주에게 낱낱이 들려줬다. 그리고는 덧붙였다.

"집안 흉은 밖에 알리는 게 아니라고 했네. 하지만 이 모든 것이 과연 전부 사실이라면 어찌 그런 악녀를 일국의 국모랍시고 곁에 둘 수 있겠나? 나도 이제 환갑을 넘긴 몸이네. 표리부동한 불여우와 죽은 뒤에도 같은 능陵에 들어간다는 건 생각만 해도 끔찍하네!"

"과연 모골이 송연하옵니다."

홍주가 혼잣말처럼 중얼거렸다. 이어 한참 침묵하고 있던 그가 다시 천천히 입을 열었다.

"그러나 대국大局을 위해서는 폐하께서 진정하셔야 하옵니다. 절대 조급해 하시거나 화를 내시어 존체尊體를 다쳐서는 아니 되옵니다."

홍주가 기운 없이 한숨을 내쉬면서 말을 이었다.

"자금성紫禁城에서 일어난 일입니다. 또 천가天家의 가무家務이옵니다! 폐하, 참을 '인'忍자 셋이면 살인도 피한다고 했사옵니다. 하온데 세상에 참지 못할 일이 어디 있겠사옵니까? 도저히 감내할 수 없는 일도 감내하는 사람이 진정한 대장부가 아니겠사옵니까! 태감과 그렇고 그런 사이였다는 것은 눈감아 줄 수 있을지 모르옵니다. 그러나 생떼 같은 제 조카를 해친 것이 사실이라면 저 역시 달려들어 갈가리 찢어놓고 싶사옵니다. 하오나 대세를 위해서는 참아야 하옵니다. 폐위시키더라도 지금은 때가 아닌 것 같사옵니다. 죄명 역시 '예란궁중' 穢亂中宮(궁중을 어지럽히고 더럽힘)이 아닌 다른 죄목을 덮어씌워 폐출시켜야 대외적인 충격도 최소화할 수 있을 것이옵니다. 조금만 더 기다려 나랍씨가 다른 잘못을 저질렀을 때……, 그때…… 들어냅시다."

사실 건륭 역시 홍주와 같은 생각을 하지 않은 것은 아니었다. 그가 화친왕부를 찾은 것도 그래서였다. 계책을 묻기보다 위로를 받고 싶은 목적이 더 컸다고 할 수 있었다. 분노와 실망, 그리고 외로움이 한꺼번에 홍수처럼 몰려오니 혼자서는 도저히 감당해낼 자신이 없었던 것이다. 실제로 내일 모레를 장담할 수 없을 만큼 골골대는 아우라고는 하나 이럴 때는 옆에 있는 것만으로도 엄청난 위로가 되고 있었다. 계속 상심에 젖어 있던 건륭이 다시 입을 열었다.

"아우, 자네에게 하소연하고 나니 한결 기분이 홀가분해진 것 같네. 초야의 소호小戸들 같았으면 한바탕 난리를 치고 쫓아내니 어쩌니 동네가 시끌벅적하겠지만 나야 자네밖에 하소연할 데가 있어야지."

홍주가 한참 흥분하고 나더니 기운이 다 빠진 듯 눈꺼풀을 무겁게 드리웠다. 그러나 곧 젖 먹던 힘까지 짜내면서 아뢰었다.

"넷째형은 평생 누군가로부터 괴롭힘을 당한 적이 없습니다. 걸어온 길도 너무 순탄해서 더욱 이런 고통을 참기 힘드실 겁니다. 제가 자리에서 일어날 수만 있어도 폐하를 위해 다시 한 번 구정물 통이 돼드리겠건만……. 이번 정월대보름의 만월이나 보고 갈 수 있을지 모르겠습니다."

건륭이 홍주의 말에 황급히 위로의 말을 건넸다.

"그런 소리 말아! 나도 꽤 걱정을 했었는데, 막상 와 보니 자네 상태는 내가 생각했던 것보다 괜찮은 것 같아서 안심이네. 크게 앓고 나면 장수한다고 했으니 어떻게든 기운을 차리고 일어나게. 꽃피는 춘삼월이 되어 나무가 푸른 물을 먹게 되면 자네도 활기를 되찾을 거야. 태의의 말에 잘 따라야 하네. 신귀神鬼 따위에 기댈 때가 아니야. 필요한 게 있으면 사람을 보내고!"

건륭이 말을 마치고는 눈물을 머금고 일어섰다. 이어 짤막하게 덧붙였다.

"상주문이 키를 넘으려나? 어서 가봐야겠어."

"다시는 경거망동하지 않겠습니다. 넷째형의 말씀을 잘 듣겠습니다."

홍주가 마치 잠꼬대처럼 말했다. 이어 건륭이 돌아서자 갑자기 다시 큰 소리로 불렀다.

"폐하!"

건륭이 돌아섰다.

"아편阿片을 끊으셔야 하옵니다!"

홍주가 혼신의 힘을 모아 간절히 호소했다.

"저의 병은 아편이 발단이 된 것 같사옵니다. 열여섯째숙부와 과친왕果親王도 아편의 피해를 단단히 입지 않았사옵니까? 신의神醫 엽천사도 아편에 오금을 못 쓰더니 결국 죽어버렸고요. 그 물건은…… 백해무익한 것 같사옵니다."

홍주는 그러나 말을 채 끝맺지 못하고 깊은 잠에 빠져들었다.

건륭은 연 며칠 동안 양심전을 떠나지 않았다. 그리고는 애써 후궁전의 일을 떨쳐버리려 노력했다. 그러자 마음이 어느 정도 가라앉고 정무에도 마음을 쏟을 수 있었다.

우선 원소절의 성회盛會에 차질이 없도록 이시요에게 단단히 주의를 줬다. 이어 기윤, 우민중, 이시요와 병부, 형부, 예부, 호부의 당관들을 불러 어전회의를 소집했다. 서부의 군사상황, 내지內地 백련교의 움직임, 춘황春荒 구제 대책 등에 대해 함께 고민하기도 했다. 건륭은 그렇게 끊임없이 상주문을 어람하고 주비를 달아 발송했다.

그동안 소홀히 했던 신료들도 연이어 접견했다. 그러다 보니 하루가 정말 짧았다. 아무리 근정謹政을 해왔다고는 하나 밤낮 따로 없이 며칠 동안 양심전에서 꼼짝도 하지 않기는 사실 그로서도 전례가 없는 일이었다. 덕분에 두 군기대신은 물론 육부六部도 숨 돌릴 틈 없이 바쁜 나날을 보내야 했다.

정월 14일 오후, 드디어 기다리고 기다리던 아계가 북경으로 돌아왔다. 그가 패찰을 건네 뵙기를 청했다는 말에 건륭은 맨발로 온돌에서 뛰어내리다시피 하면서 소리쳤다.

"어서 들라 하게!"

건륭은 최근 며칠 동안 한 번도 웃은 적이 없었다. 그러던 그의 얼굴에 모처럼 광채가 돌았다. 그는 이후에도 계속 흥분을 가라앉히지 못한 듯 맨발로 궁전 안을 왔다갔다 했다. 그러다 비로소 자신의 실수를 깨닫고는 황급히 신발을 찾아 신었다.

25장

아계와 비상대책을 논하다

아계는 구르다시피 하며 달려 들어왔다. 이어 양심전 동난각 앞에 길게 엎드린 채 거친 숨을 몰아쉬면서 아뢰었다.

"폐하! 강녕하셨사옵니까? 그동안 너무나 뵙고 싶었사옵니다. 조혜와 해란찰도 매일같이 폐하의 옥체 강녕을 기원하고 있사옵니다."

아계는 살짝 건드리기만 해도 왈칵 눈물을 쏟을 것처럼 목이 메어 있었다.

"일어나서 천천히 얘기하게. 왕렴, 아계 중당을 부축해 자리에 앉히거라."

건륭은 군주를 향한 아계의 깊은 충심과 연모의 감정을 생생하게 느끼면서 가슴 한구석이 뭉클해졌다. 그러나 내색은 하지 않고 마음을 진정시킨 후 천천히 입을 열었다.

"짐이 자네의 노정을 계산하고 날짜를 꼽아 보니 아무리 늦어도 어제까지는 북경에 도착할 수 있을 것 같았네. 그런데 어찌 이리 늦었는가? 혹시 폭설로 길이 좋지 않던가?"

건륭이 말을 마치고는 아래위로 아계를 훑어봤다. 아계는 무거워 보이는 딱딱한 양가죽 장포를 입고 있었다. 허리띠에는 반질반질하게 닳은 양가죽 장갑이 걸려 있었다. 얼굴은 숯검정처럼 까맣게 탄 데다 쩍쩍 갈라 터져 피까지 맺혀 있었다. 손과 얼굴, 목, 그 외 살갗이 드러난 곳들은 성한 데 하나 없이 거칠었다. 건륭이 안쓰러운 듯 한숨을 지었다.

"이번에 정말 고생이 많았네! 헌데 얼굴에 바르는 기름 같은 것은 없나? 입술도 그렇고…… 방안이 따뜻하니 그 무거운 겉옷은 벗게."

아계가 조심스럽게 찻잔을 들어 홀짝이다가 빙그레 웃으며 대답했다.

"방도 따뜻하고 폐하를 뵈오니 마음이 놓여 여독이 싹 가시는 것 같사옵니다. 소신도 겉옷을 벗고 싶긴 하오나 이삼 개월 동안 씻지 못한 몸에서 구린내가 진동할 것 같아 그럴 수가 없사옵니다. 얼굴과 손발 트는 데 바르는 기름은 있사오나 수만 병마를 이끄는 사람이 혼자서만 머리와 얼굴에 잔뜩 찍어 바르고 다니면 병사들 보기에 얼마나 꼴불견이겠사옵니까? 지난번에 늑민 공이 파견한 군량미 호송관도 기생오라비처럼 그렇게 하고 와서는 허튼소리를 했다가 된통 혼났지 뭡니까. 뭐 자기는 한 끼라도 채소를 먹지 않으면 입안에 가시가 돋친다느니, 하루라도 목욕을 안 하면 간지러워 못 산다느니 유난을 떨다가 해란찰의 부하들에게 끌려가 모래밭에서 뒤지게 얻어맞았사옵니다."

건륭이 아계의 말을 듣고는 웃음을 터트렸다.

"잘했네! 그런 자를 혼내주는 데는 말보다 주먹이 제일이지! 과연 해란찰이 키워낸 부하들답군!"

아계가 다시 아뢰었다.

"병사들 무서운 줄 모르면 병마를 이끌 수 없사옵니다. 세상천지에 독불장군은 없는 것 같사옵니다. 대장이 부하들과 하나가 돼 진정 피를 나눈 형제처럼 동고동락할 때 그들도 비로소 목숨을 던져 군령에 응하는 것이옵니다. 그렇지 않으면 제아무리 대단한 통수統帥라도 고립무원에 빠지기 십상이옵니다. 태호 수사水師에서 어떤 원성 높은 참장參將이 물속에 들어가 목욕을 하다가 하마터면 몇몇 부하들에게 큰 변을 당할 뻔했다 하옵니다. 그들은 자신들의 대장을 에워싸고 '그동안 군량미를 얼마나 빼돌려 그리 피둥피둥 살이 쪘느냐', '모월 모일의 전투에서 진정 공로를 세운 사람은 누군데 혼자서 공을 독식하려 드느냐'라는 말을 하면서 그동안의 죄를 인정하라고 다그쳤다지 뭡니까? 참장이 한사코 인정하지 않자 성난 부하들은 그를 물속에 집어넣고 자백할 때까지 물을 먹였다고 하옵니다. 결국 정신이 가물가물해진 참장은 모든 걸 자백했다 하옵니다……."

"음!"

건륭이 심각한 표정으로 천천히 고개를 끄덕였다. 이어 진지한 어조로 물었다.

"후에 그 참장이라는 자는 어찌 됐나?"

"그때 당시는 해란찰이 태호 수사의 제독으로 있을 때였다고 하옵니다. 손이 발이 되게 빌면서 거듭날 기회를 달라고 애걸복걸하는지라 차마 쫓아낼 수는 없고 군권을 박탈한 다음 창고지기로 보냈다고 하옵니다. 해란찰과 조혜는 진정 빈틈없고 유능한 인물들이옵니다."

건륭이 수염을 쓸어내리면서 흡족한 웃음을 지었다.

"짐도 알고 있네. 조혜는 불공대천의 원수를 따귀만 두어 번 때리고는 용서해줬다고 하더군. 그게 바로 대장군의 덕량德量이 아니겠는가? 공과 사를 정확히 구분하고 정직하게 논공행상하는 사람이야말로 진정 병마를 이끌 줄 아는 장군이지!"

오랜만에 만난 건륭과 아계 두 사람은 정무는 제쳐두고 화기애애한 분위기 속에서 한가로이 담소를 즐겼다. 건륭은 이어서 윤계선과 부항이 차례로 고인이 돼 곁을 떠나버린 데 대해 유감을 표시했다. 또 기윤과 우민중이 뒤를 잇는다고는 하나 정무를 총람하기에는 부족한 점이 많다는 우려를 드러냈다. 그러다 문득 며칠 전에 알게 된 중궁전의 은밀한 악행을 떠올리면서 한숨을 토해냈다.

"기윤은 비록 군기처 소속이라고는 하지만《사고전서》편수 작업에 매달리는 비중이 크네. 또한 기윤과 우민중 모두 전체 국면을 아우르기에는 위신이 부족하고 능력도 역부족이라 하겠네. 물론 유용과 화신이 힘을 실어주겠지만 그 둘을 합쳐도 자네 한 사람보다는 못할 것이네! 지금은 짐이 사실상 수석군기대신의 노릇을 하고 있으니 참 웃기는 일이 아니고 뭔가! 다행히 자네가 제때에 돌아왔으니 이제부터는 부항의 빈자리를 메우도록 하게. 짐은 수석군기대신의 짐을 경에게 내려놓게 되면 얼마나 홀가분할지 모르겠네."

"조금 있다 부항 공의 집으로 가보겠사옵니다."

아계는 실내가 더운 듯 겉옷 앞섶을 들었다 놓았다 하며 말을 이었다.

"부상의 최대 장점은 남다른 성총을 입었으면서도 거기에 편승해 으스대지 않고 부하들과 아랫것들도 모두 인간적으로 대해줬다는 것이옵니다. 그처럼 무한한 덕량과 지혜를 갖췄으니 폐하께서도 변함없는 성총을 하사하셨던 것 아니겠사옵니까. 그래서 부하들도 어버이 대하듯 시종일관 충성할 수 있었던 게 아닌가 하옵니다. 신은 군대 출신으로 부상에 비견할 바가 못 되옵니다. 신은 군기처에서 일을 할 수 있다는 것만으로도 족하다고 생각하옵니다. 감히 '수석'의 책임은 맡을 자신이 없사옵니다. 부상도 수석군기대신이라는 호칭은 받은 적이 없사옵니다. 군기처는 폐하께서 천하의 정무를 보시는 서판방書辦房에 불과하오니 수석을 내세울 필요까지는 없을 것 같사옵니다. 천안天顔이 지척에 계시오니 대사大事는 폐하께서 성재聖裁하시고, 소사小事는 육부六部의 협조를 받아 처리하면 충분할 것 같사옵니다. 몸집을 더 불릴 필요 없이 지금처럼 서너 명이 폐하의 어지에 따라 움직이는 것이 좋을 것 같사옵니다. 능률이나 속도 면에서 훨씬 좋을 거라고 생각하옵니다. 통촉해주시옵소서, 폐하! 군기처와 전명前明의 내각內閣은 다르옵니다."

진지하고 솔직한 간언이었다. 건륭은 아계의 당당하면서도 겸손한 모습을 보면서 마치 또 하나의 부항을 마주하고 있는 것 같은 착각이 들었다. 아계는 그 사이 훨씬 더 노련하고 속내가 깊어진 것 같았다. 건륭이 미소를 지으면서 고개를 끄덕였다.

"그럼 경의 뜻에 따르도록 하지! 짐은 화신과 유용이 아직 일에 서투르고, 기윤과 우민중도 독보적이 못 되니 누군가가 주장主將이 있어야 한다는 뜻이었네!"

건륭이 이어 덧붙였다.

"부항이 병상에 있을 때부터 밖에서 갖은 소문이 나돌았네. 부항의 죽음을 계기로 군기처에서 대대적인 물갈이를 할 거라는 소문 말이네. 자네는 그런 소문 못 들었나? 경은 그 소문에 대해 어떻게 생각하나?"

"얼핏 들은 적이 있사옵니다. 폐하께서 신을 부상의 왼팔로 점찍었다는 당치도 않은 소문까지 나돌고 있었사옵니다. 그 밖에 기윤과 이시요에 대해서도 수군대는 것 같았사옵니다."

아계는 자신이 들은 바를 솔직하게 털어놓았다. 이어 다시 진지하게 덧붙였다.

"옛말에 '밖으로 고개를 내민 새가 가장 먼저 총에 맞는다'고 했사옵니다. 부상은 임기가 길었고 일인지하, 만인지상의 막중한 권력을 갖고 있었사오니 갖은 억측이 난무하는 건 어찌 보면 당연하옵니다. 부찰 황후마마께서 선서仙逝하셨을 때도 부상이 곧 날갯죽지 꺾인 새 신세가 될 거라는 악담이 나돌지 않았사옵니까! 신은 그런 소문은 시정잡배들의 막돼먹은 지껄임에 불과하다고 생각하옵니다. 부상은 평생 동안 사사로운 이익을 위해 결당結黨을 한 일이 없사옵니다. 공사公私가 분명해 사적인 일로 공무를 그르친 적도 없었사옵니다."

아계는 미리 생각이라도 해둔 듯 거침없이 자신의 소견을 계속 털어놓았다.

"'장강의 뒷물결이 앞물결을 밀어낸다'長江後浪, 推前浪는 말이 있사옵니다. 한 시대를 풍미하고 가신 선인先人의 자리에 후생後生이 들어와 그 맥을 잇는 것은 당연지사라 사료되옵니다. 이에 대해 이러쿵저러쿵 입방아 찧는 자들이 우습고 진부할 뿐이옵니다."

건륭은 열심히 귀를 기울이면서 미소를 지었다. 이어 천천히 고개를 끄덕이며 자신의 생각을 피력했다.

"여러 가지를 두루 고려한 소신이 뚜렷한 발언이로군. 경은 여전히 책을 가까이하는 것 같군! 자네가 없는 사이 군기처에 새 식구가 몇 사람 추가됐네. 짐은 혹시라도 신입과 원로들 사이에 불협화음이라도 생길까 염려스럽네.《사기》의 〈장상화〉將相和 편에서 염파廉頗(전국시대 조趙나라의 명장)는 '장군과 재상이 불화하는 것은 국가의 해악'이라고 했지. 화신만 봐도 전에는 자네 수하의 한낱 별 볼 일 없는 친병친兵에 불과했으나 지금은 군기처에서 자네하고 앉은 높이가 같아졌으니…… 그게 좀…….”

건륭은 더 이상 말을 잇기 미안한 듯 입을 다물어버리고 말았다. 아계는 그저 조용히 웃을 뿐이었다. 솔직히 그는 화신에 대해 나쁜 감정이 없었다. 다만 화신이 전생에 혹시 태감은 아니었나 의심스러울 때가 많은 것은 사실이었다. 화신이 이 사람 저 사람의 비위를 맞추기 위해 간도 쓸개도 없는 사람처럼 구는 것을 볼 때면 절로 도리질을 치고는 했다. 만약 자신에게 임용권이 주어진다면 화신을 잘해야 공부工部 사관司官 정도에 임명했을 것이라는 생각도 가끔 했었다. 그러나 현실은 그렇지 못했다. 화신은 용과 봉황의 꼬리를 잡기라도 한 것처럼 수직상승했고, 물에 불린 미역처럼 나날이 세력이 커져가고 있었다. 너무 갑작스러운 일이라 냉정하게 생각해볼 겨를조차 없을 정도였다. 아계가 잠시 생각을 가다듬고 나서 아뢰었다.

“신은 화신을 곁에 두고 지켜본 세월이 그리 길지 않사옵니다. 그가 오늘의 자리에 오른 것은 본인의 능력과 재주가 폐하의 안목에 들었기 때문이라고 생각하옵니다. 신은 화신과의 사이에 은혜恩惠도, 원한怨恨도 없사옵니다. 동료가 돼 어깨를 나란히 하게 됐사오니 함께 손잡고, 같은 배를 타고 세상을 구제할 일만 남았다고 생각하옵니다. 과거의 부하라고 해서 아랫것 부리듯 하고 싶은 생각은 없사옵니다.”

“역시 자네는 짐의 고굉股肱이 되기에 손색없는 사람이네. 그렇다면 안심이네.”

건륭은 아계의 말에 비로소 흡족한 표정을 지었다. 이어 장황하게 말을 이었다.

“경은 군사軍事와 정무政務에 신경을 써야겠네. 화신은 재정財政에 치중하고 유용과 우민중은 치안治安과 이치吏治를 담당할 것이네. 여럿이 힘을 합쳐 군기처의 기능을 최대한 발휘하도록 하기 바라네. 경은 지난 이삼 개월 동안 귀경하는 길에 중요한 조유詔諭들은 모두 쾌마로 받아봤을 거네. 그러니 조정이 돌아가는 사정을 잘 알리라 믿네. 짐은 다른 우려는 없네. 조혜는 해빙기가 되면 진군을 서둘러야 할 것이네. 복강안도 어깨가 무거울 것이네. 처음 소탕에 실패하면 두 번째는 열 배로 어렵다는 걸 잘 알고 있으니 말일세. 우리는 금천에서 엄청난 교훈을 얻지 않았던가? 가만 있자, 자네 아직 밥을 안 먹었겠군? 짐이 선膳을 내리고 싶지만 오늘은 내리지 않겠네. 장군 특유의 식사습관이 배어 있어 짐 앞에서 먹다간 체하기 십상일 테니 돌아가서 편히 먹게. 오늘은 푹 쉬고 내일 아침 일찍 다시 패찰을 건네게. 짐과 함께 태후마마를 알현하세."

아계가 숙연한 표정으로 대답했다.

"예, 그리 하겠사옵니다! 오는 길에 보니 석가장石家莊에서 고비점高碑店에 이르는 일대에 폭설이 쏟아졌었사옵니다. 수많은 가옥이 무너지고 이재민들은 길바닥에 나앉을 상황이었사옵니다. 신은 거기서 이틀을 지체했사옵니다. 난민들에게 지원해 줄 땔감과 먹거리, 추위를 막을 옷이 한시가 급한 실정이옵니다. 신은 낙양洛陽에 주둔한 녹영병들에게 명해 창고에 처박아뒀던 낡은 군복과 담요, 군용 천막을 보내주라고 했사옵니다. 그리고 지금 폐하께 한 가지 더 주청 올리고 싶은 것이 있사옵니다. 원명원 공사에 쓰고 남은 벽돌조각이나 목재가 있으면 호부를 통해 이재민들에게 싸게 팔았으면 하옵니다. 폐하, 눈이 두 척尺이나 쌓였는데 갈 곳이 없는 일가족이 다 떨어진 솜이불 하나를 덮고 폐가에서 눈을 집어먹고 있었사옵니다. 차마 눈 뜨고 볼 수 없는 참상에 오는 길에 내내 가슴이 아팠사옵니다……. 태후마마와 황후마마, 폐하께서는 모두 정양문으로 등성登城하실 것이오니 신은 미리 이시요와 함께 성안을 한 바퀴 둘러보겠사옵니다. 치안에 구멍 뚫린 데는 없는지 직접 확인해야 비로소 밥알이 넘어가고 발 편히 뻗고 잠을 잘 수 있을 것 같사옵니다……."

아계는 말을 마치고는 자리에서 일어났다. 이어 둔한 옷차림으로 행례를 하고는 물러갔다.

아계는 영항永巷을 나와 천가天街에 들어섰다. 하늘을 쳐다보니 태양은 구름에 가려 보이지 않았다. 하늘은 잔뜩 찌푸린 채 험상궂은 표정이었다. 시계를 꺼내 보니 오시午時 일각一角이었다. 융종문隆宗門 내에는 벌써 관리들이 가득 몰려 있었다. 육부삼사六部三司의 관리들이 다 모인 것 같았다. 그중에는 잘 아는 사람도 있었으나 한두 번 스치듯 본 사람들도 있었다. 그들은 아계가 귀경했다는 소식을 듣고 맞으러 나온 사람들이었다. 그러자 아계는 자신도 모르게 걸음이 느려졌다.

먼발치에서부터 알은체하면서 히죽대는 무리들 중에는 그 옛날의 '빈천지교'貧賤之交들이 더러 있었다. 그들은 서부西部 군중軍中에 있을 때부터 툭하면 안부를 묻는 핑계로 신세타령을 했었다. 자신의 '장래'가 불투명하다느니, 부실한 아들 녀석을 둬서 걱정이라느니 별의별 청탁을 다 했던 것이다.

아계로서는 북경에 도착하자마자 파리 떼처럼 달라붙는 족속들이 반가울 리 없었다. 결국 군기처 앞에서 걸음을 멈추고는 사람들을 향해 공수를 하면서 말했다.

"이렇게 와주신 건 반가운데 지금 막 폐하를 알현하고 아직 물 한 잔도 마시지 못했소! 밀린 일이 많으니 귀경 인사는 이 자리에서 나눈 걸로 하겠소. 내가 일부러 거만하게 구는 것이 아니라는 걸 이해해 주리라 믿소. 급한 용무로 지방에서 올라온 관리들과 수해복구에 관해 긴히 상의할 일이 있는 사람들만 남고 나머지는 돌아가 줬으면 하오. 발등에 떨어진 불부터 꺼놓고 나중에 천천히 보는 게 어떻겠소?"

아계가 사람 좋은 미소를 지으며 소탈하게 나오자 사람들은 별다른 불만 없이 흔쾌히 흩어졌다.

그는 서둘러 군기처로 들어갔다. 기윤, 우민중과 이시요는 모두 온돌 위에 앉아 그를 웃으면 반겨주었다. 아계가 물었다.

"기 중당은 부상 댁으로 갔다더니 여기 계셨군요? 헌데 세 사람 모두 신기한 동물 보듯 사람을 보고 웃는 이유가 뭐요? 싱겁기는……, 젠장!"

"그게 아니라 밖에서 눈이 빠지게 기다리다가 끽소리 한번 못하고 쫓겨난 무리들이 우스워서 그러네."

기윤이 여전히 웃음을 머금은 채 덧붙였다.

"타작이 덜 된 보릿단처럼 까마귀, 부엉이, 참새, 뱁새 등 별의별 잡새가 다 몰려드는 아계 중당도 웃기고 말이지."

그제야 기윤 등 세 사람은 온돌에서 내려와 각자 예를 갖추며 인사를 했다. 특히 우민중은 아직 아계와 허물없는 사이가 못 되는지라 깍듯이 허리를 숙이며 인사를 올렸다.

"아계 중당이 없으니 폐하께서 친히 군무를 보셨습니다. 다들 아계 중당이 하루빨리 돌아와 주기를 손꼽아 기다리고 있었습니다. 오는 길에 고생 많으셨죠?"

이시요도 반가운 어조로 말했다.

"정신이 없습니다! 바빠 죽겠는데 딴 짓이나 하는 자들은 또 어찌 그리 많은지요! 요즘 무관들은 일을 겁내고 돈을 좋아하는 꼴이 문관들보다 더해요! 어젯밤에는 범시역范時繹이 자기 조카를 데리고 찾아왔지 뭡니까? 저더러 우 중당을 통해 병부에 선을 달아 조카를 풍대 대영에 넣어달라는 겁니다. 어찌 돌고 돌아 여기까지 왔는지는 모르겠습니다만 저는 칼같이 잘라버렸죠. 그랬더니 나이가 좀 위라고 이놈, 저놈 하면서 욕설을 퍼붓는데 정신이 사나워서 혼났습니다. '네놈의 심보가 그리 고약하니 슬하가 허전할 수밖에!'라면서 막말까지 하더군요. 그래서 제가 쏘아붙였죠. '아들이 둘밖에 없기는 당신이나 나나 마찬가지 아니오! 당신이 손자가 많은 건 그 아들이 힘이 좋은 덕분인데, 당신이 큰소리칠 게 뭐 있소?'라고 말이죠. 그랬더니 그제야 낄낄대고 웃는 겁니다."

이시요의 말에 아계와 기윤, 우민중 등은 모두 폭소를 터트렸다. 아계가 한참 웃고 난 다음 건륭을 알현하면서 오갔던 얘기들을 들려줬다. 그리고는 덧붙였다.

"현재의 대사大事라면 조혜, 해란찰과 복강안의 군사 문제 두 가지요. 그리고 급한 일 역시 두 가지인데, 원소절에 북경의 치안을 확보하는 것과 직예의 수재민들을 진휼賑恤(흉년을 당하여 가난한 백성을 도와줌)하는 것이오. 내가 이시요 공을 데리고 성안을 한 바퀴 돌고 올 동안 두 분은 폐하의 어지에 따라 남방의 여러 성에 고시를 내리도록 하오. 교비教匪들의 작란作亂을 막고 민심을 안정시키라는 내용으로 말이오. 북방의 여러 성에 발송하는 정유廷諭는 내가 직접 쓰겠소. 왜냐하면 남방과 북방은 정세가 다르고 지방마다 사정이 천차만별이기에 일률적인 것은 바람직하지 않을 것이기 때문이오. 그렇게 하는 것이 어떻겠소?"

기윤이 즉각 대답했다.

"나는 별로 급한 일이 없으니 아계 중당을 따라 한 바퀴 돌고 오겠네. 부상의 장례식 책임도 맡았으니 돌아오는 길에 그쪽에도 들러 봐야 하고. 마침 아계 중당도 부상 댁에 들를 생각이라니 같이 가는 게 좋겠군."

아계가 잠시 침묵한 끝에 고개를 끄덕였다.

"그러든가! 말을 타고 가지. 그게 빠를 것 같네."

그렇게 해서 아계, 기윤, 이시요 등 셋은 함께 서화문을 나섰다. 아계의 호종 장교들은 그때까지 문 밖에서 기다리고 있었다. 아계가 그들을 보고는 바로 명을 내렸다.

"모두 역관으로 가서 대령하라. 나는 지금 두 분 대인과 함께 말을 타고 성안 순찰을 돌고 오겠다. 해시亥時까지 오지 않으면 더 기다릴 필요 없다."

"예, 알겠습니다!"

수십 명 장교들의 대답소리가 우렁찼다. 아계 등 세 사람이 말에 올라타자 그들 역시 일제히 말 등에 뛰어올랐다. 이어 말 위에서 아계를 향해 군례를 올리고는 바로 채찍을 날려 달려갔다.

"와! 말을 타는 모습이 정말 멋있군!"

기윤이 장교들의 모습을 보고는 찬사를 터트렸다. 아계는 그의 감탄을 뒤로 한 채 말 위에서 채찍으로 남쪽을 가리켰다.

"정양문에서 등불구경을 하신다면 외성外城의 안전이 무엇보다 중요하오. 우리는 선무문에서 출발하는 것이 어떻겠소. 자, 갑시다!"

아계가 두 다리를 꽉 조이면서 힘을 주자 말은 숨이 넘어갈 듯 울부짖고는 저만치 뛰쳐나갔다. 기윤과 이시요 역시 황급히 고삐를 힘껏 낚아챘다.

아계는 선무문을 나선 후부터는 속도를 늦추었다. 거기부터는 북경의 외성이었다. 그래서일까, 광안문廣安門, 선무문宣武門, 정양문正陽門,

숭문문崇文門 등을 따라 광거문廣渠門에 이르는 구간은 황톳길이었다. 곳곳에 임시로 거적으로 쳐놓은 천막도 보였다. 등불을 걸 자리를 미리 준비해 놓은 것이었다. 심지어 정양문 관제묘 앞의 널찍한 공터도 이미 깔끔하게 정돈돼 있었다. 아마 각종 민속춤과 민속놀이를 선보일 장소인 것 같았다.

이시요는 아계의 옆에서 나란히 말을 타고 가며 준비상황을 상세히 보고했다. 어느 곳에서 폭죽을 터트릴 것인지, 만에 하나 화재가 발생하면 순천부에서 어느 길을 통해 들어와 구조작전을 펼칠 것인지, 사면팔방에서 올라온 향민들은 좌안문左安門 어디로 들여와 우안문右安門 어디로 내보낸다는 구상 등도 입에 올렸다.

기윤은 몇 번인가 문제점을 지적하고자 입을 열려고 하다가 입도 뺑긋하지 못했다. 이시요가 기윤의 속내를 꿰뚫어 보기라도 한 듯 자신의 생각이 짧았던 부분을 앞질러 '고백'한 탓이었다.

아계 역시 한마디도 끼어들지 않고 조용히 듣고만 있었다. 그러다 동편문東便門 입구에 다다라서는 말안장 주머니에서 말린 쇠고기를 조금 꺼내 씹으면서 입을 열었다.

"내가 세 가지만 말하겠소. 폭죽은 절대 외성外城에서 터트려서는 아니 되오. 그날은 인파가 주체할 수 없을 만큼 밀려들어 사람들이 다칠 염려가 있소. 또 혼란을 틈타 비적들이 성루城樓를 향해 화전火箭을 발사할 수도 있으니 아예 폭죽을 터트리지 않는 것이 바람직할 거요. 이게 첫 번째 강조하고 싶은 거요. 둘째, 동편문과 서편문에는 초소를 세우고 경계를 강화하되 전부 변복變服 차림이 아닌 군복軍服을 입혀야겠소. 위풍당당한 모습을 적당히 과시하는 것이 좋소. 셋째, 내가 오면서 보니 측간이 없었소. 그날 적어도 수십만 명이 밀려들 텐데 측간도 없이 생리현상을 어떻게 해결하라는 말이오? 외성

전체를 오물 천지로 만들 생각이 아니라면 측간문제부터 해결했어
야지……"

이시요가 아계의 말이 끝나기도 전에 뒤통수를 긁적였다.

"정말 가장 중요한 걸 깜빡 했네요! 역시 아계 중당이십니다. 매사
에 주도면밀하고 안목이 예리하십니다!"

기윤 역시 맞장구를 쳤다.

"과연 아계 중당은 돌에서도 기름을 짜내는 사람이라니까!"

아계를 비롯한 세 사람은 기윤의 익살에 모두 폭소를 터트렸다. 대
체로 의기가 잘 통하는 사람들다웠다.

그들은 다시 말을 달려 동편문을 나섰다. 사실상 비로소 진정한 외
성이 시작되는 곳이었다. 청나라 때의 내성 성벽은 모두 아홉 개의
전루箭樓 성문城門으로 구성돼 있었다. 정양문, 선무문, 숭문문 외에도
동편문 북쪽에 자리를 잡은 조양문朝陽門, 동직문東直門, 정안문定安門,
덕승문德勝門, 서직문西直門, 부성문阜成門을 등 여섯 개의 성문이 더 있
었다. 자금성 밖은 황성皇城, 황성 밖은 내성內城, 내성 밖이 외성이니
외성은 황량한 야외나 다름없다고 해도 좋았다.

아무려나 얼음이 거울처럼 반들거리는 호성하護城河 위에서는 코흘
리개들이 신나게 뛰어놀고 있었다. 코를 훌쩍이면서 팽이치기를 하는
가 하면 밀고 당기면서 썰매를 타는 아이들도 있었다. 또 연신 엉덩
방아를 찧으면서 닭싸움을 하기도 했다. 입김이 마구 쏟아져 나오는
추위 속에서도 아이들은 마냥 신이 나 있었다.

언덕길에는 장터로 나갔다 돌아오는 향민鄉民들의 모습도 삼삼오오
보였다. 거리에는 오십 장五十丈 간격으로 송백가지에 알록달록 지화紙
花를 꽂고 각양각색의 등롱을 내건 채방彩坊이 세워져 있었다. 그 곁
을 지나가는 행인들은 조복朝服 차림으로 말을 타고 어디론가 향하

는 세 사람을 호기심에 찬 눈빛으로 바라봤다. 얼음판에서 놀던 아이들은 뒤쫓아 오면서 소리까지 질렀다.

"얘들아! 미치광이들이다! 어서 와서 봐라."

아이들은 겁도 없이 한참을 쫓아오다가 지쳤는지 되돌아갔다. 아계는 그런 아이들에게는 신경도 쓰지 않고 달리다가 부성문을 지나자마자 고삐를 당겨 말에서 내렸다.

"외성을 한 바퀴 도는데 꼭 세 시간이 걸렸소. 그런데 여기서 좀 쉬었다 가는 게 어떻겠소? 배가 고파서 못 견디겠소. 아침을 먹고 패찰을 건넬까 하다가 혹시 폐하께서 선膳을 상으로 내리시지 않을까 싶어 쫄쫄 굶고 들어갔었소. 그런데 폐하께서는 오히려 나를 배려하시느라 집에 가서 편히 먹으라고 하셨소. 그러고 보니 몇 끼니를 굶었는지 모르겠소. 자자, 두 '미치광이'도 이리 와 앉으시오. 말린 쇠고기도 같이 씹으면 맛있다오."

아계가 말을 마치기 무섭게 말린 쇠고기를 뚝뚝 뜯어 소가 여물 먹듯 씹어 먹기 시작했다. 기윤과 이시요는 아계의 옆에 다가가 앉았다. 기윤이 웃음을 금치 못했다.

"세상에, 아무리 아이들이라고 하지만 우리가 어째서 미치광이로 보였을까?"

"정신없이 달려가는 모습이 어쩐지 정신이 온전치 않아 보였겠지!"

아계가 대수롭지 않다는 듯 대답했다. 이어 깜짝 놀란 듯 황급히 다시 입을 열었다.

"아참, 내 정신 좀 보게! 부항 공의 집에 들러야 하는데 이리로 바로 와버렸군! 내성을 다시 한 바퀴 돌아가게 생겼군. 동편문에서 직접 조양문으로 향했더라면 삼십 리는 줄일 수 있었을 텐데……. 전쟁터에서 이리 오락가락했더라면 병사들에게 잔소리깨나 들었을 테지!"

아계가 말을 마치고는 혀를 끌끌 찼다. 어느새 말린 쇠고기 한 봉지는 바닥을 드러냈다. 아계는 손을 털고 일어나 우중충한 부성문을 바라보더니 다시 말을 이었다.

"동편문과 서편문 밖에 천막을 길게 쳐놓고 등롱을 있는 대로 다 가져다 거는 것이 좋겠소. 성안으로 들어오는 백성들이 모두 다 볼 수 있게 말이오."

아계가 말을 마치고 잠시 생각하더니 이시요를 향해 단호하게 말했다.

"이 일은 그대의 아문에서 수고 좀 해줘야겠소."

북경의 동쪽은 백성들이 성 내로 들어올 때 반드시 경유하는 곳이었다. 그러나 서쪽은 달랐다. 금원禁苑이었다. 그런데 누가 본다고 그 많은 등롱을 내건다는 말인가? 기윤과 이시요는 둘 다 아계가 쓸데없이 일을 벌인다고 생각하지 않을 수 없었다. 그러나 등롱을 내다 거는 일에는 예산도 얼마 들지 않는 데다 천막을 치는 일도 서너 시간이면 족하니 뭐라고 반박하기도 어려웠다. 게다가 처음부터 명을 거역해 미운 털이 박히는 것보다 죽으라면 죽는 시늉이라도 하는 것이 현명하다고 생각했다. 둘은 바로 고개를 끄덕였다.

아계는 두 사람의 속내를 모른 채 따라 웃었다. 그렇게 얼굴은 웃고 있었으나 사실 마음은 그리 편치 못했다. 그는 머나먼 서역에 있을 때도 북경에서 매일같이 쾌마로 그날그날의 중요한 일을 보고받았다. 특별히 '은밀한' 부분은 지인들로부터 수시로 전해 듣기도 했다. 높은 곳에 올라서면 더 멀리 볼 수 있는 것처럼 그렇게 한발 물러나 있으니 큰 그림이 보였다. 옆에 있을 때는 미처 몰랐던 것이 멀리 떨어져 있으니 잘 알 수 있었던 것이다.

그것은 바로 기윤과 이시요가 내리막길을 걷고 있다는 사실이었다.

달리 이변이 없어도 두 사람이 군기처에서 쫓겨나고 중요한 보직에서 해임되는 것은 눈앞에 닥친 일인 것 같았다. 아계는 그래서 돌아온 뒤 건륭에게 떠보듯 물었다. 그러나 건륭은 두 사람에 대해서는 가타부타 언급을 하지 않았다. 다만 군기처의 업무를 구체적으로 배분할 때는 은근슬쩍 기윤을 빼놓았다. 그런 것을 보면 십중팔구 기윤은 건륭에게 미운 털이 박힌 것이 틀림없었다.

아계는 기윤과 이시요 두 사람과 두루 다 사이가 괜찮은 편이었다. 특히 기윤과는 단순한 친구 이상의 감정이 있었다. 그래서 어떻게든 도와주고 싶은 마음이 있었다. 그러나 어떻게 도와줘야 할지 방책이 떠오르지 않았다. 아계는 아무것도 모른 채 마냥 평온하게만 보이는 두 동료가 못내 안쓰러운 나머지 한숨을 푹 내쉬었다. 그리고는 말했다.

"기왕 온 김에 조복朝服을 벗고 부성문으로 들어가서 뭐라도 좀 먹고 가는 것이 어떻겠소? 조금 있다 또 몇 십 리 길을 달려 부항 공의 집으로 다녀와야 하지 않소. 이대로 가다가는 길에서 쓰러질까 봐 겁이 나오!"

아계 등 셋은 조복을 벗어 말안장에 딸린 주머니에 쑤셔 넣었다. 이어 부성문 안으로 말을 끌고 들어갔다.

때는 저녁이라고 하기에는 아직 이르고 점심시간은 지난 애매한 무렵이었다. 다행히 부성문 안은 가게도 별로 없고 쓸쓸할 것이라는 아계의 추측과 달리 제법 시끌벅적했다. 시장바닥이 다 그렇듯 길 양옆에는 골동품, 개가죽으로 만든 고약을 비롯해 온갖 잡동사니들이 즐비하게 진열돼 있었다. 가게 안에서는 지지고 볶고 찌고 튀긴 온갖 먹거리들이 구수한 냄새를 풍기며 행인들의 발걸음을 붙잡았다. 사방에서 들려오는 호객소리에 귀가 시끄러울 정도였다.

아계와 기윤은 예상과 달리 북적거리는 길거리를 보고는 놀라움을 금치 못했다. 그러자 이시요가 말했다.

"외성에서 장사하던 장사꾼들이 모조리 이리로 쫓겨 와서 그렇습니다. 그곳은 이번 원소절에 관등구觀燈區로 지정됐습니다."

아계 등의 옆에서는 쥐약을 파는 노인이 입가에 허연 거품을 물고 사방에 침을 튀겼다. 행인들을 불러 모으려는 노력이 정말 필사적이었다.

"달고 시고 짜고 매워 조광윤趙匡胤이 단장단斷腸丹이라 이름 지은 쥐약이오!"

행인 한 명이 지나가면서 물었다.

"약발은 잘 받소?"

약장수가 바로 내뱉었다.

"믿지 못하겠으면 직접 먹어보시구려!"

행인이 눈을 흘기면서 퉤! 하고 침을 뱉었다. 아계와 기윤, 이시요 등은 서로 얼굴을 마주보면서 실소를 금치 못했다. 이시요가 얼마 후 쥐약가게 뒤편에서 허름한 밥집을 발견하고는 두 사람에게 말했다.

"더 가봐야 다 거기서 거기일 테니 여기서 뭘 좀 먹읍시다!"

아계와 기윤은 아계의 제안에 고개를 끄덕이면서 따라 들어갔다. 일꾼이 구르듯 달려 나왔다. 갈 길이 바쁜 세 사람은 허기를 채우는 것이 목적이었으므로 빨리 먹을 수 있는 만두와 칼국수를 시켰다. 후루룩후루룩 국수를 빨아들이고 있으니 저만치에 앉아 있는 손님들의 말소리가 저절로 들려왔다. 거인擧人들이 서로 의형제를 맺고 술을 마시고 있는 것 같았다.

아계와 기윤은 그쪽에 별로 관심이 없었으나 이시요는 달랐다. 어딘지 귀에 익은 목소리가 들려왔던 것이다. 힐끔거리며 그쪽을 바라보던 그는 순간 적이 놀란 표정을 지었다. 그들은 춘위^{春闌} 시험을 보러 온 거인들이었던 것이다. 방령성, 오성흠, 조석보, 혜동제, 마상조 등 낯익은 얼굴들이 다 있었다. 이시요가 조용히 기윤의 옷섶을 당기면서 나직이 말했다.

"제가 전에 만났다던 수재들입니다."

아계와 기윤은 그제야 그쪽으로 고개를 돌렸다. 거인들은 그새 술잔을 들어 마치 결의형제의 서약을 마친 듯 "명리^{名利}를 멀리하고 결신자호^{潔身自好}하자"면서 굳은 맹세를 다지고 있었다. 그 와중에 설령 앞으로 이 중에서 청운의 꿈을 이루는 자가 있어도 '빈천지교'를 잊어서는 안 된다는 말도 들려오고 있었다. 또 갈고 닦은 학문은 오로지 백성들을 위한 '의로운 일'에만 써야 된다는 따위의 구태의연한 말들도 어지럽게 울려 퍼졌다.

밖에서는 쥐약장수의 육두문자가 섞인 외침이 들려오고 안에서는 술이 서너 순배 돌자 수재들의 우국우민^{憂國憂民}의 결의가 이어졌다. 그런 그들을 보는 아계 등은 묘한 기분이 들었다. 급기야 수재들은 하던 얘기를 계속하자면서 지금의 이치^{吏治}에 대해 앞을 다퉈 꼬집어 댔다. 그런데 서릿발 같은 세 치 혓바닥에 오르내리면서 난도질을 당하는 '탐관'들 중에는 놀랍게도 이시요의 이름도 있었다. 혜동제라는 수재가 술을 한 모금 마시고는 자신의 생각을 피력했다.

"그러니 재학이 조금 떨어지더라도 군자를 택해야 한다 이 말이오. 이시요처럼 재학만 있는 소인배를 어느 짝에 쓰겠소? 이시요 그 자의 호^號가 '고도'^{皐陶}라고 했지? 과연 백성들을 등쳐먹는 데는 고도의 재주가 있다고 하더군. 광주에 사는 우리 처남이 이번 설에 와서 하는 말이 백성들은 배를 곯아도 그자는 한 끼에 몇 냥씩 처먹는다고 하오. 양인^{洋人}들을 한 번씩 초대할 때면 몇 백 냥을 눈도 까딱하지 않고 물 쓰듯 쓴다지 뭐요. 계집을 품는 데도 선수라고 하오. 그래서 그 동네에는 반반한 계집들은 다 숨어버리고 온통 못난이들 천지라 하니 말 다했지. 이번 원소절 준비도 굉장하게 한 것 같더군. 글쎄 등산등해燈山燈海가 얼마나 화려할지는 몰라도 헐벗고 굶주린 백성들의 까맣게 탄 속까지 비출 수 있겠소?"

이시요의 안색은 파랗게 질려갔다. 아닌 밤중에 홍두깨라고, 느닷없이 자기 이름이 수재들의 뒷담화에 올랐으니 그럴 만도 했다. 아계는 개의치 말라는 듯 손을 저으면서 눈짓을 보냈다. 기윤 역시 씁쓸한 웃음을 지으며 이시요의 귓전에 대고 말했다.

"수재들의 입이야 워낙 수챗구멍이잖소. 세상 돌아가는 꼴을 보면 열 받을 일이 어디 한두 가지요? 그러니 아무나 잡고 저리 불평불만을 늘어놓는 거겠지."

'미물'들은 당대의 '거물'들이 한쪽에서 자신들의 말에 귀를 종긋 세우고 있는 줄도 모른 채 계속되는 뒷담화에 한껏 신이 나 있었다. 이번에는 오성흠이라는 수재가 목에 핏대를 세웠다.

"말이 좋아 화수은화火樹銀花지 그게 다 백성들의 고혈膏血(사람의 기름과 피)을 태우는 것 아니겠소? 백성들은 가렴주구苛斂誅求(세금을 혹독하게 거두고, 재물을 강제로 뺏음) 때문에 목숨까지 잃는데, 윗사람들은 그 돈을 하룻밤 놀이로 낭비해버려도 괜찮다는 말이오? 유용은 청렴하고 공정하다 해서 '유청천'劉青天이라는 그럴듯한 별명까지 달고서는 화신과 함께 산동에서 술집, 기생집, 극장 등 각종 위락시설을 짓고 있다고 하오. 거기에 비하면 이시요는 약과요, 약과. 요즘 세상에는 진짜 믿을 만한 인간이 없소!"

마상조라는 수재가 순간 고개를 저으면서 입을 열었다.

"글쎄? 나는 그래도 유용은 호인好人이라고 보오. 덕주와 제남 두

곳 모두 산동에서는 최고 유망한 곳이오. 잘 보존하고 가꾸면 항주 못지않은 경관을 자랑할 수 있을 텐데 그걸 아무렇게나 방치해 놓았으니 명색이 성부省府라는 게 너무 꼴불견이었소. 도처에 폐가가 흉물스럽게 널려 있고 기생들이 아무 데서나 호객행위를 하고 있고 말이오. 성현聖賢(공자를 가리킴)의 고거故居를 지척에 두고 이게 가당키나 한 일이오? 조금 무리가 되더라도 문명의 물화物華를 입혀야 할 곳은 손을 보는 게 맞소. 북경의 원소절도 그리 나쁘게만 볼일이 아니라고 생각하오. 폐하께서는 효를 치국治國의 근본으로 삼으시는 분이시오. 그런 분이 명절날 성모聖母를 모시고 관등觀燈도 못한단 말이오? 우리 대청이 일 년에 한 번밖에 없는 등절燈節조차 거국적인 행사로 승화시키지 못한다면 그게 오히려 비참한 것 아니겠소?"

마상조의 말에 조석보가 동조하고 나섰다.

"산동의 시비는 제쳐두자고. 하지만 북경의 원소절 준비만 봐서는 나도 상조의 의견에 공감이오! 맹자는 '백성들의 위에 군림하면서도 백성들과 함께 즐거움을 나누지 못하는 것도 잘못이다'라고 했소. '백성들이 즐기는 걸 따라 즐거워할 줄 알고, 그들이 우려하는 바를 함께 걱정할 줄 아는 지배자는 쉽게 망하지 않는다'라고도 했고! 조정에서도 나름대로 수해복구에 힘쓰는 걸 보면 우민지우憂民之憂가 없다고 비난해서는 안 될 것 같소. 소호小戶들이 필요한 곳에 돈을 쓰지 않는 것은 '인색'하다고 하겠으나 조정에서 돈을 쓰지 않는 것은 '실도'失道가 아닐 수 없소. 입장을 바꿔 생각하지 않으면 남의 고충을 모른다는 뜻으로 '부재기위不在其位, 불모기정不謀其政'이라는 말이 있지 않소. 우리가 여기서 이렇게 열변을 토하고 있는 걸 그들이 들으면 우리를 우물 안의 개구리라고 비웃을지도 모르오! 자, 자, 쓸데없이 열 올리지 말고 술이나 마십시다."

아계와 기윤, 이시요 등은 날이 어둑어둑해져서야 칼국수 집을 나섰다. 입맛이 씁쓸할 수밖에 없었다.

건륭은 황후인 나랍씨의 얼굴을 쳐다보기도 싫었다. 그렇다고 언제까지 피할 수는 없었다. 게다가 아계 등의 세 대신이 외성外城에서 순찰을 돌고 있던 그 때, 자녕궁의 진미미가 건륭에게 황태후의 의지懿旨를 전했다.

"내일이 정월대보름인데 폐하께서 뭘 하고 계시는지 가보고 오너라. 왕씨汪氏에게 특별히 수라상을 봐놓으라고 했으니, 긴요한 일이 없으면 이리로 와서 수라를 드시라고 하거라."

건륭은 불세출의 서예가인 왕희지王羲之의 서첩書帖을 놓고 연구를 하고 있다가 모친의 부름을 받자 황급히 일어났다. 이어 대답했다.

"가서 태후마마께 짐이 곧 건너간다고 아뢰거라. 자녕궁에는 지금 누구누구가 들어 있느냐?"

진미미가 즉각 아뢰었다.

"황후마마, 유호록 귀비마마, 화탁 귀비마마, 위가씨 귀비마마, 금가씨 귀비마마, 진비, 왕비…… 모두 들어 계시옵니다! 노장친왕老莊親王의 복진과 열째패륵의 부인도 들어 계시옵니다. 그밖에 옹기顯琪(다섯째황자), 옹선顯璇(여덟째황자), 옹성顯瑆(열한째황자), 옹기顯璂(열둘째황자), 옹린顯璘(열일곱째황자) 다섯 황자마마께서도 들어 계시옵니다!"

태감은 건륭이 달리 분부가 없자 바로 물러갔다. 건륭은 시무룩한 표정으로 온돌을 내려섰다. 이어 왕렴의 시중을 받으면서 용포를 입고 조주를 목에 걸었다. 그리고는 창밖을 내다봤다. 우중충한 하늘은 짙은 노을 때문인지 더욱 어두워 보였다. 그는 걸음을 내딛기에 앞서 잠시 그동안의 생각을 정리했다.

'절대 어머니가 계신 자리에서 나랍씨와 얼굴을 붉히는 일이 있어서는 안 돼. 어머니가 이상하다고 생각하게 해서도 안 돼. 부부간의 금슬은 이미 깨진 거울처럼 돼버렸으니 앞으로 '왕래를 자제'할 빌미를 만들어야 해. 나아가 누군가 왕팔치 등 몇몇 태감들을 쫓아낸 이유를 물어올 경우를 대비해 답변을 잘 생각해둬야 해. 복의가 거짓 증언을 했을 가능성도 배제할 수 없으니 그에 대한 여지도 남겨둬야 하고. 해야 할 일이 태산 같은데 이런 일 때문에 골머리를 앓아야 하다니……'

건륭은 그렇게 생각을 하다 새삼 복잡한 현실이 서글펐다. 급기야 길게 한숨을 내쉬면서 짤막하게 내뱉었다.

"가자!"

왕렴이 앞장서서 건륭을 안내했다. 얼마 후 둘은 자녕궁에 도착해 뒤편의 복도에 올라섰다. 태후 특유의 쾌활한 웃음소리가 흘러나오고 있었다. 건륭이 잠시 걸음을 멈추고 들어보니 옹성이 우스갯소리랍시고 무슨 얘기를 풀어놓고 있었다.

"이번에는 진짜 있었던 얘기를 해드릴게요. 어느 해엔가 풍대 대영에서 조총 사격 시합을 했다고 합니다. 조총수 세 명이 한 사람당 세 발씩 발사하게 됐다고 합니다. 할마마마, 필력탑畢力塔 아시죠? 성질 더럽기로 소문난 장군이잖아요! 과녁을 못 맞힌 자는 그 자리에서 죽음이었죠!"

건륭은 이럴 때 자신이 나타나면 태후의 흥이 깨질 거라고 생각하고 밖에서 조금 기다리기로 했다. 곧이어 태후의 말소리가 들려왔다.

"필력탑? 잘 알지! 선제께서 아끼셨던 장군이잖아. 구문제독도 지냈고. 그래, 계속해봐."

옹성이 다시 말을 이었다.

"예. 세 조총수를 장삼張三, 이사李四, 왕곰보라고 합시다. 먼저 장삼이 무사히 세 발을 발사하고 이사 차례가 됐어요. 이사는 한 손에 이렇게 총을 들고 다른 손으로 심지에 불을 붙였는데, 하필이면 그 심지가 유난히 짧고 굵어 이렇게 불을 붙이고 미처 조준하기도 전에 쾅! 하고 터져버렸지 뭐예요. 뒤로 벌렁 나자빠진 이사는 눈썹과 수염을 비롯해 털이라는 털은 다 타버리고 얼굴은 숯검정이 됐답니다. 참 볼만했죠. 그래서 그 사람은 한참 넋을 잃고 자빠져 있다가 씻으러 간다면서 가버렸대요. 이번에는 왕곰보 차례였어요. 그런데 그놈의 심지는 너무 가늘고 긴 데다 안으로 꼬부라들어 잘 보이지 않았다고 합니다. 불을 붙이고 나서도 아무런 반응이 없자 성급한 왕곰보는 총구를 이렇게 들여다봤답니다. 그때 갑자기 펑! 하더니 발사가 된 거예요! 불쌍한 왕곰보는 끽소리 한번 못하고 피투성이가 된 채 그 자리에서 숨을 거뒀다고 합니다."

옹성이 입 안 가득 고인 침을 꿀꺽 삼키고 나서 얘기를 이어갔다.

"어쨌거나 이사가 조총을 발사하던 중 사고가 났다는 사실을 입빠른 누군가가 이사 마누라에게 알렸대요. 이사 마누라가 정신없이 달려와 보니 과연 남정네가 쓰러져 있는 겁니다. 얼굴은 온통 숯검정과 피범벅이 돼 형체를 알아볼 수 없었죠. 여인은 그만 땅바닥에 주저앉아 오열을 터뜨리고 말았죠. 그때 뒤늦게 달려온 왕곰보의 처가 다가와 위로랍시고 하는 말이 '사람이 나고 죽는 건 하늘의 뜻이니 어쩌겠소. 아무리 상심이 큰들 죽은 사람이 되살아나는 법은 없소. 산 사람은 어떻게든 살아야 하지 않겠소? 내가 남의 일이라고 너무 각박한 소리를 하는 게 아니라 그쪽 신랑은 살아생전에 은자만 있으면 다리 건너의 그 조씨 여편네에게 다 갖다 바쳤다면서? 그래서 설날에도 부부싸움이 대판 벌어졌다던데……' 이랬답니다. 악담도 그런 악담이 없었죠. 마침 그때 이사가 깨끗이 씻고 돌아왔어요. 자기 마누라가 다른 사내의 시체를 껴안고 오열하는 걸 보더니 대뜸 '저 여편네가 미쳤나……'라고 하면서 다가가 마누라의 엉덩이를 툭툭 걷어찼다고 합니다. 그제야 진실이 밝혀졌지요. 그러자 이번에는 왕곰보의 마누라가 숨넘어갈 듯 울음을 터트리더니 그 자리에서 혼절하고 말았죠. 이에 이사의 마누라가 옆에서 위로하면서 말하기를 '사람이 죽고 사는 건 하늘의 뜻이니 어쩌겠나. 죽은 사람은 되살아나는 법이 없으니 산 사람은 살아야지! 내가 남의 일이라고 너무 각박한 소리를 하는 게 아니라 그대 남편은 생전에 길 건너 푸줏간 여편네하고 죽고 못 사는 사이였다면서?'라고 했답니다."

솔직히 그렇게 우스운 얘기는 아니었다. 그러나 옹성의 과장된 말투와 몸짓 때문인 듯 안에서는 또 한바탕 웃음소리가 터져 나왔다. 건륭이 막 들어가려고 할 때 다시 태후의 말소리가 들려왔다.

"죽은 사람을 놓고 이러쿵저러쿵 하는 건 안 좋은 거야. 너의 아바마마가 도착하기 전에 하나만 더 해 보거라."

건륭이 태후의 말을 듣고는 빙그레 웃음을 머금었다. 이어 늙을수록 점점 더 귀여워지는 백발 여인의 모습을 떠올리면서 안으로 들어갔다. 그리고는 웃음 띤 얼굴로 태후를 향해 예를 갖춰 인사를 올렸다.

"소자가 오면 어머니께서 흥이 나셔야 할 텐데 되레 흥이 깨진다고 하시니 송구스럽습니다. 그러니 저는 개의치 마시고 원래대로 즐기십시오."

건륭이 들어서자 후궁들과 황자들은 모두 그 자리에 무릎을 꿇었다. 나랍씨 역시 온돌에서 아래로 내려와서는 몸을 낮춰 예를 갖췄다. 태후가 말했다.

"이 어미가 아들을 보고 즐겁지 않을 이유가 어디 있겠습니까? 아들이라도 좀 어려워서 그러죠!"

건륭이 함박웃음을 지으며 태후 쪽으로 다가갔다. 그리고는 허리춤에 달고 있던 옥패玉佩를 풀어 탁자 위에 내려놓으면서 몇몇 황자들에게 말했다.

"할마마마께서는 우스갯소리를 좋아하신다. 너희들 중 이 자리에서 할마마마를 크게 웃겨드리는 사람에게는 이걸 하사하겠다. 이 아비를 대신해 큰 효도를 해 보거라!"

"소자가 꼭 그 옥패를 갖겠사옵니다."

몇몇 황자들이 잠시 머뭇거리는 와중에 여덟째 옹선이 먼저 용기를 냈다.

"음……, 바보 사위가 처갓집에 갔던 얘기를 해드리겠사옵니다!"

태후는 바보 사위라는 옹선의 말에 벌써부터 아이처럼 들뜬 표정을 지었다. 건륭이 고개를 끄덕이자 옹선은 목소리를 가다듬고는 얘기를 시작했다.

"어떤 팔푼이가 마침 장모님 생신을 맞아 처가댁에 가게 됐대요. 마누라는 모자란 남정네가 가서 손가락질이라도 당할까봐 길을 떠나기 전에 천 번이고 만 번이고 당부했대요. '이번에는 절대 우스운 꼴을 보여서는 안 돼요. 잘 들어요. 우리 집 대문에 달려 있는 손잡이는 고동古銅이에요. 들어가면서 유심히 살펴보는 척하고 손으로 두드리면서, 오! 이제 보니 손잡이가 고동古銅이었군, 이렇게 말하세요. 향로香爐 역시 고동이거든요. 똑같은 방법으로 향로도 고동이군, 이렇게 말하면 돼요. 알았죠? 그 다음 방안에 들어가면 벽에 그림 한 폭이 걸려 있을 거예요. 그때는 당나라 때의 고화古畵가 언제 여기 걸려 있었지, 라고 대수롭지 않게 말하고 지나가세요. 밥을 먹을 때도 허겁지겁 먹지 말고 내 신호를 기다리세요. 내가 주방에서 젓가락으로 접시를 한 번씩 두드릴 때마다 젓가락을 들어 조금씩 집어먹으세요. 그리고 손님들에게 술을 권할 때는 주봉지기천배소酒逢知己千杯少라고 해야지 절대 화불투기반구다話不投機半句多라는 말을 해서는 안 돼요, 알았죠?' 바보 신랑은 알겠노라면서 힘차게 대답했대요. 처갓집은 그 동네에서 알아주는 집안인지라 그날따라 손님이 유난히 많이 왔대요. 다들 노인네의 사위가 바보인 걸 아는지라 사위의 일거수일투족에 모두의 시선이 집중됐죠."

좌중의 사람들은 옹선의 얘기에 점점 더 깊이 빨려 들어갔다. 그가 다시 천천히 말을 이었다.

"드디어 사위가 멋스럽게 팔자걸음으로 다가오더니 '문'을 아래위로 유심히 훑어보더래요. 그러더니 손가락으로 톡톡 건드리는 시늉을 하면서 '음, 문고리가 이제 보니 고동古銅이었군'이라고 중얼거렸대요! 그 말에 사람들은 모두 놀랐죠. '바보라더니 아니잖아?', '행동거지도 제법 점잖고 뭐가 바보라는 말이야?' 하는 등의 말이 여기저기서 들려왔죠. 바보 사위는 그렇게 일차 관문을 무사히 통과했어요. 그리고 이번에는 향로께로 다가갔답니다. 물론 마누라는 손에 땀을 쥔 채 남정네의 뒤를 바싹 따라다녔죠. 다행히 시작은 좋았어요. 향로를 지나면서 손으로 쓱 문질러보더니 역시 마누라가 시킨 대로 '장인어른, 이제 보니 향로도 고동이네요'라면서 각본에 없는 신기한 표정까지 지어 보였대요. 이만하니 사람들은 아무도 이 사람을 바보라고 생각하지 않게 됐답니다."

옹선이 잔뜩 기대에 찬 표정으로 눈도 깜빡이지 않고 귀를 기울이는 태후를 쳐다봤다. 그리고는 다시 말을 이었다.

"드디어 식사가 시작됐답니다. 마누라가 주방에서 젓가락으로 접시를 두드릴 때마다 한 입씩 먹어가면서 잘 버티나 싶었는데 결국 일이 터지고 말았죠."

옹선은 좌중 사람들의 구미를 잔뜩 동하게 해놓고서는 잠시 입을 다물고는 한참 동안 주위를 쓸어봤다.

26장
건륭의 재위 40주년

　좌중 모든 사람들의 시선이 일제히 옹선에게 쏠렸다. 옹선은 그러
나 느긋했다. 한참이나 지난 다음 차 한 모금을 마시고는 비로소 말
을 이었다.

　"사위 사랑은 장모라고 하지 않습니까. 장모라는 사람은 늘 놀림
만 받아오던 바보 사위가 기적같이 '유식'해지자 엉덩이를 들썩이면
서 좋아했습니다. 그러다 아뿔싸 그만 '뿌웅!' 하고 방귀를 뀌어버렸
지 뭡니까. 그러자 모처럼 사방에서 칭찬을 받아 제정신이 아니던 바
보 사위는 방귀소리를 '음미'하듯 가만히 듣고 있더니 단호한 어투
로 소리를 질렀답니다. '장모님의 이 방귀도 고동古銅입니다!'라고 말
입니다."

　옹선의 말이 떨어지기 무섭게 태후가 배꼽을 잡고 웃었다. 황후 나
랍씨 역시 웃느라 얼굴이 빨갛게 달아올랐다. 다른 후궁들도 모두 입

을 가리고 웃다가 눈물을 찍어내기까지 했다. 다만 무슨 말인지 알아듣지 못한 화탁씨만이 이 사람 저 사람을 번갈아보면서 어색하게 따라 웃을 뿐이었다. 황자들도 입 사이로 번져 나오는 웃음을 참느라 애를 쓰고 있었다. 옹선은 그래도 아직 끝나지 않았다는 듯 다시 입을 열었다.

"손님들이 수군거리자 화가 난 장인어른은 두 눈을 부라리면서 주먹을 올렸다 내렸다 했죠. 그걸 본 사위는 문득 마누라가 했던 말이 떠올라 한술 더 떠서 뭐라고 했는지 아세요? '장인어른, 그 주먹도 고동이네요! 그걸로 저를 패 죽이려고요? 장인어른과는 할 말이 없어요. 저는 장모님과는 '주봉지기천배소'酒逢知己千杯少이지만 장인어른과는 '화불투기반구다'話不投機半句多입니다!"

좌중의 사람들은 바보 사위의 팔푼이 모습을 떠올리고는 또다시 한바탕 폭소를 터트렸다. 장모와는 좋은 친구를 만난 듯 술 천 잔이 적게 느껴지지만, 장인과는 말이 통하지 않아 일언반구도 하기 싫다는 말이 묘하게 상황과 맞아떨어진 것이었다. 태후가 건륭에게 말했다.

"옹선에게 상을 내리세요!"

옹선이 태후의 말에 당당하게 옥패를 받아 쥐고는 사은을 표했다. 이어 다시 입을 열었다.

"별로 재미없었죠? 속되기만 하고! 얘기의 대가인 풍몽룡馮夢龍의 《고금소부》古今笑府에서 인상 깊게 봤던 걸 짜깁기해서 들려드린 겁니다. 경박한 느낌이 들어도 개의치 않고 웃어주신 할마마마께 감사드립니다."

건륭은 그 이야기가 《고금소부》에 나온다는 말에 옹선을 다시 보게 되었다. 여태까지는 옹선이 밖에서 할 일 없이 찻집이나 드나들거나 별 도움이 되지 않는 친구들만 만나고 다닌다고 생각했던 탓이었다. 건륭은 기분이 좋아져 빙그레 웃음을 지었다.

"풍몽룡은 유삼변柳三變과는 다르지. 풍아무개는 재주는 있어도 때를 잘못 만난 한을 안고 은거해 세상을 가르치는 글을 저술한 사람이야. 그가 쓴《경세통언》警世通言이라는 책을 읽어봤느냐? 언사나 내용이 조금 속되다는 느낌이 들기는 하나 권선징악을 숭상하고 세인들에게 바르게 사는 도리를 가르쳐주기 때문에 교육적인 가치는 인정해 줄만 해. 태후마마께서 즐거워하시니 효도의 목적은 달성한 것 아니냐. 그러니 '경박'輕薄이라는 두 글자는 거두거라."

건륭의 말에 좌중의 사람들은 모두 안도하는 눈치를 보였다. 태후는 건륭이 아직 수라 전인 걸 알고 옆에 앉은 왕씨에게 명령을 내렸다.

"왕씨는 폐하를 내전內殿으로 모시고 가서 수라 시중을 들게. 우리는 재미있는 얘기나 하면서 기다리고 있을 테니. 폐하, 어서 들어가 수라상을 받으세요."

"예."

건륭은 태후의 말에 따라 자리에서 일어섰다. 그리고는 왕씨를 따라 동쪽 복도를 통해 촛불을 대낮처럼 밝힌 내편전內偏殿으로 들어갔다. 수라상은 이미 준비되어 있었다. 빨간 융단을 깐 바닥에 자그마한 둥근 탁자가 놓여 있고 그 위에는 알맞게 절여진 오이지무침, 실고추 달걀볶음, 표고버섯 된장찌개, 녹두무침의 네 가지 반찬이 있었다. 또 가운데에는 먹음직스러운 꿩찜이 화려한 장식이 되어 들어앉아 있었다. 건륭은 며칠 동안 수라간의 문화선文火膳(약한 불로 오래 끓여 만든 요리)만 먹어 속이 느글거리던 차였다. 그랬으니 아삭아삭한 오이지무침을 보는 순간 입에 군침이 돌면서 식욕이 당겼다. 그는 바로 반색을 하면서 의자를 당겨 앉은 채 엄지를 내둘렀다.

"역시 음식솜씨는 자네를 따를 사람이 없네! 빨강, 노랑, 파랑 색깔의 조화도 근사하군!"

그 사이 왕씨는 보글보글 끓어 넘치는 어두탕魚頭湯 뚝배기를 받쳐 올리면서 얼굴을 붉혔다. 이어 과도한 칭찬이 쑥스러운 듯 두 손을 모으고 다소곳이 고개를 숙인 채 아뢰었다.

"과찬이시옵니다. 폐하의 입맛에 맞으실지 모르겠사옵니다. 스물넷째복진께서《석두기》石頭記에 나오는 요리법이 배워볼 만하다고 하시기에 몇 가지 따라해 봤사옵니다."

건륭은 왕씨의 말이 떨어지기 무섭게 우선 표고버섯을 집어 입안에 넣었다. 그리고는 가만히 맛을 음미하더니 연신 고개를 끄덕였다.

"원래 음식솜씨도 뛰어난데《홍루몽》에 소개된 요리까지 따라해 봤다 이거지? 역시 손끝이 야무지고 눈썰미가 뛰어나네."

왕씨가 바로 대답했다.

"《홍루몽》은 읽을 만한 책이 못된다고 들었사옵니다. 신첩이 스물넷째복진에게 들은 건《홍루몽》이 아닌《석두기》이옵니다."

"《홍루몽》은 다른 게 아니라《석두기》의 전체 팔십 회를 이르는 말이네."

건륭이 덧붙였다.

"《정승록》情僧錄,《풍월보감》風月寶鑑이라고도 하지. 마치 자네 왕씨를 돈비惇妃라 부르는 사람도 있고, 왕비汪妃라 부르는 사람도 있듯이 말일세."

그제야 왕씨는 뭔가 큰 깨우침이라도 얻은 것처럼 고개를 끄덕이며 진지한 표정을 지었다. 건륭이 그런 왕씨를 보면서 빙그레 웃었다. 곧이어 시원하고 담백한 어두탕을 숟가락으로 떠먹으면서 물었다.

"요즘 안에서는 무슨 얘기가 화제가 되고 있나? 왕팔치 등을 쫓아낸 데 대해 자네는 어찌 생각하나?"

왕씨가 건륭의 질문에 잠시 생각하더니 천천히 입을 열었다.

"특별히 화제가 될 것은 별로 없사옵니다. 태후마마와 황후마마께서는 폐하께옵서 대단히 다망하시다고 하셨사옵니다. 왕팔치 그 빌어먹을 놈은 골백번이고 잘 쫓겨났다고 생각하옵니다. 평소에 호가 호위하면서 태후마마와 황후마마 외의 다른 사람은 개 눈깔에 뵈는 게 없는 것처럼 하지 않았사옵니까? 신첩이 심부름을 시켜도 얼마나 눈치를 줬는지 모르옵니다. 뭐라도 찔러주지 않으면 애당초 부려먹을 생각은 하지 말아야 했으니까요!"

건륭이 속내를 감추면서 다시 물었다.

"자네들은 짐이 녹패綠牌를 뽑아주지 않을 때 짐을 원망하거나 그런 적은 없었나?"

왕씨는 건륭의 엉뚱한 질문에 얼굴을 붉어졌다. 그러나 기어들어가는 목소리나마 대답하는 것은 잊지 않았다.

"주름이 쪼글쪼글한데 무슨……. 새로 입궐한 화탁 귀비를 빼고 전부 사오십대인 걸요. 젊었을 때는 자식 욕심이 있어 질투들도 많이 했사옵니다. 모두 폐하께서 자주 찾아주시기를 바랐사오나 지금은 다 늙어서 그런 생각들도 없는 것 같사옵니다."

"그래, 다 늙었지."

건륭이 혼잣말로 되뇌면서 잠시 침묵에 잠겼다. 복의가 털어놓은 나랍씨의 추행醜行을 '다 늙은' 여인의 마지막 발악이라고 간단하게 생각하면 어떨까? 그러면 좀 용서가 되지 않을까? 추궁을 하자니 더 큰 파장이 두렵고, 없던 일로 하자니 견딜 수가 없었다. 진퇴양난이었다…….

왕씨는 자신의 말에 표정이 심각해진 건륭을 보고는 얼굴에 긴장한 기색이 역력했다. 이어 조심스런 어조로 아뢰었다.

"다들 늙었다고 했사온데 신첩들만 그렇다는 얘기이옵니다. 폐하께서는 전혀 늙지 않았사옵니다. 아직도 한창이신 걸요! 아녀자들은 원래 남정네보다 빨리 늙지 않사옵니까!"

"그게 그렇게 되나?"

건륭이 당치도 않다는 듯 너털웃음을 터트렸다. 그리고는 왕씨를 힐끗 바라보면서 덧붙였다.

"짐보다 열여섯 살 아래인 자네는 늙었는데 짐은 안 늙었다니 말이 되나? 늙은 걸 늙었다고 하는데 뭐가 문제가 된다고 그러나? 백발의 천자가 백발의 후궁들과 함께 웃고 떠드는 것도 천고의 쾌사快事가 아니겠나!"

건륭은 원래 소식小食을 하는 것으로 유명했다. 어느새 배가 부른 그는 곧 수저를 내려놓았다. 이어 일어나면서 말했다.

"저기서는 뭘 하면서 놀고 있는지 구경이나 하러 가세."

왕씨는 즉각 궁녀들에게 수라상을 치우라고 명령을 내렸다.

"옥쟁반들은 조심스럽게 다뤄야 한다. 모두 등록이 돼 있으니 다른 곳에서 가져온 것은 제자리에 도로 가져다 놓도록 하거라."

왕씨는 건륭을 따라 앞 편전으로 나왔다. 안에서 화탁씨의 말소리가 들려왔다. 태후에게 재미있는 얘기를 들려주는 것 같았다.

"……거지와 파의巴依 영감 사이에 입씨름이 벌어졌어요. 구경꾼들이 엄청나게 몰려들었죠. 그때 마침 아범제阿凡提가 그 곳을 지나가게 됐어요. 아범제는 다짜고짜 인파를 헤집고 들어가더니 파의에게 물었어요. '파의 영감님, 거지가 이곳을 지나면서 영감님이 굽고 계시는 양고기 냄새를 맡았다 이거죠? 그래서 영감님께 돈을 내야 한다,

뭐 이런 뜻입니까?'라고요. 그러자 파의가 대답했어요. '바로 그거요! 말귀를 알아듣는 사람이 있어 다행이군. 당신, 이래도 억지를 쓸 거야?'라고 거지를 다그쳤습니다. 아범제는 거지를 다그치는 파의에게 '내가 대신 돈을 갚아주겠습니다'라고 말했죠. 파의는 '그러든가! 은자에 누구 이름이 박혀 있는 것도 아니니!'라면서 흔쾌히 동의했어요. 그러자 아범제는 주머니에서 은자 몇 냥을 꺼냈어요. 이어 은자를 손바닥 안에 넣고 두 손을 모아 흔들었죠. 짤랑짤랑 은자 소리가 들려왔어요. 아범제는 눈이 뒤집혀지는 파의를 보면서 '이게 뭔지 압니까?'라고 물었어요. 파의는 '은자지, 은자! 그걸 말이라고 묻나?'라면서 탐욕에 불타는 눈빛으로 아범제를 노려보면서 말했죠. 아범제는 바로 '그래, 맞아요! 방금 들은 건 은자 소리가 분명해요'라고 말했어요. 이어 '영감님은 저 사람이 양고기 냄새를 맡았다고 해서 양고기 값을 지불하라고 했죠? 방금 은자 소리를 들었으니 은자를 받은 것으로 치면 되겠군요!'라고 말했습니다."

좌중의 사람들은 잠시 화탁씨가 입에 올린 이야기의 의미를 음미했다. 이어 무슨 뜻인지 알겠다는 듯 한바탕 웃음을 터트렸다. 태후는 혀를 끌끌 차면서 파의의 탐욕을 비웃고 아범제의 기지를 칭찬했다. 그리고는 덧붙였다.

"정말 감명 깊고 재미있는 얘기였네! 채하彩霞야, 폐하께서 이 어미에게 효도한다고 주신 그 옥 등잔을 화탁씨에게 상으로 주거라!"

그 사이 건륭이 들어섰다. 태후가 온돌에서 내려서면서 말했다.

"복도에 등미燈謎(등절燈節 밤에 등롱에 쓴 수수께끼를 푸는 놀이)를 할 등롱을 내걸었습니다. 폐하께서 먼저 맞춰보세요. 맞추시면 상을 내리고 그렇지 못하면 이 어미가 벌을 내리겠습니다. 세법世法은 평등하니까요!"

건륭은 태후의 말에 자리에 더 있어봤자 다른 사람들이 불편해한다는 것을 눈치채고 흔쾌히 대답했다.

"그러죠 뭐. 어마마마로부터 상도 받고 벌도 받아보고 싶네요. 아무튼 어마마마께서 즐거워하시면 소자는 그것으로 만족합니다!"

건륭은 말을 마치고는 태후를 부축해 궁전을 나섰다. 천정天井 중앙에는 '이룡희주'二龍戲珠라는 등롱이 걸려 있었다. 커다란 용 두 마리가 구슬을 희롱하는 모습이 그려진 등롱이었다. 복도의 여기저기에는 그렇게 잔뜩 멋을 낸 작은 등롱들이 사람들의 시선을 끌고 있었다. 가까이 다가가보니 등롱마다 수수께끼가 적혀 있었다. 건륭이 한쪽에 서 있는 나랍씨를 힐끗 쳐다보고는 입을 열었다.

"황후는 수수께끼를 맞힐 필요 없이 태후마마 시중이나 잘 드시게. 자, 그럼 소자가 먼저 풀어보겠습니다."

황후 나랍씨는 근래에 완전히 풀이 죽어 있었다. 그럴 수밖에 없었던 것이 왕팔치 등이 하루아침에 어디로 갔는지도 모르게 쫓겨났는데, 중궁전에서는 그 죄명조차 몰랐던 것이다. 게다가 건륭 역시 연며칠 동안 내궁으로 걸음조차 하지 않았다. 그녀로서는 겉으로는 아무렇지 않은 모습을 보이면서도 어쩐지 서먹해진 건륭을 보면서 내심 걱정을 하지 않을 수 없었던 것이다. 그런데 지금 건륭이 태후의 시중을 들라며 자기에게 말을 건네지 않는가. 그동안의 우려와 걱정이 순식간에 사라지는 기분을 느끼는 것이 당연했다. 마음도 홀가분해지고 얼굴에서 긴장감이 사라졌다. 그녀가 곧 방긋 웃으면서 말했다.

"몇몇 황자들이 지은 수수께끼이옵니다. 누가 지었는지 이름도 적혀 있사옵니다. 어떤 것은 태후마마께서도 그 뜻을 잘 모르겠다고 하시옵니다. 신첩은 아예 엄두도 못 내겠고요. 무슨 뜻인지 수수께끼를 푸시고 가르침을 주셨으면 하옵니다."

건륭이 그러자 고개를 끄덕였다.

"그야 물론이지."

건륭은 눈앞에 보이는 등롱 가까이 다가갔다. 거기에는 짤막한 글이 적혀 있었다.

그려보면 둥글다. 그러나 써보면 모나다. 추울 때는 짧고 더울 때는 길다.
－한 글자로 맞춰보세요.

그 밑에는 옹기顒琪의 이름이 적혀 있었다. 건륭은 생각할 필요도 없다는 듯 대뜸 답을 말했다.

"이건 '해 일'日자로군!"

건륭이 고개를 돌려 넌지시 옹기를 바라봤다. 옹기가 빙그레 웃음 띤 얼굴로 말했다.

"'일'日자가 맞사옵니다, 아바마마."

건륭이 뭐가 이리 간단하느냐는 식으로 웃고는 두 번째 등롱으로 다가섰다.

사용하면 걸을 수 있다. 그러나 버리면 몇 발자국도 걷기 힘든 너와 나는 한 몸.
위험해도 부축하지 않고, 흔들려도 기댈 수 없다면 어느 짝에 쓰랴.

건륭이 말했다.

"옹선이 낸 문제로군. 이건 지팡이네. 뛰어난 재능은 있으나 때를 만나지 못했다는 한탄의 느낌이 들긴 하지만 괜찮네."

"그건 내가 쓰라고 해서 쓴 겁니다."

태후가 황급히 나서서 손자 역성을 들었다. 건륭이 고개를 끄덕였다. 그리고는 또 다른 등롱을 들여다봤다. 이번에는 열둘째황자 옹기顒璂의 필체였다.

멀리 날아올라 전망이 좋은가 싶더니 어느새 뒤로 미끄러지네.

건륭은 등롱의 글을 보자마자 고개를 돌려 피골이 상접한 옹기를 바라봤다. 말은 마음의 소리라더니, 과연 맞다는 생각이 들었다. 자신도 모르게 한숨이 나왔다. 미풍만 불어도 날아갈 것처럼 흔들리며 위태롭기 짝이 없는 저 아이를 어찌한다……? 건륭이 속으로 한숨을 내쉬면서 옹기에게 물었다.

"그네. 맞지?"

옹기가 기운 없이 미약한 소리로 그렇다고 대답했다. 그런 아들의 무기력한 모습을 보는 건륭의 마음은 걷잡을 수없이 무거워졌다. 곧이어 그가 걸음을 조금 옆으로 옮겼다. '장명등'長明燈이라는 세 글자 아래에 "사서四書에서 나오는 네 글자로 맞춰보세요"라는 문제가 적혀 있었다. 옹성의 필체였다. 건륭이 잠시 생각하더니 대답했다.

"이 답은 혹시 불식즉구不息則久(그치지 않으면 오래 간다는 의미)가 아니냐?"

옹성이 도대체 그걸 어찌 맞췄냐는 듯 두 눈이 휘둥그레진 채 고개를 끄덕였다. 그 옆 등롱에도 그가 낸 수수께끼가 적혀 있었다.

구름은 누구를 그리워하나? 서방西方의 미인이런가.

－이 구절이 들어 있는 글의 제목을 말씀해 보세요.

순간 옹성이 건륭의 눈치를 살피면서 슬그머니 태후의 등 뒤에 숨었다. 건륭이 광주의 양인들 때문에 서양의 '서'西자만 들어도 민감하게 반응한다는 것을 알고 있는 듯했다. 다행히 건륭은 얼굴 가득 희색을 띠우면서 흡족한 표정을 지었다.

"음, 좋았어. 이건 보나마나 옹선이가 훈수를 해준 게로군.《억진아》憶秦娥지?"

옹성이 더욱 놀란 표정을 한 채 되물었다.

"아바마마께서 그걸 어찌 아셨사옵니까?"

건륭은 빙그레 웃기만 할 뿐 대답은 하지 않았다. 그리고는 다시 옆으로 조금 움직였다. 바로 옹린의 글씨가 한눈에 보였다. 역시 별로 복잡하지 않게 적혀 있었다.

무변낙목소소하無邊落木簫簫下

-한 글자로 맞추세요.

건륭은 이 수수께끼에 대해서는 과거 기윤에게서 들은 바가 있었다. 답이 '일'日자라는 사실도 바로 알 수 있었다. 흔히 남송南宋이라 일컫는 송宋, 제齊, 양梁, 진陳 네 개 조대朝代 중에서 제나라와 양나라 황제는 둘 다 성이 소씨蕭氏였다. 그런 뜻에서 '소소하'蕭蕭下(소씨 성을 가진 두 황제의 다음 조대)는 '진'陳을 뜻한다고 볼 수 있었다. 여기에 '무변낙목'無邊落木이라고 했으니 '진'陳자의 왼쪽 변을 빼면 '동'東자가 되고 '동'東자에서 '목'木을 빼면 '일'日자가 될 터였다. 유명한 당시唐詩 중의 한 구절이기도 했다.

그러나, 건륭은 이 수수께끼를 접하는 순간 갑자기 모든 것이 사라져버리는 듯한 황량함과 대세가 기울어지는 쓸쓸함이 밀려오는 것을 어쩌지 못했다. 급기야 얼굴의 웃음기를 거둔 채 말했다.

"너무 치밀해서 웬만한 사람은 알아맞힐 엄두를 못 내겠구나. 아직 젊고 생기발랄한 애가 긍정적인 생각만 해도 부족할 텐데 강하일하江河日下의 퇴락한 시사詩詞나 음미하면서 살아서야 되겠느냐? 이런 시사는 너의 학업과 장래에 하등 도움이 안 되느니라. 무슨 말인지 알겠느냐?"

건륭이 말을 마치고는 좌중의 여러 황자들을 쓸어봤다. 사실 그는 요즘 들어 해가 지는 서녘하늘조차 바라보는 걸 꺼려할 정도였다. 당연히 '낙하'落下라는 두 글자에 부쩍 민감해질 수밖에 없었다. 따라서 충분히 심기가 불편해질 만한 상황이기도 했다.

옹린은 그제야 자신의 실수를 깨달았다. 죄를 청하려고 앞으로 한 발 나서기도 했다. 하지만 바로 그때 옆에 있던 옹선이 먼저 조심스럽게 입을 열었다.

"아바마마, 그 문구는 소자가 대신 써준 것이옵니다. 하오나 맹세코 다른 뜻은 전혀 없었사옵니다. 폐하께서 이치 쇄신의 닻을 올리시고 탐관오리들과의 전쟁을 선언하셨사오니 추풍에 낙엽 쓸리듯 악의 무리들이 사라져줬으면 하는 염원을 담았사옵니다. 그리고 '부진장강곤곤래'不盡長江滾滾來라는 아래 구절을 떠올리게 함으로써 파죽지세로 몰려오는 파도처럼 더럽고 추한 모든 것을 한꺼번에 사라져버리게 했으면 하는 뜻을 담았사옵니다. 결코 부정적인 뜻으로 지은 것은 아니옵니다!"

굳어져가던 분위기는 옹선의 말에 훨씬 부드러워졌다. 물론 옹선의 말에는 견강부회牽强附會의 느낌이 없지 않았다. 그러나 건륭은 고개를 끄덕이면서 빙그레 웃었다.

"짐의 생각이 좀 성급했던 것 같다. '낙목소소하'落木蕭蕭下라면 죽은

나뭇가지의 고엽枯葉을 뜻하는 게 아니겠느냐? 우리 대청大淸의 운명
과는 전혀 맞지 않거늘 짐이 지나치게 민감했나보구나."

시사詩詞의 심오한 뜻 따위에는 관심이 없는 태후는 즐거운 원소절
을 망치는 게 아닌가 하는 생각 때문에 내심 걱정하고 있던 차였다.
그러다 건륭의 웃는 모습을 보고는 마음을 놓았다. 그러나 이러다가
손자들 중 누군가가 '긁어 부스럼'을 만들거나 건륭이 '달걀에서 뼈
를 고르고' 나서지 않을까 싶어 재빨리 나섰다.

"이 늙은이는 뭐가 뭔지 통 알아듣지 못하겠습니다. 보아하니 폐
하께서는 옹선의 말에 공감하신 것 같습니다. 옹선아! 뭘 하느냐, 어
서 술 한 잔 따르거라. 할미가 너의 아바마마께 벌주를 한 잔 내려
야겠다!"

건륭이 태후가 입막음용으로 내미는 술잔을 받고는 언제나 그랬듯
기분 좋게 웃어 보였다. 그리고는 단숨에 잔을 비웠다. 태후는 아이
처럼 손바닥에 잔뜩 힘을 준 채 손뼉을 치는 시늉을 했다. 건륭은 백
발이 성성한 노모의 '귀여운' 모습을 보면서 방금 전의 불쾌함을 전
부 날려버렸다. 이어 태감 왕렴에게 명했다.

"사람을 양심전으로 보내 화신이 보내온 상자를 들고 오너라. 그 안
의 물건을 적당히 나눠 모두에게 상을 내릴 것이다!"

건륭이 분부를 마친 다음 돌아서서 태후를 향해 말했다.

"며칠 동안 경황이 없어 본의 아니게 어마마마께 소홀했습니다. 너
그렇게 이해해주십시오. 오늘 하루는 속죄하는 기분으로 어마마마
곁에서 즐겁게 해드리겠습니다. 등미는 어마마마께는 너무 따분할 것
같사오니 그만하는 게 좋을 것 같습니다. 다른 놀이를 생각해 보시
죠. 소자는 어마마마께서 원하시는 놀이에 적극 동참하겠습니다. 오
늘 하루 마음껏 흐트러질 각오가 돼 있습니다."

"그렇게만 해 주신다면야 이 어미는 더할 나위 없이 좋죠."

태후가 흐뭇하게 웃으면서 후궁들을 데리고 궁전 안으로 들어갔다. 천정天井에는 고개를 숙이고 두 손을 앞에 모은 황자들만 남았다. 건륭은 아이들을 그대로 들여보내기는 뭔가 석연치 않은 듯 한참 동안 하나씩 쓸어보더니 입을 열었다.

"부귀를 안고 태어나 머리를 묶고 오로지 공부만 하거나 십년한창十年寒窓의 괴로움을 모르는 건 너희들의 타고난 팔자이자 단점이니라. 짐은 황실자손들이 사치와 방탕에 젖어 타락의 길을 걷는 것이 다 이유가 있다고 생각한다. 벼랑 끝에 매달린 사람처럼 아등바등 처절한 생존싸움을 겪어보지 못한 것이 가장 중요한 원인일 것이다."

좌중의 황자들은 건륭의 말에 고개를 푹 숙였다. 건륭의 훈계는 계속 이어졌다.

"궁위종실宮闈宗室에 바람이 불면 밖에는 비가 내리고, 천가天家가 기침을 하면 천하가 독감에 걸리게 돼 있어. 요즘 조야朝野가 연극 구경에 미쳐 돌아가는 것은 모두 황실의 책임이야. 아이들 보는 곳에서는 숭늉 먹기도 힘들다는 말처럼, 친왕들이 앞을 다퉈 극단을 집으로 들이니 기인旗人들도 너도나도 따라하다가 이 지경이 된 게 아니냐? 유용과 화신이 산동으로 내려갔다가 기겁을 했다지 뭐냐. 국태가 그 와중에도 얼굴을 귀신처럼 해 가지고 무대 위에서 광대 짓을 하고 있었다는구나!"

건륭이 다시 동쪽 어딘가를 가리키면서 말을 이었다.

"저쪽에 있는 왕부王府에서는 집집마다 새나 닭, 독수리 따위를 수천 마리씩 키우고 있다고 들었다. 매사에 솔선수범해야 할 왕공들이 앞장서서 독수리 조련, 투계놀이를 부채질하니 할 일이 없고 몰락한 기인 자제들이 뭘 보고 배우겠느냐? 독수리 한 마리에 수천 냥을 호가하고 싸움 잘하는 메추리 새끼는 자그마치 팔백 냥에 거래된다고 들었다. 이게 어디 말이나 될 법한 소리냐! 불씨는 광풍을 만나면 미친 듯이 타오르는 법이야."

건륭의 따끔한 훈계가 이어지는 바로 그때 태후가 다시 후궁들을 데리고 우르르 몰려 나왔다. 그래도 등롱이 휘황찬란한 밖이 시원하고 구경하기 좋다고 생각한 때문인 듯했다. 건륭이 태후를 향해 예를 갖추고는 말을 이었다.

"다행히 너희들은 글공부에는 그나마 열중하는 것 같아 마음이 놓인다. 물론 열심히 업무를 익히고 글공부를 한 뒤 여가시간을 활용해 적당히 금기서화琴棋書畵를 즐기는 것은 권장할 만하다. 너희들이 올려 보낸 창과窓課(숙제)의 공책을 뒤적여보니 '명월明月에 상사相思를 실어보낸다'는 둥 '단장의 아픔이 어떻다'는 둥 하는 따위의 글이 적혀 있더구나. 별로 볼 게 없었어. 글은 곧 그 사람의 마음이라고 했다. 너희들의 속이 그만큼 비어 있고 여물지 못했다는 분명한 증거가 아니겠느냐. 진정 공맹의 도에 정진하고 심신 수련에 힘썼다면 어미, 아비가 죽지 않은 이상 '창자가 끊어지는 아픔'이 웬 말이겠느냐!"

따끔한 훈계치고는 목소리도, 어투도 그리 무겁지 않았다. 솔직히 건륭은 속으로 웃고 있었다. 사춘기에 접어든 황자들이 이성異性에게 호기심을 품는 것은 당연한 일이었다. 이성에 대한 막연한 그리움을 글로 표현한 것까지 나무랄 수는 없는 일이었다. 사실 건륭은 공책에 적힌 그 글들을 열심히 들여다보고 외우기까지 했었다. 그때 어느새 가까이 다가온 태후가 말했다.

"내가 손자들의 역성을 드는 것이 아니라 이 아이들은 품행이나 학식 여러 면에서 모두 괜찮은 편입니다! 안에서는 효도하고, 밖에 나가서는 맡은 바 일에 진력하죠. 아직까지 다른 사람들이 흉보는 소리를 못 들었습니다. 물론 선제의 혹독한 훈육을 받으면서 자란 황제와는 견줄 바가 못 되죠. 선제께서는 털끝만큼이라도 눈에 거슬리는 걸 그냥 넘기지 못했으니까요."

건륭이 그러자 바로 맞장구를 쳤다.

"지당하신 말씀입니다. 소자도 이 아이들의 장점을 인정하지 않는 건 아닙니다. 모처럼 다 모였을 때 노파심에서 잔소리를 몇 마디 했을 뿐입니다. 부귀를 타고난 데다 세상이 워낙 어지러우니 풍우의 시련을 견뎌내지 못할까봐 걱정이 될 뿐입니다. 어린 아들들이 집안에서 어른들의 가르침을 받지 않고 어찌 진정한 물건이 되겠습니까?"

건륭이 잠시 후 다시 덧붙였다.

"소자의 주변에는 신하들이 구름 같아도 진정한 일꾼은 부족합니다. 어마마마 덕분에 등회燈會를 즐기는 자리에서 아이들에게 적당히 낙중불망우樂中不忘憂의 울림을 주고 싶었습니다. 이 아이들이 성세盛世의 현왕賢王으로 거듭날 수 있도록 가르침을 주다보니 어마마마의 흥을 깨뜨리고 말았습니다."

"흥을 깨뜨리다니요? 그런 거 없습니다!"

태후가 말을 이었다.

"옛말에 '호랑이를 잡을 때는 친형제가 가장 든든하고, 전쟁터에서도 부자병父子兵이 으뜸이다'라는 말이 있지 않습니까! 든든한 황자들이 있는 것은 종묘사직의 복이죠. 부항과 윤계선 두 고굉대신이 죽고, 홍주까지 저리 골골대고 있으니 폐하의 상실감이 크실 수밖에요. 기윤은 재학才學이 뛰어나고 우민중은 덕량德量이 손꼽힌다고 하나 이 늙은이가 보기에는 두 사람 다 아직 정무를 총람할 만한 거목은 못 되는 것 같습니다. 건륭 초에 비해 세상은 갈수록 번잡해지는데 황제께서 홀로 쓸쓸한 그림자를 끌고 다니시는 걸 보면 이 늙은이도 마

음이 아픕니다. 인재가 빨리 우후죽순처럼 생겨나야 할 텐데 그저 초
조하기만 합니다. 산동에 난이 일어나서 열다섯째황자가 그리로 내려
갔다고 하던데, 그곳 사정은 어떤지 모르겠습니다."

태후는 말을 마치고 연신 한숨을 내쉬었다. 얼굴에 근심의 빛이 그
득했다.

건륭은 태후가 세상만사에 무관심하고 우스갯소리만 좋아한다고
생각했다. 그러나 아니었다. 태후는 화려한 등롱이 물결치는 정원에
서 건륭과 똑같은 고민을 하고 있었다. 건륭은 그런 사실에 다소 놀
랐다. 오래간만에 누군가와 공감대를 이루었다는 안도감에 마음도
따뜻해졌다. 급기야 부드러운 미소를 지으며 태후를 위로했다.

"염려하지 마세요, 어마마마. 소자를 보필해줄 인재들은 끊임없이
육성하고 발굴하는 중입니다. 옹염은 현재 국태 사건에 전념하고 있
습니다. 각 성省의 정세를 보면 아직까지 대체로 무사한 편입니다. 물
가도 안정됐습니다. 강남에서는 제전制錢(건륭통보) 하나에 만두 세 개
를 살 수 있다고 합니다. 가난한 사람들의 원성도 전에 비해 많이 누
그러들었습니다. 최후의 발악을 하는 비적들은 유용 등에게 맡기고
소자는 수해복구에 최선을 다할 것입니다. 전량도 충분히 확보해놓
았으니 염려 놓으십시오, 어마마마! 옹염의 신변 같은 건 더더욱 염
려하실 필요가 없습니다."

건륭이 옹염의 말이 나오자 자신의 입에서 눈길을 뗄 줄 모르는 위
가씨魏佳氏를 힐끗 바라보면서 다시 덧붙였다.

"유용과 황천패가 옹염을 잘 보호해줄 겁니다. 어제도 역관을 통해
밀주문을 보내왔더군요. 옹염이 관부官府와 연락을 취하지 않고 따로
떨어져 다닌다면 어찌 밀주문이 역관을 통해 들어올 수 있겠습니까?
황자들이 그동안 쌓은 학문을 검증 받고 자기 발전을 꾀하는 계기

라 생각하시고 염려 놓으세요. 온실 안의 화초처럼 자랐으니 휘몰아치는 삭풍朔風과 정수리를 녹이는 혹서酷暑를 적당히 겪어보는 것도 나쁠 건 없습니다. 소자도 황자 시절에 강남으로 내려갔다가 하마터면 객사할 뻔하지 않았습니까? 금가씨金佳氏는 알 겁니다. 선제께서도 용잠龍潛하던 시절에 홍수에 갇혀 생사의 기로에 놓이신 적이 있다고 하셨습니다…….."

태후가 수긍이 가는 듯 연신 고개를 끄덕였다. 건륭이 다시 말을 이었다.

"황자는 유모, 태감, 사부에 둘러싸여 보호받는 귀한 몸이라지만 살다 보면 삼재팔난三災八難을 면하기 어렵습니다. 그러니 고생을 좀 해봐야 합니다. 열셋째숙부(윤상)께서는 생전에 얼마나 많은 지옥을 경험했습니까? 몇 번이고 독살의 위기를 넘겼습니다. 게다가 채찍에 살점이 떨어져나가는 고문을 이겨내면서 십 년 동안 지옥 같은 감금 생활을 견뎠습니다. 그렇게 악착같이 버텨냈기에 천고千古에 이름을 남긴 현왕賢王으로 거듭나지 않았습니까?"

태후를 마주하고 서 있던 건륭이 말을 마치고는 황자들을 향해 돌아서면서 물었다.

"이의가 있느냐?"

"없사옵니다!"

황자들이 일제히 허리를 낮추면서 대답했다. 그러나 진심에서 우러나오기보다는 건성으로 하는 듯한 대답이었다.

건륭의 훈계가 이어지는 동안 분위기는 어느새 싸늘하게 식어갔다. 더 훈계가 계속되다가는 상황이 걷잡을 수 없을 듯했다. 그제야 건륭이 모친을 향해 사죄하듯 웃는 얼굴로 덧붙였다.

"소자는 자리를 떠야겠습니다. 분위기를 띄우기는커녕 자꾸 무겁게

만 만드니 말입니다. 나머지 시간은 손자들과 더불어 융융融融한 천
륜의 한때를 보내시기 바랍니다. 그럼, 소자는 이만 가보겠습니다. 급
히 주비를 달아야 할 밀주문이 있어 양심전으로 돌아가겠습니다!"

"그러시든가요."

태후가 황자들의 얼굴에 빠르게 스치는 안도의 미소를 감지하고는
웃으면서 말했다.

"아무래도 폐하의 면전에서는 우리도 활개 치면서 노는 것이 무리
인 것 같습니다. 정무도 중요하지만 건강도 챙기면서 하세요. 내일 오
후에는 함께 정양문에 오릅시다!"

이튿날 오후 신시申時는 흠천감欽天監에서 대가大駕의 출성出城에 좋
은 길시吉時로 정한 시간이었다. 오시午時 정각, 세상을 쪼개놓을 듯한
요란한 대포소리가 울려 퍼졌다. 수년간 봉금封禁해 놓았던 천안문天
安門, 지안문地安門과 오문午門, 정문正門 등이 일제히 활짝 열렸다. 그
때 선박영善搏營과 서산西山 예건영銳健營의 어림군御林軍 수천 명은 미
리부터 오봉루五鳳樓 앞에 집결해 있었다. 이어 오문 앞에 서 있던 이
시요가 세 발의 예포 소리에 맞춰 영기令旗를 흔들었다. 순간 각 병영
의 장군들이 군기를 앞세우고 성큼성큼 걸어 나왔다. 각자 질서정연
하게 부하들을 풀어 관방關防을 배치하기도 했다.

북경의 백성들은 사방에서 구름같이 몰려들었다. 족히 만 명도 넘
을 것 같았다. 성모聖母(황태후)를 직접 경앙敬仰할 수 있는 기회는 일
생에 한 번 올까말까 한 흔치 않은 것이었으니 그럴 만도 했다. 어도御
道의 양측 역시 마찬가지로 인산인해였다. 천안문에서 정양문에 이르
는 구간도 넘실대는 인파로 발 디딜 틈조차 없었다. 장내는 그런 황
가皇家의 삼엄한 위용을 난생 처음 구경하는 서민들의 경탄과 수군거

림, 뒤에서 사정없이 밀치는 통에 사람 죽는다면서 외치는 소리까지 한데 어우러져 아수라장이 따로 없었다.

순천부 부윤 곽지강은 질서를 유지하느라 땀투성이가 된 채 이리저리 뛰어다녔다. 손나팔을 만들어 아역들과 호응하느라 그의 목에는 나무뿌리처럼 굵은 힘줄이 솟아났다. 그가 겨우 인파를 헤집고 동편문, 서편문 밖에 등화燈火와 채등彩燈을 걸고 다시 천안문 앞으로 돌아왔을 때였다. 마침 이시요가 나오고 있었다.

이시요 역시 땀범벅이 돼 있었다. 곽지강이 미처 인사를 마치기도 전에 이시요가 천안문 동남쪽을 가리켰다.

"저게 뭔가? 아역들이 채찍으로 사람을 치고 있지 않은가!"

곽지강이 고개를 돌려 그쪽을 보더니 대수롭지 않게 대답했다.

"인간들이 말을 들어줘야 말이죠. 저렇게 해서라도 막지 않으면 황도皇道로 쳐들어올 겁니다. 염려하지 마십시오. 아무렇게나 채찍을 날리는 것 같아도 조상 대대로 전수 받은 기술이라 사람을 다치게 하지는 않습니다. 촛불을 쳐도 불이 안 꺼질 정도로 '채찍질의 고수'들인걸요. 동편문을 지날 때 하마터면 가마가 사람 무리에 깔려 납작하게 되는 줄 알았지 뭡니까! 저쪽에도 통로를 만들어야 할 텐데……."

이시요가 그러자 땀을 훔치면서 덧붙였다.

"안 돼, 그래도 채찍은 안 돼. 먹물이나 연탄재를 뿌려보게! 만민이 함께 즐기는 거국적인 축제인데 채찍에 맞으면 누군들 기분이 좋겠나! 노인들을 놀라게 하고 애들을 울리면 태후마마께서 심기가 불편해지실 거야. 어서 아역들에게 명하지 않고 뭘 하나?"

곽지강이 그제야 부하들에게 명령을 내렸다.

"이 대인의 지시에 따르거라!"

바로 그때 왕렴을 필두로 말을 탄 64명의 태감들이 지안문에서 서

서히 모습을 드러냈다. 그것을 본 이시요가 황급히 소리쳤다.

"나는 말을 타고 들어가 아계 중당을 만나고 올 테니 자네도 말을 타고 정양문으로 가게. 백관들에게 품급별로 열을 지어 대기하라고 하게. 대가大駕가 이미 출발하신 것 같네!"

곽지강은 이시요의 말이 떨어지기 무섭게 두 손을 이마에 얹고 먼 곳을 바라봤다. 과연 하늘을 덮은 깃발 속에서 온통 노란색으로 단장한 의장대가 대가를 수행하면서 천천히 움직이고 있었다. 음악소리도 은은하게 들려왔다. 그는 서둘러 말 등에 뛰어오르더니 바로 채찍을 날렸다.

수만 명을 헤아리는 구경꾼들은 어가가 출발했다는 소식에 한껏 들뜬 표정으로 고개를 빼들었다. 곧 감격스러운 순간을 맞이할 사람들의 환호성이 천지를 뒤흔들었다. 정월의 추위는 그런 열기에 완전히 파묻히고 말았다. 그러나 장내는 이내 조용해졌다. 천안문 동서 양쪽 측문에서 코끼리가 한 마리씩 모습을 드러낸 탓이었다.

한 쌍, 두 쌍, 세 쌍……, 모두 아홉 쌍이었다. 코가 달팽이처럼 말려 올라가고 귀가 거적처럼 넓적한 코끼리들은 기둥처럼 육중한 다리통으로 둘씩 박자를 맞추면서 걸어 나왔다. 등에는 금사金絲를 두른 안장이 얹혀 있었다. 또 몸에는 노란 천을 재단해 만든 옷이 입혀져 있었다. 코끼리 등에는 노랑과 빨강색이 섞인 조끼를 입고 까만 모자를 눌러쓴 아이들이 한 명씩 앉아 휘파람으로 지휘를 하고 있었다.

옹정 말년부터 금천 전사가 발발하고 이어 미얀마 내란까지 벌어지면서 코끼리 공납은 사실 10여 년 동안 주춤했었다. 대내大內에 원래 있던 코끼리들도 더러 죽어 급기야 세 마리밖에 남지 않게 됐다. 가끔 내궁에서 눈요기할 정도만 됐지 의장행렬에 끼우기에는 숫자가 너무 적었다. 그런 코끼리가 한꺼번에 열여덟 마리나 몰려나왔으니 강희 황제 시절을 기억하는 노인네들은 그저 신기하기만 할 뿐이었다.

왕렴은 천안문을 나선 다음 다시 정양문으로 간 태감들과는 달리 금수하金水河 정중앙의 옥대교玉帶橋 앞에 멈춰 섰다. 이어 코끼리들이 동서 양쪽으로 열을 지어 멈춰서기를 기다리더니 목소리를 길게 끌어올리면서 외쳤다.

"하궤下跪(무릎을 꿇어라)!"

왕렴의 말이 떨어지기 무섭게 코끼리 등에 타고 있던 열여덟 명의 어린아이들이 일제히 손으로 코끼리의 뒷덜미를 눌렀다. 오늘 이 순간을 위해 나름 피나는 조련을 당해왔을 코끼리들은 용케도 일제히 앞다리를 꺾으면서 얌전히 그 자리에 엎드렸다. 사방에서 놀라움에 찬 탄성이 터져 나왔다. 코끼리가 하는 짓이 얼마나 기특한지 주위의 구경꾼들은 들고 있던 사탕수수와 여러 가지 먹거리들을 던져주기도 했다. 코끼리들은 사탕수수를 받아 코로 감아올리더니 입안으로 집어넣고 맛있게 씹어 먹기 시작했다. 그 모습이 귀여워 좌중에서는 또 한바탕 박수갈채가 터져 나왔다.

구경꾼들이 코끼리의 재롱에 정신이 팔려있는 사이 궁전의 음악소리는 어느새 코앞까지 가까워졌다. 천지가 떠나갈 것처럼 웅장한 소리였다. 이어 대역사大力士로 불리는 힘센 장사 64명이 용기龍旗를 하나씩 받쳐 들고 지나갔다. 그 다음에는 파랑, 자주, 노랑 등 알록달록한 색깔의 개산蓋傘(가리개) 54개가 열을 지어 지나가면서 사람들의 이목을 사로잡았다. 미처 눈길을 돌릴 새도 없이 '교효표절'教孝表節, '명형필교'明刑弼教, '행경시혜'行慶施惠, '포공회원'褒功懷遠이라는 글씨가 적힌 칠 척 높이의 부채들의 대오 역시 뒤를 이었다. 이어 알록달록한 깃발 행렬이 호호탕탕하게 끝없이 이어졌다. 여덟 개의 팔기八旗 깃발이 앞장서고 여러 가지 도안과 색채의 우림군 깃발도 표표히 나부끼

면서 하늘을 뒤덮었다. 깃발에는 의봉儀鳳, 선학仙鶴, 공작孔雀, 황곡黃
鵠, 백치白雉, 적조赤鳥, 화충華蟲, 진로振鷺, 명연鳴鳶, 사자獅子, 백택白澤,
각서角端, 적웅赤熊, 황웅黃熊, 벽사辟邪, 서우犀牛, 천마天馬, 천록天鹿 등
상서로운 동물 그림들이 새겨져 있었다.

대열의 앞머리는 이미 정양문에 도착했으나 황제의 모습은 보이지
도 않았다. 곧이어 요란한 말발굽소리와 함께 금빛 투구와 은빛 갑옷
차림을 한 건청문 시위 64명이 위풍당당하게 모습을 드러냈다. 그리
고 드디어 황로黃輅 승여乘輿가 수많은 태감들에게 둘러싸인 채 서서
히 사람들의 시야에 들어오기 시작했다. 말로만 듣던 천자의 대가가
모습을 드러내자 인파는 걷잡을 수 없이 술렁거렸다. 생애 최고로 영
광스러운 순간을 맞이하는 그들은 모두 흥분에 들뜬 표정을 지었다.

6척 높이의 용연龍輦에는 구룡九龍 화개華蓋가 덮여 있었다. 정중앙
의 옥좌에는 백발이 성성한 '성모' 황태후가 만면에 웃음을 지으며
앉아 있었다. 황태후의 옆에는 진주를 박은 용관龍冠을 쓰고 여우 털
을 덧댄 노란색 용포龍袍를 입은 60대의 멋진 노인이 시립해 있었다.
목에는 진주목걸이를 드리운 채 만면에 미소를 짓고 있는 이 노인이
바로 등극 40년을 맞은 당금의 천자 건륭황제였다!

태후와 황제를 알아본 구경꾼들은 산이 포효하고 바다가 울부짖
듯 일제히 환호성을 터뜨렸다.

"건륭황제 만세, 만만세!"

"황태후마마 천세, 천천세!"

태후는 지금까지 자금성 정문으로 나와 성대한 행사를 관람한 적
이 단 한 번도 없었다. 그녀는 호기심에 찬 눈빛으로 사방을 두리번
거리면서 살폈다. 그녀의 눈에 들어온 장안가長安街는 끝이 보이지 않

는 인산인해로 가득했다. 더불어 백성들이 만세소리와 함께 일제히 무릎을 꿇는 모습은 일망무제一望無際한 몽고의 들판에서 바람이 불어와 풀이 일제히 쓰러져 눕는 모습을 보고 있는 것 같았다. 태후는 수만 명의 중생을 발밑에 거느리고 서 있는 아들이 오늘처럼 대견스러워 보인 적이 없었다. 노인은 하얀 머리카락을 바람에 날리면서 어린아이처럼 좋아했다. 두 눈 가득 희열을 뿜으면서 난간을 짚고 서서 감탄을 연발했다.

"태감들이 내성內城에 한번 가보라면서 그렇게 권하더니 내성이 이 정도로 크고 굉장할 줄은 몰랐습니다! 이 늙은이는 이대로 죽어도 여한이 없을 것 같습니다!"

건륭은 가까이에 있으면서도 태후의 말을 알아듣지 못했다. 환호성 때문에 태후의 말이 들리지 않은 탓이었다. 그는 무릎을 낮추고 모친의 입에 귀를 갖다 댔다. 그제야 흥분에 젖은 태후의 말소리가 들려왔다.

"……황제, 어미는 이 순간을 잊을 수 없을 겁니다. 이 어미는 성조 때의 태비마마, 선제 때의 어떤 자매들보다도 큰 복을 누리는 것 같습니다. 강희 육십 년에 선제를 따라 오봉루五鳳樓에 한 번 올라가 본 적이 있지만 지금 이곳에 비할 바는 아니죠. 황제, 어미 생전에 이렇게 굉장한 자리를 만들어주시니 얼마나 감사한지 모르겠습니다!"

건륭도 활짝 웃으면서 말했다.

"어마마마께서 즐거우시다니 소자는 더 이상 바랄 게 없습니다. 모두 어마마마의 하늘과 같으신 덕행과 홍복 덕분입니다."

말을 마친 건륭은 다시 무릎을 쭉 펴고 서서 열광하는 인파를 향해 손을 흔들었다. 태후가 미소를 머금고 사방을 둘러보면서 또 뭐라고 말했다. 건륭이 다시 몸을 낮춰 귀를 가까이 했다.

"이 많은 사람들이 군주君主를 충애忠愛하고 군은君恩에 겨워 한껏 들떠 있는데 뭐라도 상을 내려야 하지 않겠습니까? 사람이 너무 많은 게 좀 그렇기는 하지만……."

"염려하지 마십시오. 소자가 아계에게 명해 상을 내리도록 하겠습니다."

건륭이 말을 마치고는 바로 손짓을 했다. 순간 말을 타고 승여 뒤를 따르던 아계가 몇 걸음 안으로 다가왔다. 건륭이 분부했다.

"오늘 이 자리에 모인 백성들에게 상을 내리라는 태후마마의 의지가 계셨으니 경이 알아서 하게. 새로 나온 건륭제전乾隆制錢을 준비해 둔 게 있나?"

"폐하와 태후마마의 명을 받들어 모시겠사옵니다!"

아계가 웃으며 말 위에서 읍을 했다.

"정양문 등회 때 상으로 내리고자 가져온 제전이 십만 줄(한 줄은 백 문) 있사옵니다. 먼저 이들에게 상을 내리고, 등회 때 쓸 돈은 예부에 시켜 더 가져오도록 하는 게 어떻겠사옵니까?"

아계의 말에 건륭이 말했다.

"경이 알아서 하게. 단 인명사고가 나지 않도록 조심하게. 이 분위기가 이대로 쭉 이어졌으면 좋겠네."

아계는 곧바로 이시요와 곽지강을 불러 태후의 의지를 전달했다. 그러나 사람 위에 사람이요, 발 디딜 틈도 없이 인산인해인 현장에서 도대체 무슨 수로 제전을 상으로 내린다는 말인가? 게다가 인명사고가 나서는 절대 아니 된다니 이를 어찌하면 좋다는 말인가? 두 사람은 잠시 멍한 표정을 짓고 서 있었다.

이시요가 잠시 생각을 하더니 먼저 입을 열었다.

"아계 중당, 우선 대가를 천천히 움직이라고 해주세요. 곽 부윤府

^尹이 순천부 아역들을 데리고 질서를 유지시키는 동안 제가 이쪽에서 태후마마의 의지를 전하고 제전을 상으로 내리겠습니다. 질서를 제대로 잡지 못하면 인명사고를 면치 못할 것입니다!"

아계가 이시요의 말에 고개를 끄덕였다.

"그렇게 하오. 여기서 밤늦게까지 돈을 나눠주고 있으면 외성의 인파가 그만큼 줄어들 테니 경비도 좀 쉬워질 것이오."

아계는 말을 마치고는 말에 박차를 가해 두어 걸음 만에 행렬의 맨 앞에 있는 왕렴을 찾아갔다. 이어 대가의 속도를 늦춰야 하는 이유를 설명했다. 왕렴은 108명의 수행 태감들에게 바로 명령을 내렸다.

"보폭을 줄이라!"

행렬의 움직임이 느려지기 시작했다. 이시요는 곽지강이 아역들을 데리고 사방에서 질서를 잡는 모습을 보면서 말을 달려 어가 앞으로 다가왔다. 모든 이목이 집중된 가운데 그가 먼저 용연龍輦을 향해 삼궤구고두三跪九叩頭(세 번 절하고 아홉 번 머리를 조아리다)의 대례大禮를 올렸다. 이어 천천히 남쪽 방향을 향해 돌아섰다. 죽 끓듯 하던 인파는 삽시간에 조용해졌다.

이시요가 큰 소리로 외쳤다.

"지금부터 폐하의 성유聖諭와 태후마마의 의지懿旨를 전하겠다. 오늘 이 자리에 모인 남녀노소는 모두 우리 대청의 충량자민忠良子民들이다. 추운 날씨에도 불구하고 오로지 폐하의 용안과 성모聖母의 자용姿容을 경앙하기 위해 여기 모였으니 모든 자민들에게 상을 내릴 것이다. 순천부에서 제전을 상으로 내릴 것이니 질서를 유지하기 바란다. 이상!"

조용하던 장내에서 또다시 환호와 박수갈채가 진동했다. 우렁찬 "만세! 만만세" 소리에 하늘도, 땅도, 황제도, 태후도 모두 취하고 감격했다.

이어 건륭은 태후와 성루城樓에 올랐다. 태후는 혼자서 올라갈 수 있다면서 한사코 부축을 거절했지만 그럴 수는 없었기에 건륭은 옆에서 태후를 부축했다. 등불 구경에 가장 적합한 장소에 추위를 막을 수 있도록 병풍이 둘러쳐져 있었다. 성루 아래에서는 문무백관들이 조촐하게 '사연'賜宴을 받고 있었다. 태후는 하늘과 함께 경하해야 할 희희낙락한 장면을 굽어보면서 가슴 벅찬 감격에 할 말을 잃은 듯했다.

내성과 외성에서 등불과 폭죽이 온누리에 퍼질 때였다. 어둠의 장막이 소리 없이 드리워지고 눈발이 하나둘씩 흩날리기 시작했다. 병풍으로 칸을 막은 한쪽에는 태후와 황제, 황후가 앉아 있었다. 그 옆에는 귀비와 여러 후궁들의 자리가 마련돼 있었다. 주위에는 찻물, 과일, 과자, 심지어 응급약까지 없는 게 없이 준비되어 있었다. 태감과 태의들도 대령해 있었다.

아계는 기윤, 우민중과 함께 다른 천막 안에 자리를 잡고 있었다. 이동 군기처인 셈이었다. 아계가 내려가 한 바퀴 돌고 와보니 기윤과 우민중은 서로 등을 돌린 채 찻잔을 들고 있었다. 그 모습을 보고 아계가 히죽 웃었다.

"싸웠소? 왜 그렇게 서로 등을 돌리고 앉아 있소?"

기윤이 그제야 제자리로 돌아앉으면서 대답했다.

"우 중당이 나 같은 사람과는 격이 달라 얼굴을 마주할 수 없다고 하네."

우민중이 즉각 반박을 했다.

"기윤 공이 먼저 얼굴을 돌려놓고 왜 그래요? 생사람 잡는군요! 밖에 눈이 많이 내립니까?"

"많이 내리는 건 아니오. 그러나 눈발은 제법 굵소이다."

아계가 웃으며 뜨거운 찻주전자에 꽁꽁 언 손을 갖다 댔다. 그리고는 말했다.

"저 아래는 불바다가 따로 없소. 밑에서 보면 성루가 되레 어두워 보인다오. 똑같이 내리는 눈이지만 보는 사람에 따라 느낌은 천지차이지! 황제가 '대설이 가루처럼 흩날리면서 땅으로 떨어진다'라고 한마디 하면 신하는 '이는 황가皇家의 상서祥瑞가 아닐 수 없사옵니다'라고 하지 않겠소? 가진 자들은 따끈한 황주黃酒를 데워 놓고 화롯불 앞에 둘러앉아 '삼년을 내린들 나하고 무슨 상관이야?'라고 하겠지만 거지들은 그 소리를 들으면 '저 화냥년의 새끼들 같으니라고!'라고 하지 않겠소?"

아계가 걸쭉한 우스개를 털어놓고는 기윤과 함께 껄껄대면서 웃었다. 그런 두 사람을 못마땅한 듯 바라보던 우민중이 왕렴이 다가오는 것을 보고는 말했다.

"폐하께서 부르시나 봅니다. 어서 들어갑시다!"

아계를 비롯한 세 사람은 일제히 엉덩이를 털고 일어났다.

27장
성세盛世의 등불놀이

아계를 비롯한 세 사람은 줄을 지어 전루箭樓의 천막 안으로 들어 섰다. 건륭과 황태후는 웃으며 담소를 나누고 있었다. 태후가 그들에 게 말했다.

"장소가 장소이니 만큼 예는 면하고 이리로 와 앉게. 화롯불이 있 어서 따뜻하네."

아계가 바로 대답했다.

"신은 서부에서 돌아온 뒤 아직 태후마마께 문후도 제대로 여쭙 지 못했사옵니다!"

아계가 말이 끝나기 무섭게 털썩 엎드려 인사를 올렸다. 기윤과 우 민중 역시 따라서 무릎을 꿇었다. 태후가 그러자 허허 웃으면서 세 사람에게 자리를 내줬다. 건륭이 물었다.

"밖에 눈이 많이 내리나? 사람들은 얼마나 모였던가?"

아계가 앉은 채로 상체를 숙인 후 아뢰었다.

"많이 내리지는 않사옵고 눈발이 버들개지처럼 흩날리고 있사옵니다."

이어 상황을 자세히 설명했다.

"사람들은 외성外城에 십만, 내성內城에 칠팔만 명 정도 모여 있사옵니다. 아직도 태후마마께서 내리신 상을 받느라 경황이 없사옵니다. 하늘도 거국적인 행사에 동참하느라 눈발을 내리시나 보옵니다. 눈을 맞으면서 등롱을 감상하니 느낌이 색다르옵니다. 덕분에 화재 걱정도 덜 수 있게 됐사옵니다. 조야朝野 모두 한껏 들떠 있는 분위기이옵니다. '서설瑞雪은 풍년豊年의 조짐'이라고, 천지天地가 더불어 즐기니 기분이 더욱 새롭사옵니다!"

태후가 얼굴 가득 국화꽃 같은 웃음을 지었다.

"맞는 말이네. 사람은 원래 기분을 먹고사는 게 아니겠나! 큰돈도 아닌데 저들이 저리 열광하는 이유는 아이들이 세뱃돈을 받을 때처럼 설레기 때문이 아닐까 싶네. 방금 전에도 이 늙은이는 걱정을 했다네. 주책없이 아계 공에게 생고생을 시키는 게 아닌가, 저러다 괜히 인명사고라도 나는 날에는 어떡하지…… 하고 말이네."

아계가 태후의 말에 황급히 고개를 숙였다.

"당치도 않은 말씀이시옵니다. 태후마마의 자비로우심에 천지가 더불어 환호작약하고 있사온데 신들이 어찌 이 보람된 일을 고생이라고 생각하겠사옵니까? 다만 외성에서는 돈을 나눠주는 대신 등회가 끝날 무렵 순천부에서 나와 탕원湯圓(원소절에 먹는 동그랗게 빚은 동전 크기의 떡)을 나눠주는 게 어떨까 싶사옵니다. 물론 집집마다 따로 만들기는 했을 테지만 폐하와 태후마마께서 하사하신 탕원을 삶아먹으면서 가족끼리 둘러앉아 앞으로의 일 년을 계획한다면 얼마나 뜻이 깊겠사옵니까? 꿀보다 달콤한 황은의 우로雨露를 찍어먹는 느낌 아니겠사옵니까."

태후가 흔쾌히 찬성했다.

"그래, 좋은 생각일세. 멀리 시골에서 밤길을 달려왔다가 돌아가는 일도 쉽지 않을 텐데 돌아가서 따끈한 탕원이라도 끓여 먹으며 언 몸을 녹이는 것도 좋을 테지."

태후가 아계를 비롯한 세 신하와 담소를 즐기는 사이 건륭은 자리에서 일어나 전루箭樓 입구로 걸어갔다. 아계의 진두지휘 아래 정양문 성루는 마법에라도 걸린 듯 완전히 변해 있었다. 마치 금빛 찬란한 금산金山을 보는 것 같았다. 아마도 샛노란 갓을 씌운 수천 개의 등롱을 걸어놓은 탓에 그런 듯했다. 화려한 등불 빛과 거위 털처럼 내려 앉는 새하얀 눈꽃이 환상적인 조화를 이루고 있었다.

건륭의 얼굴에 어린아이처럼 순진무구한 미소가 절로 떠올랐다. 건륭은 자신도 모르게 허공에 손을 내밀었다. 그러자 손바닥에 눈꽃이 내려앉았다가 녹았다. 차가운 느낌에 가슴속까지 시원했다. 그가 손바닥을 비비면서 돌아서더니 환하게 웃었다.

"눈이 때맞춰 잘도 내리네! 내일 아침은 누가 당직인가? 황하 이북 몇 개 성의 청우표晴雨表를 들여보내게!"

우민중이 황급히 일어서면서 대답했다.

"예, 폐하."

태후가 말했다.

"민간 속담에 '밀이 눈 이불 세 채를 덮으면 그 해에는 쥐도 머리에 떡을 베고 잔다'고 했네. 나는 눈이 너무 좋네. 이 눈은 우리 대청大淸의 상서祥瑞를 뜻하는 서설이 분명해. 헌데 자네 셋은 어째서 웃는가?"

기윤이 기다렸다는 듯 황급히 대답했다.

"태후마마께서 즐거워하시는 걸 보니 신들도 기분이 날아갈 것 같아 웃었사옵니다."

아계를 비롯한 세 신하가 황제와 태후를 모시고 그렇게 담소를 즐기고 있을 때였다. 자금성 쪽에서 경양종景陽鐘 소리가 어둠을 타고 은은히 들려왔다. 아계가 시계를 꺼내보더니 일어섰다.

"폐하, 술시戌時가 다 됐사옵니다. 신들이 먼저 나가 백관들을 지휘해 성루에 오르도록 하겠사옵니다. 우선 기윤 공이 문관文官들을 인솔해 와서 동쪽에 자리 잡도록 해야겠습니다. 이어 우민중 공은 무관武官들을 인솔해 와서 서쪽에 자리 잡도록 하겠사옵니다. 그런 다음에 태후마마와 폐하의 대가를 모시겠사옵니다."

건륭이 기분좋게 고개를 끄덕였다.

"그렇게 하세! 그 동안 태후마마와 황후는 옷을 갈아입을 것이네. 짐이 태후마마를 모시고 나가면 신하들은 멀리서 무릎 꿇어 인사를 올리면 되겠네. 가보게."

밖으로 나온 아계 등 세 신하는 각자 분주하게 움직였다. 가장 먼저 아계가 손으로 신호를 보냈다. 그러자 성벽 위에 길게 이어진 오색찬란한 용등龍燈에 일제히 불이 켜졌다. 동시에 세 발의 예포가 밤하늘을 가르면서 울려 퍼졌다. 정양문 동쪽에서 서쪽으로 길게 드리워진 만 발짜리 폭죽 열여덟 줄도 일제히 타닥타닥 터지기 시작했다. 콩 볶듯 연이어 폭죽이 터지는 소리에 사람들은 귀를 막으면서도 즐거운 표정들이었다. 폭죽은 즉각 매캐한 연기를 토해내면서 인파를 운무처럼 감쌌다.

정양문은 대낮처럼 밝힌 등불 빛에 마치 공중으로 떠오른 황금누각처럼 보였다. 귀청을 찢는 폭죽소리 때문에 창음각暢音閣의 음악소리 역시 끊어질 듯 말 듯 미약하게 들려왔다. 인파의 환호성이 최고조에 달했다. 분위기도 한껏 달아올랐다.

건륭은 그때를 놓치지 않고 태후를 부축해 전루의 정문을 나섰다. 황후와 여러 후궁들이 그 뒤를 따랐다. 벌써부터 자리를 잡고 무릎을 꿇고 있던 문무 관리들은 일제히 건륭과 태후에게 배례拜禮했다. 건륭은 임시로 만들어놓은 난간을 짚고 아래를 내려다 봤다. 동편문에서 숭문문, 선무문, 서편문까지 장장 수십 리 길이 등해燈海와 인해人海로 꿈틀거리고 있었다. 그야말로 '화수은화, 불야천'火樹銀花, 不夜天의 경지였다!

용등 역시 진짜로 거대한 황룡黃龍이 산하를 삼켜버릴 기세로 꿈틀대는 것처럼 장관을 연출하고 있었다. 세상의 그 어떤 미사여구를 다 동원해도 이 순간의 장엄함과 호쾌함, 감격과 흥분을 형언할 수 없을 것 같았다.

건륭은 천리안千里眼(망원경)을 집어 들었다. 길 양쪽의 가게들이 환하게 불을 밝힌 가운데 일정한 간격을 사이에 두고 여덟 개의 큰 연극무대가 마련돼 있는 것이 보였다. 무대 위에서는 연극 공연이 한창이었다. 또 무대 아래에서는 생황을 비롯한 악기 소리가 열광적인 분위기를 더욱 고조시키고 있었다. 여러 가지 꽃향기와 이름 모를 향기가 매캐한 연기 냄새와 함께 코를 자극했다.

드디어 인파속에서도 성곽 위의 건륭과 태후를 알아본 듯했다. 그들은 일제히 환호성을 질렀다. 두 사람의 손짓 하나 하나에 격렬한 환호로 화답했다. 북경성은 일거에 용광로처럼 들끓기 시작했다.

아계는 기윤과 우민중이 건륭과 태후를 시중들기 위해 나간 뒤 혼자 천막에 남아 있었다. 성 아래쪽의 움직임을 면밀히 주시하면서 한순간도 마음의 긴장을 늦추지 못했다. 그의 귀에는 열광하는 환호소리도 들리지 않았다. 수많은 인파도 보이지 않았다. 그는 오로지 어디선가 날아들지 모를 눈먼 총알과 화살을 살피느라 정신이 없었다. 그리고 왕렴과 복인 등 태감들로부터 황제와 태후의 움직임에 대한 보고를 들으랴, 이시요로부터 성 아래의 동태를 전해 들으랴 바쁘고 긴장된 상태에 있었다.

해시亥時가 가까워졌음에도 불구하고 인파는 줄어들 생각을 않고 더욱더 몰려들었다. 장내는 혼잡스럽기 그지없었다. 준비했던 여러 가지 민속놀이들은 막무가내로 밀어닥치는 인파 때문에 진행이 불가능했다. 그런 상황 속에서도 무시로 날아오르는 연화煙花(화약이 터지면서 나타나는 여러 가지 모양의 꽃무늬)는 하늘을 만자천홍萬紫千紅으로 화려하게 수놓았다. 끊임없이 기염을 토하는 폭죽 소리에 귀가 멀 것 같았다.

아계는 속으로 "제발 그만!"을 연발했다. 어딘가에 불꽃이 잘못 떨어져 화재라도 날까봐 두려웠던 것이다. 이번 행사를 무사히 치르고 나면 아마 10년은 늙어있을 것 같은 느낌이 드는 것은 하나도 이상할 것이 없었다.

아계가 그런 생각을 하면서 막 이시요를 불러 "50장丈 이내에서는 폭죽을 금지시켜라"는 말로 명령을 내리려고 할 때였다. 갑자기 목이 따끔했다. 순간 그는 자신도 모르게 목으로 손을 가져갔다. 목에 뭔가 박혀 있었다. 뽑아보니 그것은 놀랍게도 민간에서 야생 토끼나 꿩을 잡을 때 사용하는 새총 탄약 철사鐵砂였다!

순간 아계는 목의 통증도 느끼지 못한 채 두 눈을 부릅뜨고 성벽에 덮치듯 엎드려 아래쪽을 내려다봤다. 머리가 윙윙거리면서 가슴이 철렁했다.

그러나 자욱한 매연과 출렁이는 인파 속에서 총알을 발사한 자를 찾아낸다는 것은 애당초 불가능했다. 태후에게 망원경이 있으나 그것을 사용한다고 해도 별로 도움이 되지 않을 것 같았다. 예전의 경험에 비춰 판단하고 대처하는 수밖에 없었다.

아계는 황급히 사람을 시켜 이시요를 불러오도록 했다. 그리고는 긴박하게 머리를 굴렸다. 한참 후 나름 대안을 마련한 그는 건륭이 있는 곳으로 향했다.

건륭은 전루箭樓 정중앙에 마련된 높다란 자리에 앉아 있었다. 그의 등 뒤에서는 얇은 발을 사이에 두고 여러 후궁들이 태후의 시중을 들고 있었다. 막 운귀 총독과 낙양洛陽 대영의 제독提督을 접견하고 난 건륭이 다가오는 아계를 향해 말했다.

"자네 쪽은 앞에 가리개가 없어서 많이 추웠지? 그나저나 자네 마음이 지금 오죽하겠나? 이 망원경은 자네가 가지고 있게. 사면팔방 잘 살펴야 할 것이니……."

건륭의 말이 떨어지자 왕렴이 아계에게 망원경을 건넸다.

"눈발이 점점 굵어지고 있사옵니다."

아계가 망원경을 받아들고는 다시 몇 마디를 덧붙였다.

"신은 화롯불이 있어 괜찮사옵니다. 그런데 폐하께서 계신 이곳이 더 추운 것 같사옵니다. 초저녁보다 추위가 점점 심해가오니 태후마마께서 더 이상 견디시기 힘들 것 같사옵니다. 감히 주청 올리건대 태후마마를 모시고 성루城樓 안으로 돌아가 계시는 것이 좋을 것 같사옵니다. 자시子時에 궁으로 돌아가기로 돼 있사오니 그 시각에 맞춰 다시 나오시어 마무리를 하시면 될 것 같사옵니다!"

건륭이 아계의 제안에 즉각 대답했다.

"짐은 별로 추운 줄 모르겠네. 워낙 열기가 뜨거우니 말일세. 태후마마도 방금 여쭤보니 견딜만하다고 하셨네."

아계가 거듭 아뢰었다.

"그래도 아직 자시가 되려면 멀었사옵니다. 잠깐 들어가셔서 화롯불이라도 쬐고 나오시는 게 좋을 것 같사옵니다. 아니 그렇사옵니까, 폐하?"

건륭은 아계의 고집을 익히 아는지라 순순히 자리에서 일어섰다. 그리고는 한마디 했다.

"자네 말을 듣지! 그리 하겠네!"

기윤과 우민중이 건륭의 시중을 들면서 성루 안으로 들어갔다. 건륭이 안으로 무사히 들어가는 순간 아계의 얼굴에 떠올라 있던 미소가 싹 사라졌다. 이시요가 도착해 천막 입구에 서 있었다. 아계가 이시요를 향해 따지는 것처럼 물었다.

"어찌해서 이리 늦었소?"

이시요가 황급히 변명을 했다.

"숭문문 쪽에서 몸싸움이 벌어졌다고 해서 잠깐 다녀오느라 늦었습니다. 그리고 방금 전 내무부에서 화친왕(홍주)마마와 스물넷째친왕(윤비)께서 돌아가셨다는 비보를 전해왔습니다. 그 소식을 지금 폐하께 아뢰어야 할지 어째야 할지 모르겠습니다. 소식을 전해온 사람은 아직 아래쪽에서 기다리고 있습니다!"

이시요는 말을 하다가 아계의 안색이 심상치 않다는 사실을 눈치 챘다. 그는 조심스럽게 이유를 물었다.

"무슨 일이라도 생긴 겁니까?"

"아래에서 누군가 성루를 향해 총을 쐈소!"

아계가 목소리를 낮춰 말했다. 이시요는 대경실색한 채 그 자리에 그만 굳어지고 말았다. 아계가 그런 그를 한쪽으로 잡아끌었다.

"정신을 차리시오. 이럴 때일수록 침착해야 하오. 아직 폐하께서는 이 일을 모르고 계시오. 내가 보기에 맞은편 천막 쪽에서 날아왔을 가능성은 희박하오. 그렇게 멀리서 쏜 것이 성루까지 닿을 리는 만무하거든! 성루 바로 밑에서는 폭죽 터뜨리는 것조차 금지시켰으니 아무도 감히 총 쏠 엄두를 못 냈을 테고……. 아무리 봐도 이 아래쪽에서 사자놀이를 하는 패거리들 중에 범인이 있는 것 같소!"

사색이 돼 있던 이시요가 그제야 정신을 추스르면서 점점 동쪽으로 멀어져 가는 사자놀이패를 무섭게 노려봤다. 그리고는 이를 악물었다.

"예리한 판단이십니다! 저자들은 총을 사자의 뱃속에 숨기고 있다가 기회를 노려 총을 쐈을 테죠. 그럴 가능성이 충분합니다. 염려하지 마십시오. 제가 당장 가서 잡아들이겠습니다!"

아계 역시 사자놀이패가 물러가는 방향을 무섭게 노려봤다. 명멸하는 폭죽 불빛에 비친 그의 얼굴에는 소름끼치는 냉소가 떠올랐다. 한참 후에야 그가 이빨 사이로 씹어뱉듯 말했다.

"그건 안 되오! 여기서 붙잡았다가는 더 큰 사달이 일어날 것이오. 사람을 시켜 바짝 따라붙다가 동편문 밖으로 나가 손을 쓰도록 하오!"

이시요가 대답했다.

"예, 그리 하겠습니다! 이럴 때 청방靑幇이 필요합니다. 청방에 곧 지시하겠습니다. 쫓아가서 일부러 시비를 건 다음 패싸움을 일으키라고요. 연후에 순천부에서 한꺼번에 잡아들이게 하면 됩니다. 아이고, 이런 개자식들! 기름 가마에 튀겨내도 시원치 않을 놈들!"

이시요가 이를 악문 채 독기를 뿜었다. 아계가 그러자 허허 짧은 미소를 머금었다.

"그대가 나보다 더 주도면밀한 것 같소! 어서 가보오!"

이시요는 성루 아래를 획 쓸어보고는 서둘러 아래로 내려갔다. 아계는 난간 옆에 서서 아래의 동정을 면밀히 주시했다. 이어 이시요가 다시 소식을 전해오기를 기다렸다. 아무것도 모르는 건륭이 다시 밖으로 나오지나 않을까 하는 걱정도 밀려왔다. 눈먼 총알이 또다시 날아들지 않을까 바짝 신경을 곤두세운 것은 물론이었다. 그랬으니 매번 폭죽과 불화살이 무더기로 날아오를 때마다 온몸의 모세혈관이 팽창하듯 긴장하지 않을 수 없었다. 다행히 더 이상의 총격은 없었다.

전루箭樓 안에서는 건륭이 계속해서 지방 관리들을 접견하고 있었다. 또 성루 위에서는 수백 명의 문무 관리들이 연화煙花와 화려한 등롱燈籠을 구경하느라 여념이 없었다. 여기저기서 쌩쌩 날아올라 밤하늘을 수놓는 불꽃들을 손가락으로 가리키는 사람들의 얼굴에는 환락이 넘쳐났다. 성루 아래에서도 인파들이 환호성을 지르며 기름 가마처럼 들끓고 있었다.

그러나 아계는 달랐다. 십 수만 명의 구경꾼들 중에서 유독 그만이 불안하고 초조한 표정을 지우지 못했다. 마음속으로는 이 자리가 빨리 끝나기를 수백 번도 넘게 기도하면서도 겉으로는 내색도 못했다. 그랬으니 속은 더 타서 재가 되는 것 같았다.

자시가 가까워졌을 무렵 심상찮은 움직임이 포착됐다. 숭문문 동쪽에서 갑자기 화염이 치솟은 것이다. 등롱을 내건 몇 개의 천막에서 동시에 불이 붙었다. 폭죽을 저장해둔 천막에도 불이 붙은 것 같았다. 불꽃이 무섭게 하늘로 치솟았다. 놀란 사람들의 그림자가 언뜻언뜻 불빛에 스쳤다.

아계는 망원경을 들어 내다봤다. 아비규환이 따로 없는 가운데 불을 끄는 이들도 있었으나 그 와중에 패싸움을 하는 한심한 무리들도 있었다. 그가 망원경의 각도를 조절해가면서 유심히 살피고 있을 때 태감 한 명이 쳇소리를 질러댔다.

"불이야, 불! 불!"

아계는 그 소리에 몸을 홱 돌렸다. 이어 두 눈을 무섭게 치켜뜨고 위협적으로 을러댔다.

"주둥이 닥치지 못해? 천리안으로도 아직 잘 안 보이는데 네놈의 눈은 올빼미 눈깔이냐? 대가를 놀라게 했다가는 곤장 맞아 뒈질 줄 알아!"

아계의 서슬에 혼비백산한 태감은 연신 자신의 따귀를 때리면서 용서를 구했다.

"이놈의 죄를 용서해주십시오, 중당 대인. 이놈이 뭘 몰라서 그만……."

"꺼져!"

아계가 벼락 치듯 고함을 질렀다. 태감을 쫓아내면서 보니 무슨 영문인지 몰라 어리둥절한 관리들이 더러 나와 있었다. 아계는 무섭게 일그러진 얼굴로 관리들을 쓸어봤다. 그는 나이가 원로라고 하기에는 그리 많지 않았다. 그러나 수년간 출장입상出將入相하면서 군정과 민정을 두루 살펴온 공신인지라 그의 신망은 부항에 버금갈 정도였다. 그런 그의 서슬 같은 눈빛을 받자 관리들은 마치 잘못을 저지른 아이처럼 어색해하면서 비실비실 물러갔다.

아계가 다시 망원경을 들고 보니 불길은 거의 잡혀가는 듯 했다. 더구나 정양문 쪽의 십 수만 인파는 멀리 숭문문에서 일어난 화재를 전혀 감지하지 못하는 것 같았다. 그나마 다행이라면 다행이었다. 망원경을 얼마나 오래 들고 있었는지 팔이 아플 지경이었다. 아계는 아픈 팔을 툭 떨어뜨리면서 길게 안도의 한숨을 토해냈다.

아계는 아무리 기다려도 이시요가 돌아오지 않자 사람을 보내 그를 찾아오도록 했다. 그리고는 건륭을 찾아 전루 안으로 들어가려고 걸음을 내딛었다. 성 아래에서 순찰을 돌고 오겠다고 허락을 받을 생각이었다.

때마침 건륭이 밖으로 나오면서 물었다.

"어디서 화재가 났었다고?"

"예."

아계가 침착한 태도로 공손히 대답했다. 순간 기윤, 우민중과 몇몇 태감, 시위들이 건륭을 에워쌌다. 그러자 아계가 조심스럽게 아뢰었다.

"동편문 서남쪽의 어느 폭죽가게에 불이 붙었사옵니다. 다행히 이시요와 곽지강이 제때에 진화작업을 벌인 덕에 큰 혼란은 없었사옵니다. 보시옵소서, 바로 저쪽이옵니다. 저쪽은 사람이 그다지 많지 않아 잠깐 혼잡을 빚었을 뿐이오니 크게 심려하지 않으셔도 되겠사옵니다."

아계가 말을 마치고는 서둘러 망원경을 받쳐 올렸다. 건륭이 웃으며 말했다.

"자네 보고를 들었으니 됐네. 참으로 다행이네. 사고가 나려고 했더라면 대형 참사가 빚어졌을 텐데……. 천막들이 다닥다닥 붙어 있는데 제때에 불길을 잡았으니 망정이지 아니면 등해燈海가 화해火海로 변하는 것은 순식간이 아니겠나!"

기윤도 나서서 입을 열었다.

"방금 전에도 몇몇 천막에서 불꽃이 보였사오나 곧 진화가 됐사옵니다. 신이 태후마마께 아뢰었듯이 이런 일은 해마다 등절이면 흔히 있는 일이옵니다."

그러나 우민중의 말은 퉁명스러웠다.

"예전에는 해마다 순천부에서 나왔으니 그랬다 치고 올해는 조정에서 직접 진두지휘를 했는데도 이 모양이니 원! 모두 다 준비가 철저하지 못한 탓입니다."

우민중의 말에 아계는 씁쓸하게 웃기만 했다. 그리고는 한마디도 대꾸하지 않았다.

아계가 외지에 있을 때였다. 기윤은 몇 번이고 서찰에서 우민중의 뒷담화를 한 바 있었다. "지나치게 엄숙嚴肅하고 너무 심할 정도로 모든 것을 일일이 살핀다"는 험담이었다. 말하자면 '가혹박정'苛酷薄情이라는 네 글자로 대신할 수 있었다. 아계는 그런 생각이 들자 앞으로 함께 얼굴을 맞대고 일할 날들이 은근히 걱정스러워지기 시작했다. 북경으로 돌아온 지 며칠밖에 되지 않았는데 벌써 우민중의 성격이 부담스러워졌던 것이다.

'이시요도 밑에서 치안을 유지하느라 나름 사력을 다하고 있을 거야. 그런데 말로라도 힘을 주지는 못할망정 강 건너 불 보듯 하고 잔소리만 하다니……'

아계는 그렇게 생각하면서 우민중을 바라봤다. 기분이 썩 좋지 않았다. 그렇다고 옳으니 그르니 하면서 입씨름을 벌일 상황도 아니었다. 일단은 꾹 참는 수밖에 없었다.

그때 다시 경양종 소리가 울렸다. 아계가 잠시 굳어졌던 얼굴에 억지로 웃음을 지으며 아뢰었다.

"태후마마, 황후마마와 여러 귀비마마들을 밖으로 모셔야겠사옵니다. 또 한바탕 장관이 펼쳐질 모양이옵니다!"

아계의 말이 떨어지기 무섭게 위가씨와 금가씨가 태후를 부축하며 조심스럽게 밖으로 나왔다. 뒤에는 황후 나랍씨의 모습도 보였다. 순간 대기하고 있던 창음각 공봉供奉들이 경쾌한 곡을 연주하기 시작했다. 힘차고 호쾌한 〈경승평〉慶昇平 가락이 울려 퍼지자 성 아래에서는 화답하듯 폭죽소리가 터져 나왔다. 오색찬란한 불꽃들이 또다시 하늘을 수놓기 시작했다. 처음에 잠깐 들리던 음악소리는 폭죽공장이 통째로 폭발하는 것 같은 요란한 폭죽소리에 이내 파묻히고 말았다.

동편문, 서편문, 광안문, 광거문, 좌안문, 우안문, 영정문 등을 비롯한 북경 곳곳에서는 그야말로 들끓는 인해人海, 화려한 등해燈海와 아름다운 화해花海의 향연이 펼쳐졌다. 밤하늘에 국화, 매화, 모란, 해바라기 등등 수많은 꽃 모양의 불꽃이 겹치고 퍼졌다가 사라지고 다시 피어올랐다. 모처럼 빈부귀천貧富貴賤과 사농공상士農工商의 구별이 없는 명절 광경을 연출했다고 할 수 있었다.

드디어 자시를 알리는 경양종이 울렸다. 끝이 없을 것처럼 이어지던 등불놀이도 화려한 대미를 장식하고 있었다. 우민중은 당직이라면서 군기처로 돌아갔다. 아계와 기윤은 대가를 천안문으로 배웅한 뒤에야 비로소 크게 안도의 한숨을 내쉬었다. 아계가 이마에 흥건한 땀을 훔치면서 기윤에게 말했다.

"드디어 대사가 무사히 끝나가는구면. 기윤 공도 그만 돌아가서 쉬시게. 이시요와 곽지강이 돌아온 것 같던데, 자초지종을 들어봐야겠어."

기윤도 천천히 입을 열었다.

"그럼 수고하게. 나도 편지를 몇 통 보낼 데가 있어. 급한 건 아니지만 오늘 어지를 받았으니 오늘 써두는 게 좋겠지."

말을 마친 기윤은 곧 자리를 떴다. 아계는 기윤이 떠나자 내일 건륭에게 오늘 일을 어떻게 아뢸 것인지 고민하며 잠시 생각에 잠겼다. 순간 회오리바람이 불어왔다. 눈꽃이 목덜미로 날아들었다.

아계는 밖을 내다봤다. 눈발이 점점 굵어지고 있었다. 수십 명의 수행 막료와 친병들이 눈을 하얗게 뒤집어 쓴 채 석상처럼 서 있는 모습이 보였다.

아계는 인파가 썰물처럼 빠져나가는 정양문을 내려다보고 있었다. 멀리서 몇 개의 등롱이 가까이 다가오는 모습이 보였다. 이시요, 곽지강과 순천부의 아역들이었다. 모두들 기진맥진한 몸을 무겁게 이끌고 터벅터벅 걸어오고 있었다. 아계는 그 자리에서 움직이지 않았다. 이어 그들이 가까이 오기를 기다렸다가 물었다.

"어찌됐소?"

이시요가 손을 비비면서 대답했다.

"무리들은 모두 열한 명이었습니다. 그중 일곱 놈을 붙잡았습니다. 청방이 아역들을 데리고 나머지 넷을 추격하고 있습니다. 압수한 조총 세 자루에는 탄약이 빼곡하게 장전돼 있었습니다."

"자백은 받아냈나?"

곽지강이 대답했다.

"아직 뻗대고 있습니다. '고시문에는 총을 소지하고 입성入城해서는 아니 된다는 조항이 없었지 않았느냐. 조총을 공중에 발사해 분위기를 고조시킬 생각이었는데 실수로 총알이 그리로 날아간 것 뿐이다……' 뭐 이런 식으로 발뺌을 하고 있습니다. 하지만 염려하지 마십시오. 이런 경우에는 자백을 받아내기가 그리 어렵지 않습니다. 나머지 넷도 곧 모두 잡아들일 수 있고요. 저것들도 오래 버티지 못할 겁니다! 등뼈가 부러질 정도로 곤장을 먹이면 술술 불어버릴 작자들인 걸요!"

아계가 꼭 다문 입에 힘을 주면서 고개를 끄덕였다.

"그럼 이 일은 자네 순천부에 맡기겠네. 오늘 밤 안으로 심문을 다

그쳐 반드시 주동자를 찾아내도록 하게."

아계가 덧붙여 물었다.

"우리 쪽에서는 사상자가 없었나? 불길이 제법 거센 것 같던데?"

이시요가 즉각 대답했다.

"두어 명이 몸싸움을 하다가 약간의 타박상을 입은 것 외에 다행히 큰 사고는 없었습니다."

"아무튼 중형重刑을 가해서라도 반드시 자백을 받아내야 하오."

아계가 단호하게 분부했다. 이어 다시 다짐을 하듯 이시요에게 말했다.

"이번 사건의 주동자를 반드시 찾아내야 하오. 교비教匪들의 장난인지 아니면 배후에 다른 세력이 있는지, 북경 한 곳에서만 시도한 건지 아니면 전국에서 동시다발적으로 거사했는지의 여부도 밝혀내야 하오. 특히 이자들이 군부대나 북경의 각 아문들과 결탁하지는 않았는지 여부를 밝히는 데에 역점을 둬야겠소. 나는 순천부로 가지 않고 형부에서 기다리고 있을 테니 취조를 하는 동안 시시각각으로 진척상황을 보고하도록 하시오."

아계는 마지막으로 이시요와 곽지강 두 사람을 힐끗 쳐다보고는 덧붙였다.

"수고들 하시오. 이런 일은 절대 시간을 끌거나 방심해서는 아니 되오. 나는 이자들이 북경 한 곳에서만 거사를 시도한 게 아닌 것 같아 심히 걱정스럽소. 남경에서도 비적들의 수상한 움직임이 포착됐다는 보고가 올라왔소. 산동도 지금 시끌시끌한 것이 모두 따로 떼어놓고 볼 수 없는 사안이라는 얘기요."

이시요가 의견을 피력했다.

"방금 말씀하신 부분은 중당께서 내일 폐하께 소상히 아뢰시는 게 바람직할 것 같습니다."

아계가 가타부타 말이 없자 이시요가 덧붙였다.

"그자들이 성루를 향해 총질을 할 때 성루에는 수백 명의 문무 관리들이 있었습니다. 이 사실을 중당 혼자만 알고 있는 게 아니라는 얘기입니다. 군기처도 하나로 뭉치던 예전과는 많이 달라졌습니다. 각자 따로 노는 경향이 있습니다. 중당께서 먼저 아뢰시어야 폐하의 판단에 혼선을 빚지 않으실 수 있다고 생각합니다."

아계는 잠자코 이시요의 말을 듣고 있었다. 그 순간 갑자기 '우민중'이라는 이름 석 자가 머릿속을 빠르게 스쳐 지나갔다. 그는 사건이 어느 정도 정리되기를 기다렸다가 보고하려고 했던 당초의 생각을 바로 뒤집어엎었다.

"고맙소. 안 그래도 내일 아뢰려던 참이었소. 군기처에 대해서는 그대가 좀 잘못 알고 있는 것 같소. 장정옥, 눌친 대인부터 부항 대인에 이르기까지 군기처는 처음부터 여러 군기대신 각자의 색깔이 뚜렷한 곳이었소. 근래에 와서 변한 것은 아니라는 얘기요. 내일 아침 진시辰時에 패찰을 건네고 뵙기를 청할 거요. 서화문 입구에서 그대들의 답을 기다리겠소."

방금 전에 '형부'에서 기다릴 거라고 했다가 다시 '서화문'이라니? 곽지강은 아계의 말에 종잡을 수 없다는 듯 멍한 표정을 지었다. 그때 이시요가 옆에서 몰래 곽지강의 옷자락을 잡아당겼다. 아무것도 따지지 말라는 의미였다.

건륭과 황태후, 위가씨는 모두 옹염을 걱정하고 있었으나 정작 옹염 본인은 그 누구도 생각할 여유가 없었다. 그는 왕이열, 인정자(임계발), 칼국수집 노씨의 딸 혜아와 함께 연주부袞州府에 도착한 뒤 흠차행영을 마련해 놓고 즉각 평읍현으로 미복微服 실사를 떠났다. 연주부에서 평읍현까지는 육로로 240리 길이었다. 노새를 타고 가기로 하는 결정은 어렵지 않게 내려졌다.

옹염과 왕이열은 조장莊으로 석탄을 사러 가는 행상 차림을 했다. 처음에는 그런대로 무사 무탈했다. 그러나 사하泗河를 지나 평읍현 경내에 들어서자 분위기는 크게 달라졌다. 관도官道에는 혼자 길을 가는 행인들을 전혀 찾아볼 수가 없었다. 가끔 보이는 사람들은 적게는 열댓 명, 많게는 백여 명씩 무리를 지어 다니고 있었다. 심지어 바지 아랫단을 질끈 동여 묶고 칼이나 몽둥이, 조총 따위를 소지한 채 마차를 호위하는 가정家丁과 종복從僕들도 심심찮게 보였다. 저마다 눈썹을 치켜 올리고 황소 같은 눈을 부릅뜬 것이 무척 험악한 인상들이었다. 가끔 길을 물어봐도 마치 비적들을 대하듯 흰자위를 무섭게 희번덕거리면서 경계를 하는가 하면 심지어 흉기를 빼어들고 과잉반응을 보이는 경우도 있었다.

산골짜기와 강변에 드문드문 보이는 촌락은 사람들이 모두 죽어나간 듯 황량하고 쓸쓸했다. 마을 골목에도 뛰어 노는 아이 그림자 하나 없었다. 집집마다 대문을 무겁게 닫아걸고 있었다. 가끔씩 들려오는 컹컹대는 개 짖는 소리만이 사람이 사는 곳임을 알게 해주었다.

일행은 마을 우물가에서 몇몇 노인들을 만나 마을의 상황에 대해 물었다. 그러나 노인들은 우물쭈물하며 속 시원한 대답을 회피했다. '현아문이 아수라장이 돼버리고 현령이 대들보에 목을 매 죽었다', '현령의 가솔들도 전부 죽임을 당했다'는 것 같은 흉흉한 소문만 알려줄 뿐이었다. 심지어 '귀몽정龜蒙頂의 공龔 채주寨主가 이미 현성縣城을 점령했다'느니 '조정에서 이미 복강안이라는 대장군을 파견했으니 평읍현은 조만간 사람과 가축의 씨가 마를 수밖에 없다'는 등의 어처구니없는 소리도 들렸다. 한마디로 평읍현은 곧 큰 변을 당할 것이라는 요언이 난무하고 있었다.

사실 여부는 확인할 수 없었으나 일행은 그런 소문에 마음이 무겁고 불안했다. 특히 왕이열은 평읍현 성이 가까워질수록 앞날의 길흉을 점칠 수 없다는 생각 때문에 긴장을 늦추지 못했다. 그래서였을까, 노새도 그런 생각에 지쳤는지 무거운 발걸음을 겨우 떼어놓고 있었다.

이윽고 눈앞에 자그마한 마을이 나타났다. 인정자, 즉 임계발은 해를 보고 시간이 얼추 오후 두 시쯤 된 것 같다고 생각했다. 곧 노새의 고삐를 잡아당기면서 말했다.

"열다섯째마마! 왕 사부님! 더 이상 앞으로 나갈 수 없을 것 같습니다."

임계발의 말에 옹염을 비롯한 세 사람이 일제히 고삐를 잡아당겼다. 그러고 보니 일행은 두 시간 동안 아무런 말도 나누지 않은 채 묵묵히 길만 재촉했던 것이다. 그런데 앞으로 더 갈 수 없다니? 임계발의 말에 모두들 놀란 기색이 역력했다. 옹염은 볼의 근육까지 움찔거렸다. 그러나 여전히 아무런 말도 없이 임계발만 뚫어지게 바라보고 있었다.

안색이 약간 창백해진 임계발이 동쪽을 가리켰다.

"저기 보이는 동네는 일명 악호촌惡虎村이라는 곳입니다."

흉악한 호랑이가 도사리고 있는 마을이라……. 옹염 일행은 이름 석 자만 들어도 모골이 송연해지는 느낌을 받았다. 아무려나 일행이 임계발의 손길을 따라보니 그곳에는 깎아지른 듯한 산 두 개와 하늘로 이어지는 것처럼 아찔한 천애의 절벽이 있었다. 양의 창자처럼 좁은 산길 옆에 시커멓고 우중충한 마을 하나가 엎드려 있었다. 마을 입구에는 호랑이 털 무늬처럼 얼룩덜룩한 색깔의 바위가 있었다. 바위에 주먹만 하게 적힌 글씨가 한눈에 안겨왔다.

惡虎石
악호석

척 보기만 해도 굶주린 호랑이의 쩍 벌어진 뻘건 입이 연상돼 오싹 소름이 끼치는 글씨였다. 누가 썼는지 낙관은 보이지 않았다. 아무래도 악호촌이라는 이름은 이 바위에서 유래된 것 같았다.

"산세가 얼마나 가파른지 한번 보십시오."

임계발이 옹염의 곁에 바싹 달라붙으면서 떨리는 목소리로 말을 이었다.

"여기서 동쪽으로 사십 리만 더 가면 평읍입니다. 남으로 가면 성수욕聖水峪, 동남쪽에는 포독고抱犢崮라는 곳이 있습니다. 동북 방향으로 육십 리를 더 가면 바로 귀몽정龜蒙頂이고요. 어느 쪽으로 가더라도 갈수록 길이 좁아지고 천험天險을 방불케 하는 산세가 가로막고 있을 것입니다. 어떤 곳은 전부 단애절벽斷崖絶壁이라서 평소에도 혼자라면 감히 이 길을 택하는 사람은 없습니다. 이 지역의 촌락은 반 이상이 비적들입니다. 산채 두목과 내통하고 있는 것은 말할 것도 없고 집집마다 엽총과 조총을 소지하고 있다고 합니다. 외부로부터 스스로를 보호하기 위한 수단이라고 하지만 먼저 상대를 공격하는 일도 심심찮게 일어난다고 합니다. 오죽하면 이런 말까지 있겠습니까? '악호촌을 지날 때는 절대 혼자서 가지 마라. 낮에는 야수가 길 복판에 누워 있고 밤에는 비적들이 출몰한다!' 저같은 놈이야 무슨 일을 당한다 하더라도 먼지처럼 흩어지면 그만이지만 황자마마와 사부님은

존귀하신 분들인데 군이 이런 위험을 감수하실 필요가 있겠습니까?"

옹염은 임계발의 말이 끝나자 험악한 산세를 올려다봤다. 눈썹이 파르르 떨렸다. 그는 천천히 고개를 돌려서 오던 길을 돌아봤다. 평탄한 역도에는 인적 하나 보이지 않았다. 한참 침묵하고 있던 옹염이 드디어 단호하게 내뱉었다.

"무슨 일이 있어도 나는 평읍으로 갈 거야! 여러분은 무서우면 혜아를 데리고 다시 연주부로 돌아가. 나는 오늘밤 이곳 진내 역관에서 자고 내일 아침 일찍 일어나 걸음을 재촉하겠어. 그러면 내일 낮에는 평읍에 도착할 수 있을 거야."

그러자 혜아가 말했다.

"저는 열다섯째마마를 따라 갈래요! 오면서 피난길에 오른 부자들을 여럿 만났지만 길에서 강도를 만났다는 얘기는 한 번도 못 들었잖아요. 우리는 딱 봐도 가난뱅이 차림인데 누가 이렇게 환한 대낮에 우리를 건드리겠어요?"

임계발이 혜아를 흘겨보면서 말했다.

"나도 열다섯째마마를 따라가지 않겠다는 얘기는 하지 않았어. 내 말은 이런 위험한 곳에서는 조심을 하는 게 좋다 이거지! 이름 그대로 여기는 '악호촌'이야, 악호촌! 우리 사부님은 왕년에 이곳에서 비적들과 한판 목숨을 건 사투를 벌였었어. 나도 공로를 세워 시위의 요패腰牌를 차보고 싶어. 계집애가 뭘 안다고 그래!"

왕이열이 심각한 표정으로 두 사람의 토닥거리는 소리를 듣고 있다가 험한 산세에 둘러싸인 진내를 둘러보면서 무겁게 입을 열었다.

"정신 사나워 죽겠네! 싸우지들 마. 내가 점괘를 본 다음에 결정하지."

그러자 혜아가 눈을 동그랗게 뜨며 물었다.

"사부님께서는 점괘를 보실 줄도 아세요? 그런데 무엇으로 점을 보세요?"

왕이열이 미소를 머금으면서 대답했다.

"시초蓍草라는 거야. 공문孔門에서 널리 사용되던 방법이야."

왕이열은 말을 마치고는 품속에서 자그마한 유포油布 꾸러미를 꺼냈다. 안에는 가지런하게 잘라 끈으로 묶어놓은 시초가 들어 있었다. 모두 64개였다.

그는 땅바닥에 유포를 펼쳐 놓았다. 이어 잠시 생각하고는 시초를 전부 손바닥 위에 올려놓았다. 곧 그것을 위로 훌쩍 던졌다. 옹염은 사방으로 흩어진 시초의 모양을 한참 들여다보다가 문득 전에 기윤에게서 잠깐 배웠던 것이 생각났는지 시초를 가리키면서 말했다.

"이거 혹시 '무망괘'無妄卦 아니에요?"

"맞습니다, 열다섯째마마! 정확하게는 〈무망〉의 괘입니다."

왕이열이 숨을 길게 들이마시면서 덧붙였다.

"앞으로 가도 신변에는 큰 위험이 없을 것 같습니다. 유경무험有驚無險한 괘상卦相입니다. 조심하면 무사할 테지만 망동하면 재앙이 따를 거라는 식으로 풀이할 수 있습니다."

옹염은 《역경》易經에 따른 해석은 민간의 허황된 귀신놀음과는 다르다는 생각을 갖고 있었다. 그래서 왕이열의 말을 믿지 않을 수 없었다. 그는 자신의 결단을 기다리는 왕이열과 임계발을 향해 말했다.

"나는 어떤 경우에도 대의명분을 따르지 '망동'妄動은 하지 않는다고 자부할 수 있는 사람입니다. 내가 모든 책임을 질 테니 일단 평읍으로 출발합시다!"

사실 옹염이 그렇게 자신만만한 데는 다 그럴 만한 이유가 있었다. 그는 평읍성 밖에 2000명이 넘는 군사가 주둔해 있다는 사실을 염두에 두고 있었던 것이다. 사실 2000여 명 정도면 비적들을 소탕하는 데는 역부족일 수도 있었다. 그러나 적어도 피해는 입지 않을 수 있었다.

더구나 평읍의 비적을 소탕하는 데는 복강안이 선두에 나설 것이니 자신은 옆에서 적당히 '거들'기만 해도 절반의 공로를 챙길 수 있으리라는 계산도 없지 않았다. 복강안이 승리의 상주문에 '옹염'이라는 이름만 걸어놓으면 '열다섯째황자'는 단번에 여러 황자들 중에서 단연 군계일학의 현혁顯赫함을 자랑할 수 있을 것이 아닌가! 그러니 그 어떤 위험을 감수하고서라도 일단 평읍으로 가는 것이 옳았다. 애초에 '연주부'를 고집한 것도 '평읍'을 염두에 둔 것이었으니 여기까지 와서 평읍행을 포기한다는 것은 말도 안 되는 일이었다.

물론 옹염은 그런 속내를 다른 사람에게 솔직하게 털어놓을 수는 없었다. 그래서 스스로 공명정대하다고 생각되는 부분만 골라서 말했다.

"평읍에서 난리를 겪는데 내가 지척의 연주부에 있으면서 코빼기도 내밀지 않으면 폐하께서 나를 어떻게 생각하시겠어요? 그때 가서 훈책을 당하면 대답할 건더기조차 없겠죠. 오천 명의 대폭동이 아니라 어느 현에 자그마한 소동이 일어났다고 해도 밤잠을 설치시는 폐하이십니다. 지금 이 순간에도 얼마나 노심초사하고 계실지 모릅니다. 반드시 폐하의 성려聖慮를 덜어드려야 합니다!"

얼핏 듣기에는 대의명분이 뚜렷한 말인 것 같았다. 그러나 왕이열은 옹염의 속셈을 어렴풋이 짐작할 수 있었다. 다만 일부러 내색하지는 않았다. 결국 에둘러 말했다.

"뜻이 가상하시고 폐하와 종묘사직을 위한 충정이 돋보이십니다, 열다섯째마마! 그리 결심을 굳히셨다면 마마의 뜻대로 오늘밤은 이곳 악호촌에 머물렀다가 내일 평읍으로 출발하도록 합시다!"

혜아도 한마디 거들었다.

"내일 평읍에 들어갈 때는 흠차의 깃발을 꺼내들고 친병들의 호위를 받으면서 안전하게 가는 게 낫지 않을까요?"

옹염이 빙그레 웃었다.

"나는 이참에 임계발에게 공을 세울 기회를 줄까 하네. 이번에 공로를 세우면 기적旗籍에 들여 시위 자리라도 하나 만들어줄 텐데······."

옹염의 말에 정신이 번쩍 든 임계발이 두 눈을 반짝이면서 씩씩하게 말했다.

"지켜봐 주십시오. 제가 필히 마마의 기대에 부응해 큰 공을 세울 것입니다!"

"뜻이 이뤄지기를 바라겠네."

옹염은 웃음 띤 얼굴로 노새에 오르더니 채찍을 날렸다. 왕이열이 서둘러 뒤따라가면서 말했다.

"평읍의 소동을 제때에 잠재우지 못할 경우 조정이 어수선해지는 것은 물론이고 비적들 내부에서도 혼란이 야기될 것입니다. 아직까지 그자들은 재물을 약탈하면 했지 사람을 납치한 일은 없었습니다. 하오니 임계발은 부득이한 경우가 아니고서는 절대 살인을 해서는 안될 것입니다. 비적들을 만나면 원하는 대로 다 줘버리고 불필요한 마찰을 피해 가는 것이 현명할 것 같습니다."

옹염이 왕이열의 말에 흔쾌히 동의했다.

"지당하신 말씀입니다. 물건보다 목숨을 우선순위에 놓는 것이 지당하죠. 원하는 걸 두말없이 내주는 게 신상에 이로울 테죠."

옹염은 말은 그렇게 하면서도 길흉을 점칠 수 없는 앞길을 생각하자 긴장이 되는지 한숨을 푹 내쉬었다. 왕이열이 혜아에게 분부했다.

"좀 있다가 열다섯째마마의 흠차 관방關防을 네 신발 안쪽에 기워 넣거라. 인장印章은 항상 잘 지니고 있어야 한다. 나머지 노란색 물건들은 전부 소각하거라. 명심해, 너의 목숨을 내놓는 한이 있더라도 열다섯째마마의 신변은 반드시 보호해드려야 한다. 그리고 인장도 반드시 사수해야 한다."

혜아가 즉각 대답했다.

"저도 얼굴에 숯검정을 칠할까요? 아니면 남장을 할까요? 그렇게 말씀하시니 괜히 무서워지네요!"

왕이열은 아무런 대꾸도 하지 않았다. 일행은 말없이 길을 재촉해 악호촌으로 들어섰다.

옹염은 마을에 들어서기 전에는 생사의 갈림길에 내몰린 것처럼 두려웠다. 그러나 막상 들어오고 보니 오히려 홀가분해졌다. 악호석惡虎石이 마을 어귀에 떡하니 버티고 있어 겉보기에는 무척 흉흉한 느낌이 들었으나 마을은 예상외로 아늑한 분위기가 흘렀다. 마을 한가운데에는 맑은 냇물이 졸졸 흐르고 있었다. 외지 사람들은 이곳을 진내라고 불렀으나 실은 200호도 되나마나한 작은 마을이었다.

길에 행인이 별로 보이지 않아 마을 전체는 고즈넉했다. 오는 길에 지나왔던 다른 마을 사람들은 말 몇 마디 붙이기 무섭게 낯빛이 변하거나 전염병 환자를 피하듯 도망갔으나 이곳 사람들은 그렇지 않았다.

마을길을 따라 들어가면서 보니 양옆의 자기, 비단, 객잔 가게들과 음식점들은 한창 영업 중이었다. 비단옷 차림을 한 팔자걸음 신사, 석탄을 나르는 인부들, 수레에 코흘리개들을 싣고 가는 노인네, 연초와 엿, 사탕 등 여러 가지 먹거리를 파는 아낙에 이르기까지 여러 부류의 사람들이 있었다. 멀리 북쪽 비탈에서는 방목을 하는 목동의 한가로운 피리소리가 들려오고, 냇가의 빨래터에서는 삼삼오오 모여 앉은 아낙네들의 흐드러진 웃음소리도 간간이 들려왔다. 어디를 보나 '난리'가 난 현성과 40리밖에 떨어지지 않은 동네라고는 믿기 힘든 풍경이었다.

네 사람은 어디 하룻밤 쉬어 갈 만한 곳이 없을까 두리번거리면서 주위를 살폈다. 일행은 서쪽에서 동쪽으로 마을을 한 바퀴 돌았다. 그러나 객잔마다 빈방은 하나도 없다고들 했다. 이러다 밖에서 노숙하는 건 아닌가 낙심하던 차에 겨우 마을 끝자락에서 객잔 하나를 찾았다.

마당에 석탄수레가 어지럽게 세워져 있는 걸 보니 오가는 인부들이 머물러 가는 곳 같았다. 갈대로 엮은 거적에 흙을 발라 '벽'이라고 세워놓은 것이 당장이라도 허물어질 것처럼 위태로워 보였다. 보통의 객잔 구조와 달리 앞마당에는 식당도 없었다. 대충 허기를 달래려면 이곳에서 주는 대로 먹어도 되지만 고기 한 점이라도 먹으려면 큰길로 나가야 할 것 같았다.

일꾼은 일행 넷을 북쪽 큰방으로 안내했다. 연기에 시커멓게 그을린 벽과 볼썽사납게 떨어진 창호지, 대들보와 벽 모퉁이에 잔뜩 걸린 거미줄, 침대랍시고 대충 주워놓은 것 같은 목판…… 옹염의 미간이 찌푸려졌다. 일꾼은 마뜩치 않아 하는 옹염을 보고 피식 웃었다.

"이런 방도 없어서 야단입니다. 성 동쪽 잡화점의 도澤 나리께서 미리 예약해 두셨던 방인데, 갑자기 일이 생겨 못 오는 바람에 남은 겁니다. 며칠 묵어가실 거면 내일 저희들이 손을 좀 봐드리겠습니다. 마음만 먹으면 신방新房으로 만드는 것은 일도 아니죠! 음식은 주문만 하시면 저희들이 단골집으로 가서 맛있는 걸로 차려 올리겠습니다."

"우리는 하룻밤만 묵어갈 거네."

임계발은 본능적으로 방 구석구석을 유심히 살폈다. 유사시 뛰쳐 나갈 수 있는 출구를 찾기 위해서였다. 이어 그가 일꾼에게 말했다.

"먼저 얼굴이나 씻게 더운물이나 가져다주게. 밤에는 추울 테니 화롯불도 들여보내 주고. 빗자루를 주면 방바닥은 우리가 직접 쓸겠어. 기분이 내키면 내일 나갈 때 방값을 배로 지불할 수도 있으니 알아서 하게!"

그때 옆방에서 술에 취한 사내들의 요란한 웃음소리가 들려왔다. 차마 입에 담지 못할 말로 "어젯밤 그년!"을 운운하는 소리에 임계발이 물었다.

"옆방에 든 이들은 뭘 하는 사람들인가?"

일꾼은 목소리를 한껏 낮춰 대답했다.

"현성縣城에서 내려온 군인들입니다. 모르고 계셨나 보죠? 외지에서 굴러들어온 왕염王炎이라는 자가 현아문을 들이부수고 귀몽정의 공 채주와 한통속이 돼 평읍현을 아수라장으로 만들어버렸다는 거 아닙니까! 조정에서 관군을 풀었어도 역부족인가 봐요. 비적들이 다른 곳으로 잠입하는 걸 방지하기 위해 관군은 성省에 인력지원을 요청했다고 하네요. 각 길목에 초소를 세우고 병사들도 풀었다고 합니다. 우리 마을에도 이십여 명이 파견돼 왔는데, 지금 저희 객잔에 머물고 있어요. 좋은 방은 현성의 재주財主들이 죄다 차지했다고 잔뜩 부어 있는 상태이니 가능한 한 저들의 심기를 건드리지 않는 게 좋을 거예요!"

일꾼은 물러갔다. 옆방에서는 과부를 범하고 비구니를 데리고 잔과거의 '무용담'이 여전히 한창이었다. 한참 들으니 구역질이 나서 참을 수가 없었다. 옹염과 왕이열은 물론 혜아도 얼굴이 빨개졌다. 일꾼의 말만 아니었어도 그만 좀 하라고 제지하려 들었겠으나 가급적

'긁어 부스럼' 만드는 일만은 피하려고 모두들 두 손으로 귀를 틀어막고 말았다.

왕이열이 한탄했다.

"저런 무식하고 상스러운 자들에게 해마다 수백만 냥의 군비를 소모하다니!"

임계발이 어쩔 수 없다는 듯 말을 받았다.

"참는 수밖에요. 이런 곳에서 만나는 군인들이 점잖고 유식하기를 바라겠습니까?"

그 사이 일꾼이 낑낑대면서 화롯불을 들여왔다. 옆구리에는 빗자루를 끼고 있었다. 임계발이 일꾼을 거들어주면서 물었다.

"오면서 본 다른 마을들보다 조용하다 싶었는데 주둔병들이 있어서 그런가 보지?"

"저것들이요?"

일꾼이 옆방을 쏠어보면서 목소리를 낮췄다.

"비적들이 쳐들어오면 제일 먼저 도망갈 것들이에요! 우리 마을이 삼십 년 동안 비적들로부터 무사했던 건 좋은 이름 덕분이죠!"

네 사람은 일찌감치 자리를 펴고 피곤한 몸을 뉘이고 싶었다. 그러나 옆방에서 어찌나 시끄럽게 떠드는지 결국 참지 못하고 밖으로 나오고 말았다. 이어 마을의 골목을 걸으면서 경치를 구경했다. 또 사람이 없는 곳에서는 복강안이 어디쯤 왔을까 하고 의논도 했다. 촌부들을 만나면 몇 마디 주고받기도 했다. 그렇게 그들은 날이 완전히 어두워질 때까지 방황 아닌 방황을 했다. 돌아와 보니 다행히 옆방에서는 코고는 소리만 요란할 뿐 더 이상의 음담패설은 들리지 않았다.

네 사람은 자리에 눕기 바쁘게 잠에 곯아 떨어졌다. 그러나 한밤중에 때 아닌 소란에 놀라서 깨고 말았다. 밖에서는 말다툼 소리와 여인네들의 울음소리가 뒤섞여 시끌벅적했다. 비몽사몽인 넷은 갑자기 찰싹 따귀 때리는 소리와 뭔가 쿵 넘어가는 소리에 화들짝 놀라 침대에서 튕기듯 일어났다.

임계발이 잽싸게 문 앞으로 다가가 바깥 동정을 엿들었다. 소란의 진원지는 역시 옆방인 것 같았다.

여인들의 울음소리가 멎고 잠시 침묵이 흘렀다. 이어 거친 목소리가 벼락같이 터져 나왔다.

"내가 무슨 이유로 사람을 붙잡아 가느냐고? 너희들은 집단 도박을 했어. 기생을 끌어들여 음탕한 짓거리도 했어!"

"이보세요, 군인 나리!"

잠시 후 남자의 떨리는 목소리가 들려왔다.

"기생이 아니라 우리 일가입니다. 밤은 길고 심심하니 식구들끼리 잠깐 작패놀이를 했을 뿐입니다. 그…… 그게 무슨 죄가 된다고 그러십니까? 여기는…… 내 마누라고, 얘는 내 여동생이고……, 소성小星이와…… 매향梅香이는 둘 다 하녀입니다. 외부인은 없습니다……."

그러나 거친 목소리는 남자의 말허리를 싹둑 잘라버렸다.

"아하! 거지같은 놈이 계집 복은 예사롭지 않구먼! 늙은 년이나 새파란 년이나 다 꽤나 먹음직해 보이는데?"

이어 다른 누군가가 으름장을 놓았다.

"일가라고 했는데, 증인이 있어?"

"나리, 저희들은 현에서 피난을 온 사람들입니다. 어디 가서 증인을 찾겠습니까?"

"대장, 이 자식의 말은 들을 필요 없습니다! 한집 식구라면 우리가 들어갔을 때 왜 침대 밑으로 숨었어?"

"그건…… 그건 비적들이 쳐들어온 줄 알고 무서워서 그랬을 뿐입니다.”

그러자 사내가 으르렁대면서 다시 협박을 했다.

“네놈하고 입씨름할 시간 없어! 계집들은 남겨 놓고 은자 스무 냥만 가지고 와! 그럼 풀어줄 테니!”

28장
미복 차림의 황자와 무릉도원

도박을 하다 덜미를 잡힌 사내가 더듬거리면서 애걸했다.

"나, 나, 나리! 그 정도의 은자는 있습니다. 강도들에게 빼앗길까봐 전장錢莊에 맡겨졌습니다. 내일 아침 날이 밝자마자 가서 가져오겠습니다……."

그러자 군인이 낄낄거리며 웃음을 흘렸다.

"안 될 거야 없지! 돈은 내일 가져와도 되고 모레 가져와도 상관없어. 대신 계집들은 남겨놓고 가라 이거지, 헤헤헤. 일단 돈을 가지고 와서 찾아가!"

군인의 말에 무리들은 열띤 어조로 호응했다.

"역시 곽 대장이십니다! 계집들만 남겨둔다면 모레가 아니라 글피, 그글피라도 아쉬울 게 없지 않습니까, 하하하……."

옹염은 그제야 비로소 군인들이 도박이라는 죄명을 덮어씌워 재물을 약탈하고 부녀자를 겁탈하려 한다는 사실을 알아차렸다. 백성들을 지켜준다는 자들이 비적들보다 열 배나 더 나쁜 짓을 하면서 돌아다니다니! 옹염은 속으로 이를 갈았다. 산동山東 녹영병綠營兵(청나라 초기 투항한 명나라 군대를 개편해 조직한 부대로, 녹기綠旗를 영營의 표시로 삼았기 때문에 녹영병이라고 하였다. 온전히 한인漢人으로 충원되었고, 주로 군사 요충지의 수비를 맡았다)들의 군기가 이 정도로 썩어 있을 줄은 꿈에도 몰랐다.

그러나 옹염의 분노에도 아랑곳하지 않고 옆방에서는 부녀자들을 희롱하는 음담패설이 여전히 한창이었다. 그 소리를 듣고 있는 옹염은 더욱 화가 치밀었다. 급기야 분노로 손끝이 얼음장처럼 차가워질 정도였다.

그러나 마땅히 어찌할 방법도 없었기에 잠시 망설이고 있었다. 그때 상인의 부인인 듯한 여인이 울음을 터뜨렸다. 세 여인 역시 따라서 서럽게 훌쩍거렸다. 이어 목 놓아 울던 부인이 남정네를 원망하는 목소리가 들렸다.

"아이고, 빌어먹을 영감탱이가 마누라 말을 안 듣더니 꼴좋게 됐네요! 그러게 내가 뭐라고 했어요? 현성縣城에 있는 언니네 집에 갔더라면 좀 좋았겠어요? 가난한 언니에게 은자 몇 냥 주고 그곳에 묵으면 서로 도움도 되고 좋지 않겠느냐고 했잖아요! 왕염에게 잡혀간들 이보다 더 비참할까? 비적들도…… 이 정도로 막무가내는 아니라고요. 마누라 말은 개방귀 취급을 하더니 꼴좋네요!"

옹염 일행은 다시 귀를 기울였다. 사내의 목소리가 다시 들려왔다. 그러나 더 이상 애걸복걸하는 말투는 아니었다.

"나리! 이렇게 만난 것도 인연입니다. 그런데 어째서 죄 없는 우리를 이다지도 괴롭히는 겁니까? 나 교가서喬家瑞가 평읍에서 그리 별

볼 일 없는 사람이 아닙니다. 얼마 전에 죽은 현령 진영陳英은 우리 사촌형입니다. 연주부兗州府의 유희요劉希堯 진대鎭臺는 나하고 의형제를 맺은 사이고요. 관리의 친척이라는 신분만 아니었다면 우리 일가는 평읍을 뜨지 않았을 겁니다. 내가 말하는 둘 중 하나를 택하든가, 아니면 오늘밤 우리 일가족 다섯을 모두 죽여 버리든가 하세요. 단, 죽일 거면 몽땅 죽여주세요. 후환을 남기지 말고!"

사내는 죽음을 각오했는지 애걸복걸 손이 발이 되게 빌던 때와는 달리 당당하게 나왔다. 군인들은 무척 놀란 듯 잠시 조용했다. 잠깐의 침묵 끝에 곽아무개가 히죽 웃으면서 입을 열었다.

"얼씨구, 제법인데? 지금 우리를 위협하는 건가? 죽은 사람 소원도 들어준다는데, 산 사람 소원을 못 들어주겠나? 그래 두 가지가 뭔데? 말해봐!"

교가서가 대답했다.

"첫째, 내가 오십 냥짜리 차용증을 써줄 테니 우리를 풀어주시오. 둘째, 내가 인질로 남아 있을 테니 나머지 식솔들은 보내주시오. 이들에게 내일 아침까지 은자를 가져오게 하는 거요. 역시 오십 냥이오. 두 가지 모두 내키지 않는다면 방금 말했던 대로 마음대로 하시오!"

교가서의 말에 병사들끼리 의견을 주고받는 듯 잠시 수군거리는 소리가 옆방까지 들려왔다. 이어 곽아무개가 나섰다.

"그럼 백 냥짜리 차용증을 써놓고 가. 정 억울하면 우리를 물어버리든지. 분명히 말해두는데 그랬다가는 너희 일가는 모두들 뼈도 못 추릴 줄 알아! 우리는 이곳 치안을 유지해주러 왔으면서도 위로금 한 푼 못 받았어. 그러니 네놈과 같은 자들에게 손을 대지 않을 수 없어. 그러지 않으면 계집 생각이 나면 벽에 대가리를 박으면서 참고,

술 생각이 나면 양잿물을 퍼마시라는 얘기야?"

완전히 일리 없는 말은 아니었다. 방안에 있는 네 사람은 숨죽인 채 계속해서 그들의 대화를 엿들었다.

곧 옆방에서 구겨진 종잇장을 펴는 소리와 먹을 가는 소리가 들려왔다. 이어 교가서가 차용증을 쓰고 지장을 찍는 듯 부스럭대는 소리가 나더니 잠시 후 쾅! 하고 문을 여닫는 소리가 들렸다. 교가서가 가솔들을 데리고 나가는 것 같았다.

여인네들의 울음소리가 멀어져 가자 옹염 등 넷은 그제야 안도하면서 다시 자리에 누웠다. 그때 옆방에서 곽아무개의 목소리가 들려왔다.

"다 거뒀어? 모두 얼마나 돼? 오씨, 계산해봤어?"

"거의 다 거뒀습니다. 교가서의 돈까지 합치면 사백 냥이 좀 넘습니다."

오아무개라는 자가 기분 좋은 목소리로 대답했다.

"하룻밤씩 묵어가는 자들, 저것들 같은 경우에는⋯⋯."

오아무개는 아무래도 턱짓으로 옹염 일행이 머문 옆방을 가리키는 것 같았다.

"⋯⋯받기가 좀 그렇잖아요. 대장께서 말씀하셨듯이 안 좋은 소문이 새어 나가면 그것도 골치 아플 거 아니에요?"

오아무개의 말이 끝나기도 전에 곽아무개가 씨부렁댔다.

"됐어! 착한 일을 하려면 절에나 가서 처박혀 있어! 내가 알아봤는데 이자들은 신분증도 없어. 은자는 백 냥이나 맡겨 놨다는군. 그러나 정확한 신분을 알기 전에는 섣불리 손을 쓸 수 없어!"

옹염 등 네 사람은 거의 동시에 벌떡 일어나 앉았다. 다음 목표는 우리라는 말인가! 순간 넷의 얼굴에는 가슴이 얼어붙는 듯한 긴장감이 어렸다. 어둠 속에서 서로를 번갈아 보는 눈빛에는 공포도 서려 있었다. 왕이열이 가장 먼저 입을 열었다.

"임계발, 불 좀 켜봐!"

그러자 옆방에서 기다렸다는 듯 곽아무개의 괴괴한 웃음소리와 비아냥대는 목소리가 들려왔다.

"허! 나하고 한판 붙어보시겠다 이건가? 불을 켜면 누가 무서워할 줄 알고? 쳐들어가!"

곽아무개의 말이 떨어지기 무섭게 몽둥이와 칼을 집어 드는 쇳소리가 들렸다. 그러는가 싶더니 어느새 옹염 일행이 머물고 있는 방의 문이 벌컥 열렸다. 네 사람이 침대에서 내려서기 무섭게 군복을 입은 사내 대여섯 명이 쳐들어왔다. 획 불어 들어오는 차가운 바깥바람에 기름등잔 불꽃이 꺼질 듯 휘청거렸다.

옹염은 들어온 자들을 흘낏 쳐다봤다. 앞장선 사내만 땅딸막할 뿐 나머지는 모두 체격이 황소처럼 건장했다. 각자 푸줏간 백정들이 쓰는 날이 넓은 칼을 든 채 험상궂은 표정으로 옹염을 노려보고 있었다.

옹염의 얼굴에 저도 모르게 두려운 기색이 스쳐 지나갔다. 침대 모서리를 꼭 잡은 두 손이 가늘게 떨렸다. 그는 그러나 애써 마음을 다잡으면서 허리를 꼿꼿이 폈다.

그러자 왕이열이 당장이라도 덮칠 듯이 위협하는 무리들 앞으로 한 발 나섰다. 그리고는 옹염의 앞을 막아선 채 따져 물었다.

"남이 자는 방에 쳐들어와서 뭘 어쩌겠다는 거요?"

"거동이 하도 수상해서 말이야!"

곽아무개가 표독스럽게 생긴 세모눈을 굴리면서 물었다.

"형씨들은 어디서 왔소?"

"북경!"

왕이열이 요녕遼寧 사투리가 섞인 어투로 단호하게 말했다.

"무슨 일로, 어디로 가는 길이지?"

"석탄을 사오라는 내무부의 부탁을 받고 조장棗莊으로 가는 길이오."

"내무부? 북경에 그런 아문도 있어? 순천부는 들어봤어도 그런 아문은 처음이야!"

"내무부는 순천부보다 크고 총독아문보다 조금 작은 아문이오. 폐하를 위한 일만 전담하는 아문인데 그것도 몰랐다는 말이오? 내무부가 있는지도 모르는 걸 보면 형씨도 별 볼 일 없는 사람이구먼!"

왕이열의 말에 곽아무개는 잠시 말문이 막히는 듯했다. 그러나 곧 히죽 웃으면서 응수를 했다.

"요즘은 서로 잘났노라고 턱을 치켜들고 다니니 말이야! 며칠 전에 만난 거지새끼는 겁 없이 복강안의 종복이라고 하지를 않나, 방금 그 자식은 연주부 유 진대鎭臺와 의형제를 맺었다고 하지를 않나! 조금 있으면 황자라고 자칭하는 자도 나올걸? 똥 같은 놈들이 눈깔은 높아 가지고!"

거친 욕설과 야유 어린 말투에 옆에 있는 병사들이 낄낄대면서 웃었다. 곽아무개가 다시 얼굴을 무섭게 일그러뜨리면서 물었다.

"조장으로 간다면서 어째서 미산호微山湖로 가지 않고 이리로 온 거야? 지금 평읍이 난리 북새통이라는 걸 몰랐다는 말이야?"

"몰랐소. 우리의 당관堂官이 평읍에 계셔서 미산호가 아닌 이 길을 택했을 뿐이오."

곽아무개가 입을 비죽 내밀어 옹염 등을 가리키면서 물었다.

"저들은 뭘 하는 사람들인가?"

"이 분은 우리 석오石五 도련님이시고, 저 둘은 가인家人, 나는 집사요."

왕이열이 이어 덧붙였다.

"우리가 구입한 물건이 평읍에서 문제가 좀 생긴 모양이오. 빨리 와보라고 위에서 재촉이 성화같으니 내일 중으로 평읍에 도착해야 하는 입장이오!"

곽아무개가 코가 떨어질세라 코웃음을 쳤다. 그리고는 장화를 신은 발을 의자에 턱 올려놓았다. 이어 크게 놀라 잔뜩 긴장한 옹염과 혜아를 막고 나선 임계발을 노려보더니 껄껄 소름 끼치는 웃음을 터트렸다.

"이것들이 제법 놀게 생겼는데? 신분증은 어디 있어? 까봐! 아무리 내무부 심부름을 나왔다고 해도 신분을 증명할 수 있는 인신印信 같은 것은 있겠지?"

왕이열이 눈썹을 치켜세운 채 반박했다.

"신분증은 노자와 함께 객잔의 일꾼에게 맡겼소. 가지고 있으면 강도들에게 빼앗길까봐. 안 그래도 나는 신분증을 제시하려고 했소. 그러나 일꾼이 하룻밤 자고 갈 텐데 숙박계 같은 건 적을 필요가 없다고 했소. 못 믿겠으면 불러서 물어보면 되지 않소?"

"내가 그리 한가한 줄 알아?"

곽아무개가 징글맞은 웃음을 거둬들였다. 그리고는 다짜고짜 혜아를 가리켰다.

"청평세계淸平世界의 낭랑건곤朗朗乾坤에서 어찌 남장男裝을 하고 다니는 거야? 얘들아, 이자들이 아무래도 수상쩍지 않냐?"

"수상쩍고말고요!"

병사들이 여전히 낄낄대면서 큰 소리로 외쳤다. 순간 곽아무개가 손사래를 쳤다.

"우리 방으로 끌고 가! 행적이 수상쩍어 수사를 해야지 안 되겠어!"

곽아무개의 말이 떨어지기 무섭게 병사들이 달려들어 옹염 일행의 등을 거칠게 떠밀었다. 순간 옹염이 그들의 손을 쳐내면서 언성을 높였다.

"잠깐! 그러는 당신네들은 뭘 하는 사람들이오? 나도 형씨들의 신분증을 확인해야겠소. 전량錢糧을 징수하는 건 지방관의 일이거늘 녹영병들이 어찌 월권을 하면서 경거망동할 수 있다는 말이오? 비적들보다도 못한 것들 같으니라고!"

곽아무개는 마치 난생 처음 보는 괴물을 구경하듯 옹염의 주위를 천천히 돌았다.

"비적들보다 못하다? 그래, 우리는 비적들보다 더 치사하고 더러워! 이렇게 안 하면 누가 우리를 신경이나 써주는 줄 알아? 이 세상물정이라고는 ×도 모르는 새끼야."

곽아무개가 욕을 하면서 옹염의 멱살을 잡으려고 갈고리 같은 손을 쑥 내밀었다. 순간 임계발이 한 발 앞으로 나섰다. 도저히 더 이상 참을 수가 없었던 모양이었다. 그러나 가능한 한 살인을 하지 말라던 옹염의 명령을 무시할 수는 없었다. 결국 한 손으로 곽아무개의 턱을 잡아 홱 비틀어 저만치 밀쳐버리고 말았다.

"아이쿠!"

마치 어린 새가 고통스럽게 울부짖는 듯한 비명소리가 터져 나왔다. 곽아무개는 미처 손 한번 써보지 못한 채 휘청거리다가 나가떨어지고 말았다. 그는 하필 칸막이용으로 쳐놓은 거적 위로 넘어지는 바람에 거적이 툭 하고 떨어져 내렸다. 곽아무개는 쏟아져 내리는 자욱한 흙먼지 속에 묻혀버렸다. 그 서슬에 옆방에서도 한바탕 난리가 났다.

"도둑이야!"

"강도 잡아라!"

옆방에 있던 사람들이 그예 문을 박차고 밖으로 뛰쳐나가면서 고 래고래 고함을 질러댔다. 그 사이에 곽아무개는 다리를 절룩대면서 겨우 거적 사이에서 빠져 나왔다. 그러나 온몸에 흙먼지를 뒤집어써 서 얼굴을 알아볼 수가 없었다.

그는 옹염 일행을 가리키면서 밖으로 뛰쳐나간 자들과 함께 악에 받친 고함을 질렀다.

"이것들이 비적이다! 얘들아, 덮쳐! 이자들을 생포하는 사람에게는 후한 상을 내릴 것이다!"

때를 맞춰 객잔 밖에서 귀청을 쩔 듯한 징소리가 울렸다.

"악호촌 남녀노소 여러분, 잘 들으시오! 우리 동네에 비적이 출몰했 소. 모두 나와서 비적을 잡읍시다. 나쁜 놈들을 잡아 마을의 신神께 제를 지냅시다."

징소리와 함께 집집의 대문이 벌컥벌컥 열리는가 싶더니 곧 장정 들이 낫과 도끼, 곡괭이 따위를 들고 앞을 다퉈 뛰쳐나왔다. 이런 일 을 한두 번 겪는 게 아닌 듯 저마다 "마을을 보호한다!"라는 명목 하에 무기를 마구 휘둘러댔다. 분위기는 일순 살벌해졌다. 위기일발 의 순간이었다.

임계발 역시 온몸에 식은땀을 뻘뻘 흘리면서 방책을 강구하느라 안 절부절못했다. 그런 그를 옹염이 애써 위로했다.

"괜찮아, 올 테면 오라고 해! 우리는 죄 지은 것이 없으니 당당하 기만 하다고!"

그러나 혜아는 혼이 다 빠져나간 듯한 얼굴로 구석에 웅크린 채 부들부들 떨고 있었다. 곽아무개의 무리들이 객잔을 빈틈없이 포위한 데다 길에는 온통 마을 장정들뿐이니 그럴 만도 했다. 포위망을 뚫고 나간다는 것은 아예 불가능한 일이라고 해도 좋았다.

바로 그때 임계발이 날렵하게 침대 위에 뛰어오르더니 배낭 속에서 건륭이 옹염에게 하사한 단총短銃과 탄환을 꺼냈다. 이어 그걸 옹염에게 건네주면서 다급히 말했다.

"여기는 황화진이 아닙니다. 삼십육계 줄행랑이 제일입니다. 저희들이 앞뒤에서 호위할 테니 치고 나가십시오. 덤벼드는 자들이 있으면 무조건 총을 쏘십시오. 지금 자비를 운운할 때가 아닙니다!"

마침 방안으로 들어오던 곽아무개가 임계발의 그 말을 들었다. 순간 밖을 향해 있는 힘껏 고함을 질렀다.

"대문을 닫아걸어! 이자들이 도망을 치려고 한다!"

탕!

곽아무개의 고함소리와 동시에 총성이 울렸다. 안팎의 소란은 삽시간에 멈췄다. 옹염이 곽아무개를 향해 방아쇠를 당겼던 것이다. 총성이 울리는 순간 옹염 자신도 깜짝 놀라고 말았다. 그는 일곱 살 이후부터 형, 아우들과 더불어 과녁 맞추기 시합을 하고는 했었다. 가을 추렵秋獵 때는 건륭을 따라 수렵장에 가서 백발백중의 명사수 실력을 자랑하기도 했다. 그러나 사람을 향해 총을 쏴 보기는 처음이었다. 당황한 김에 명중 따위는 생각하지도 못했다. 그러나 탄환은 곽아무개의 발 앞에 풀썩 먼지를 피워 올리면서 박히는가 싶더니 다시 튀어 올라 곽아무개의 손에 박혔다.

놀란 곽아무개는 손에서 피가 흐른다는 사실도 깨닫지 못한 채 멍하니 그 자리에 서 있었다. 세상에 이런 총이 다 있다는 말인가? 땅에 박혔던 탄환이 다시 튕겨져 올라와 사람을 다치게 하다니? 더 신기한 것은 심지에 불도 붙이지 않았는데 총알이 발사됐다는 사실이었다! 난생 처음 보는 신기한 총이었다.

그 틈을 타서 임계발이 한걸음에 달려가 한쪽 팔로 곽아무개의 목을 껴안았다. 이어 팔을 힘껏 조이더니 비수를 꺼내 곽아무개의 명치 끝에 대고 짐짝처럼 밖으로 끌고 나갔다. 마당에서는 이미 수십 개의 횃불이 타오르고 있었다. 40여 명의 병사들이 방안의 동정을 살피면서 어리둥절한 표정을 짓고 있었다.

목이 졸려 얼굴이 시뻘게진 곽아무개는 숨이 가빠 캑캑대면서 발버둥을 쳤다. 임계발은 얼굴 가득 살기를 번뜩이면서 문앞에서 버럭 고함을 질렀다.

"뒈지고 싶지 않으면 썩 비켜! 어떤 놈이든 감히 겁대가리 없이 이 할아비의 앞을 막았다가는 오늘을 이놈의 제삿날로 만들 줄 알아!"

그러자 키다리 병사 한 명이 겁에 질려 덜덜 떨면서 물었다.

"어…… 어느 산에서 내려오셨는지요? 그만…… 고정하시죠! 저, 저…… 저희들은…… 물러갈 테니 사람은…… 놓아 주세요."

"주둥이 닥쳐! 썩 비키라고 했어!"

임계발이 다시 악에 받친 소리를 질렀다.

"네놈들이 따라붙지 않으면 마을 어귀에다 풀어주고 갈 거고, 아니면……, 알았어?"

병사들이 임계발의 호통에 얼빠진 표정으로 고개를 끄덕였다. 그리고는 곽아무개가 뭐라고 말하기만 기다렸다. 그러나 곽아무개는 숨이 넘어갈듯이 두 눈을 희번덕거릴 뿐 아무 말도 하지 못했다. 대장이 그렇게 위험에 처한 상황에서는 어찌할 도리가 없었다. 겁먹은 병사들은 결국 하나둘씩 비켜섰다. 이렇게 해서 임계발은 옹염을 비롯해 왕이열, 혜아 등을 앞세우고 자신은 뒤에서 반죽음이 돼 캑캑거리는 곽아무개를 끌고 따라갈 수 있었다.

병사들에게는 당연히 화총火銃, 칼, 창과 같은 무기가 있었다. 그러나 병 속에 든 쥐를 잡으려고 병을 깰 수는 없는 일이었다. 급기야 감히 손을 쓸 엄두를 못 낸 채 계속 먼발치에서 옹염 일행의 뒤만 따라갔다.

그렇게 악호촌을 나와 2리쯤 걸어가니 사수하泗水河가 나타났다. 다리가 없어서 그런지 관도官道(국도)는 얕은 물속에 잠겨 있었다. 옆에는 강을 건널 수 있도록 해주는 징검다리가 놓여 있었다. 얼음과 잔설이 섞인 차가운 물이 잔잔히 흐르고 있었다.

옹염 일행이 그 강을 건너려 하자 뒤따라오던 병사들이 소리쳐 그들을 불렀다.

"이봐요! 이제는 우리 대장을 풀어줄 때가 되지 않았소?"

임계발은 곽아무개를 풀어주는 즉시 병사들이 벌떼처럼 덮쳐들 것이라는 것을 너무나 잘 알고 있었다. 그는 옹염을 먼저 보내기로 하고 다급히 말했다.

"먼저 가십시오, 마마! 저는 조금 더 버텨보겠습니다. 산으로 들어가십시오. 산으로 들어가면 이놈들이 감히 쫓아갈 엄두를 못 낼 것입니다!"

옹염이 걱정 어린 눈길로 임계발을 바라보면서 물었다.

"그럼…… 자네는 위험하지 않겠나?"

"마마, 지금 저를 염려하실 때입니까? 걱정 마시고 어서 들어가십시오!"

임계발이 발을 동동 구르면서 다시 덧붙였다.

"제 걱정은 마시고 어서 가십시오. 저는 한 시간 후에 어떻게든 찾아갈 테니까요!"

옹염은 여전히 임계발에 대한 걱정 때문에 망설였다. 그러자 왕이
열이 옆에서 옷자락을 잡아당기며 나직이 말했다.

"열다섯째마마, 이는 어디까지나 임계발의 임무입니다. 아니면 제
가 남을까요?"

옹염은 그제야 어쩔 수 없이 혜아의 손을 잡고 무거운 걸음을 떼어
놓았다. 잠시 후 세 사람은 어둠 속으로 사라졌다.

이곳은 몽산蒙山 남쪽 자락에 위치한 100리 협곡峽谷이었다. 북쪽
은 귀몽정龜蒙頂으로 이어지는 꼬불꼬불한 길이었다. 또 남쪽은 성수
욕聖水峪과 닿아 있었다. 당연히 천구만학天溝萬壑(수많은 도랑과 골짜기)
이 종횡으로 펼쳐질 수밖에 없었다. 그 아래로는 사하泗河가 굽이쳐
흐르고 있었다.

강을 건너 5리쯤 더 가자 관도가 나타났다. 세 사람은 서둘러 관도
로 내려갔다. 이어 마치 그물에서 빠져나온 물고기와 상갓집의 개처
럼 그렇게 앞뒤를 가리지 않고 길이 보이면 달려가고 산이 보이면 숨
어들었다. 그렇게 서너 시간을 더 가서야 비로소 이마의 식은땀이나
마 닦아낼 여유를 가질 수 있었다.

"이제는 위험한 고비를 넘긴 것 같네요. 혜아가 발을 삐끗한 것 같
으니 여기서 잠깐 쉬어가죠."

옹염이 땀을 대충 닦은 다음 입을 열었다. 이어 왕이열, 혜아 등과
함께 길섶에 털썩 주저앉았다. 땀은 금방 식었다. 그러자 오는 길 내
내 느끼지 못했던 추위가 엄습해오기 시작했다. 혜아는 두 팔을 껴안
은 채 두 발을 부지런히 비비기까지 했다. 그래도 딱딱 이빨 부딪치
는 소리가 들릴 정도로 오슬오슬 떨고 있었다. 옹염 역시 추위에 얼
굴이 파랗게 질린 상태로 바위 위에 그린 듯 앉아 있었다. 그때 왕이

열이 혜아에게 물었다.

"우리의 관방關防 문서는 잃어버리지 않았겠지?"

"예. 신발 속에 넣고 바느질할 새가 없어 옷섶에 넣었습니다……."

혜아가 대답했다.

"인신印信은?"

"아휴, 추워! 속옷주머니에 들어 있어요."

"돈은 가진 게 있나?"

잠시 후 혜아가 대답했다.

"조금 있어요. 열다섯째마마께서 황화진에서 상으로 내리신 비녀를 팔면……."

옹염이 생각에 잠긴 듯한 표정을 짓고 있다가 혜아의 말을 듣더니 한숨을 내쉬었다. 뭔가 할 말이 있는 것 같았다. 그러나 입술만 실룩거릴 뿐 말은 하지 않았다. 왕이열이 먼저 다급하게 입을 열었다.

"적은 돈은 아닐 텐데, 이 깊고 깊은 산속에 어디 전당포가 있어야 말이지."

왕이열이 여전히 침묵하고 있는 옹염을 향해 두 손을 비비면서 물었다.

"열다섯째마마, 힘드시죠? 여기는 너무 춥군요. 기운을 내서 조금만 더 걸어가실 수 있겠습니까?"

"춥고 힘듭니다. 다행히 속에 여우털 조끼를 입고 있어서 아직까지는 참을 만하네요."

어둠 속이라 그런지 옹염의 목소리는 더욱 우울해 보였다. 그가 다시 입을 열었다.

"아마(만주어로 아버지라는 뜻)와 액낭(어머니)의 모습이 떠오르네요. 또 제남濟南(산동성의 성도省都)은 지금쯤 어떤 상황일까 궁금하기도 하고요. 이렇게 추위와 배고픔 때문에 괴로워하게 될 줄은 꿈에도 생각하지 못했네요. 지금의 처지가 도무지 믿어지지 않는군요."

왕이열도 침통한 어조로 말했다.

"채운누각彩雲樓閣(아름다운 누각)이 순식간에 신기루처럼 사라져버린 느낌이죠. 마마께서 이와 같은 시련을 겪게 되다니요. 그러나 이 또한 인간의 기사奇事가 아닐 수 없습니다. 황화진에서 한차례 크게 놀라움을 당하셨으니 더 이상 이런 일이 없으리라고 생각했는데, 또다시 악호촌이라는 위험이 도사리고 있을 줄 누가 알았겠습니까? 저의 과거시험 동기인 정판교鄭板橋가 써줬던 글이 생각납니다. '흘휴시복'吃虧是福(손해 보는 것이 곧 복이다)이라는 글귀였는데, 되새길수록 참으로 뜻이 새롭습니다. 책에서는 이런 글을 읽은 적이 없습니다. 가끔 이런저런 시련이 닥칠 때마다 이 구절을 떠올리면 힘이 솟고는 합니다."

옹염이 고개를 끄덕였다.

"나도 그 글귀를 본 적이 있습니다. 아바마마께서 황자들에게 일을 맡기신 것도 적당한 시련을 겪고 더욱 단단하게 거듭나라는 깊은 뜻이 담겨 있는 게 아니겠습니까?"

바로 그 순간 갑자기 혜아가 비명을 질렀다.

"어머, 늑대야!"

그와 동시에 옹염의 품속에 고개를 묻었다. 바들바들 떠는 것이 추위에 떠는 어린 양 같았다. 옹염과 왕이열은 순간 마치 불에라도 덴 듯 자리에서 벌떡 일어났다. 특히 옹염은 어느새 총까지 손에 들고 긴장하고 있었다. 그리고는 혜아가 손가락으로 가리키는 방향을 바라봤다.

과연 산 아래 길목에 시커먼 물체가 뭉그적거리고 있었다. 다섯장丈 안팎의 거리에서 송아지만 하게 보였으니 결코 덩치가 작은 놈은 아니었다. 다행히 행동은 그리 날렵하지 않은 것 같았다. 크게 불어 닥친 역풍 때문에 그 놈은 고갯길에서 나는 인기척을 듣지 못한 것 같기도 했다.

얼마 후 뒤뚱뒤뚱 육중한 몸을 움직이는가 싶더니 순식간에 몇 발짝 다가오다가 갑자기 경계를 하면서 걸음을 멈췄다. 술잔만 한 눈동자는 누렇고 푸르스름한 빛을 발하고 있었다.

혜아가 겁에 질려 몸을 잔뜩 웅크린 채 나직이 물었다.

"표범인가요? 입에 뭔가 물고 있는데, 양인가요? 잘 안보이네요……."

왕이열이 갑자기 목소리를 낮게 깔았다.

"마마, 아직 총을 쏘지 마십시오. 잠깐 지켜보시죠……. 표범인 듯하네요."

옹염을 비롯한 세 사람은 손에 땀을 쥔 채 표범으로 보이는 듯한 짐승과 대치상태에 들어갔다. 양측은 일촉즉발의 위험 속에서 서로를 한참 동안이나 그렇게 노려봤다. 그러다 표범이 어인 영문인지 목구멍에서 꾸르륵 소리를 내더니 몽둥이 같은 꼬리를 흔들면서 오던 길로 걸음을 돌려버렸다. 돌아서는 뒷모습에서 어쩐지 억울한 느낌이 엿보였다.

"어휴, 심장이야!"

왕이열이 육중한 엉덩이를 흔들면서 멀어져 가는 표범을 바라보더니 놀란 가슴을 쓸어 내렸다. 낯빛이 파랗게 질린 혜아도 입을 열었다.

"세상에! 분명히 산신령님께서 열다섯째마마를 보호해 주신 것이 틀림없습니다. 나무아미타불, 관세음보살!"

어쨌든 또 한 번의 위기를 기적처럼 모면했다고 할 수 있었다. 옹염 일행은 그렇게 한바탕 식은땀을 빼자 더 이상 그 자리에 계속 머물러 있을 엄두를 내지 못했다. 게다가 여명黎明(희미하게 동이 터 올 무렵)이 얼마 남지 않은 듯 날이 점점 칠흑같이 어두워지고 있었다. 길 위의 바위조차 분별할 수 없을 정도였다. 그뿐만이 아니었다. 내리막길은 유난히 험난하기도 했다.

급기야 왕이열과 혜아는 옹염을 가운데 세우고 서로 손을 잡은 채 비스듬한 내리막길을 내려가야 했다. 그렇게 주춤주춤 걷다보니 앞쪽 어딘가에서 닭의 첫울음 소리가 들려왔다. 머지않은 곳에 마을이 있는 것 같았다. 일행은 크게 안도했다.

그 사이 날이 차츰 밝아왔다. 쉬지 않고 길을 재촉한 세 사람은 모두 몸이 땀으로 흥건해져 추위마저 잊었다. 왕이열은 희미한 서광을 빌어 주위를 살펴봤다.

그렇게 먼 길을 걷고 걸었는데도 아직 고산준령을 벗어나지 못한 상태였다. 다행히도 길옆 산골짜기에는 여덟, 아홉 가구 정도의 작은 마을이 오붓하게 들어앉아 있었다. 사립문을 단 모사茅舍(초가집)들이 산세를 따라 일자로 어깨를 나란히 하고 있는 마을이었다. 집 뒤에는 층층의 사다리밭이 넓게 펼쳐져 있었다. 마을에서 산등성이까지는 좁은 오솔길로 꼬불꼬불 이어져 있었다.

옹염은 흰 입김을 토해내면서 오던 길을 뒤돌아보았다. 우선 기암괴석이 울퉁불퉁 솟아오른 모습이 보였다. 갖가지 나무들이 숲을 이룬 좁다란 산길은 마치 하늘로 통하는 사다리 같았다. 아무리 생각해봐도 저 험한 산을 밤새도록 넘어왔다는 사실이 도무지 믿어지지가 않았다. 그는 밤새 그 사다리를 타고 하늘에서 인간세상으로 내려온 느낌이 들었다.

일행이 형언할 수 없는 감격에 잠겨 있는 사이 날은 어느새 훤히 밝아오고 있었다. 왕이열은 순간 어쩐지 날이 밝는 속도가 너무 빠르다고 생각했다. 그러나 곧 그 이유를 깨달았다. 이 마을이 워낙 지세가 높은 곳에 있는 데다 동녘 산이 상대적으로 낮아 다른 곳에 비해 일출을 빨리 볼 수 있었던 탓이었다.

아무려나 깊은 잠에서 깨어난 마을은 푸르스름한 아침기운을 맞으면서 조용히 기지개를 켜고 있었다. 실컷 숙면을 취하고 깨어난 사람의 평온한 모습이 그럴까 싶었다. 자그마한 토담집 앞뜰마다에는 노적가리도 높게 쌓여 있었다.

글공부하기에 더없이 좋은 곳이로구나! 왕이열이 속으로 그렇게 생각하고 있을 때였다. 옹염이 갑자기 감탄사를 터트렸다.

"과연 좋은 곳이네요! 이런 곳을 두고 옛 시인들은 '산 높고 물 깊어 길이 끊어졌나 했더니, 버드나무 흐드러지고 꽃이 활짝 핀 또 다른 마을이 반기네'山重水復疑無路, 柳暗花明又一村(중국 남송시대의 시인 육유陸游의 시)라고 했겠죠?"

혜아는 옹염의 말에 무심코 두 남자의 모습을 쳐다봤다. 그리고는 터져 나오는 웃음을 겨우 참았다. 둘의 꼴이 영 말이 아니었던 것이다. 나뭇가지에 긁혀 여기저기 찢겨나간 왕이열의 두루마기는 마치 포탄에 맞은 깃발처럼 너덜너덜했다. 옹염의 머리에는 지푸라기를 비롯해 마른 풀이 가득 붙어 있었다. 게다가 어디에 긁혔는지 볼에 가느다란 핏줄이 선명했다. 둘 다 열사흘을 굶은 거지처럼 행색이 초라하고 후줄근했다.

혜아는 웃음을 애써 참은 채 고개를 숙여 자신을 천천히 내려다봤다. 순간 '× 묻은 개가 겨 묻은 개를 보고 웃는 격'이라는 속담이 떠올랐다. 무엇보다 바짓가랑이가 다 찢겨져 살갗이 드러나 있었다. 신발에서도 시커먼 솜이 비죽 나와 있었다.

그녀는 황급히 옷섶을 만져봤다. 다행히 관방關防 문서는 그대로 있었다. 그녀는 곧 안도의 한숨을 내쉬면서 옹염의 몸에 묻은 먼지를 털어 주고 머리에 붙은 풀과 지푸라기를 조심스럽게 뜯어냈다. 이어 못 이기는 척 몸을 내맡기고 있는 그를 보면서 말했다.

"밤새 노적가리에서 주무셨어요? 석탄을 지고 나른 것도 아닌데, 얼굴은 또 어찌 그리 검어요?"

혜아가 끝내 참지 못하고 키득거렸다. 옹염과 왕이열은 그런 그녀의 말에 비로소 서로를 마주봤다. 이어 한심하다는 듯 실소를 터트렸다. 그리고는 소매를 들어 얼굴을 닦고 몸에 묻은 먼지를 털었다. 때를 같이 해 마을에서는 아침밥 짓는 연기가 하얗게 피어오르기 시작했다. 옹염이 멋쩍게 웃으며 말했다.

"지금은 멋을 부릴 때가 아닌 것 같네요. 숯검정도 좋고 지푸라기도 좋은데 허기부터 달래고 푹 쉬는 게 가장 급한 것 같네요!"

왕이열이 즉각 말을 받았다.

"저쪽 우물가에 물 길으러 나온 사람이 있는 것 같습니다. 아침밥을 짓기 시작한 모양인데 가서 한 끼 얻어먹읍시다!"

옹염이 말없이 고개를 끄덕였다. 어쩔 수 없지 않느냐는 수긍의 표시였다. 그 사이 태양이 지평선에서 조금씩 올라오기 시작했다. 옹염은 옅게나마 그렇게 태양빛이 비추기 시작하자 조금씩 따뜻한 기운을 느꼈다. 그제야 마을 어귀 우물가에 서 있는 두 사람도 시야에 들어오기 시작했다. 그들은 아직 잠이 덜 깬 듯 느릿느릿 지게를 내려놓고 기지개를 쭉 펴더니 천천히 물을 길어 올리기 시작했다. 그리고는 개 짖는 소리가 들려오자 뒤를 돌아보기도 했다.

옹염 일행은 동네 오솔길을 따라 마을로 내려갔다. 혜아가 이어 동쪽 맨 끄트머리에 있는 집의 굴뚝에서 연기가 제일 먼저 나기 시작했다고 입을 열었다. 아마 물을 길러 나온 두 사람도 그 집 식구들인 것 같았다.

옹염 일행은 조심스럽게 대문을 두드렸다. 그러자 대문뿐 아니라 울타리까지 심하게 흔들렸다. 대문과 울타리가 모두 가시나무를 엮어 만든 것이어서 그런 듯했다. 마당에서는 거위의 꽥꽥거리는 소리가 먼저 들려왔다. 이어 할머니 한 명이 사립문을 열고 내다보면서 물었다.

"누구세요?"

"길 가던 사람이에요, 할머니."

혜아가 왕이열의 눈치를 보면서 덧붙였다.

"밤길을 걷다 강도를 만나…… 여기까지 쫓겨 왔어요. 배가 고파서 그러는데, 먹을 것을 좀 주시면 안 될까요?"

할머니는 대답이 없었다. 대신 옆에 있던 꼬마가 또랑또랑한 목소리로 크게 말했다.

"증조할머니! 길 가던 사람이래요. 배가 고프대요. 밥 좀 달래요."

옹염을 비롯한 셋은 그제야 노인이 귀가 어둡다는 사실을 알 수 있었다. 손자의 말을 알아들은 듯 노인이 말했다.

"길을 나서면 너 나 없이 다 고생인 게야. 석두石頭야, 문을 열어 드리거라!"

말이 떨어지기 무섭게 아이가 콩콩 뛰어 달려 나왔다. 그리고는 거위를 저만치 몰아버리고 문을 열었다. 척 보니 예닐곱 살 가량 된 건강한 사내아이였다. 얼굴이 간밤에 쥐가 핥아놓고 간 듯 얼룩덜룩하니 귀여웠다. 아이가 순진무구한 두 눈을 깜빡이더니 옹염을 비롯한 낯선 세 사람을 훑어봤다. 그러기를 얼마나 했을까, 아이가 고개를 돌려 말했다.

"할머니, 양풍구凉風口 쪽에서 왔나 봐요! 산왕山王(비적)들을 만난 게 틀림없어요!"

"어서 안으로 모시거라."

노인이 말을 마치고는 바로 문 앞에서 채소를 다듬기 시작했다. 옹염 등 세 사람이 들어서자 바로 권했다.

"방안으로 들어가시오. 물이 끓은 것 같은데……. 석두야! 차 한 잔씩 올리거라. 할아버지가 물 길러 나가셨으니 들어오시는 대로 밥을 할 거요. 아이고, 그래 얼마나 고생이오! 양풍구는 막다른 골목에 몰린 사람이 아니고서는 감히……. 특히 밤에는 우리조차도 양풍구를 지나갈 엄두도 못 낸다오. 딱하기도 하지……."

노인이 혀를 끌끌 차면서 손으로는 여전히 채소를 다듬었다. 노인의 집은 세 칸짜리 낮은 초가집이었다. 햇볕이 잘 드는 남향인 데다 마을 입구에 있어서 습하지도 어둡지도 않았다. 널찍한 마당에는 닭, 오리와 거위를 가두는 공간이 따로 있었다. 돌로 쌓은 마구간도 보였다. 한쪽에는 도끼로 팬 장작더미가 가지런하고 높다랗게 쌓여 있었다, 마당은 지푸라기 하나 없이 깨끗했다. 갓 비질을 한 흔적도 역력했다.

옹염은 따뜻한 아침햇살이 내리 비추는 마당에 앉아 느긋하게 채소를 다듬는 노인을 바라봤다. 채소 다듬는 손길이 그렇게 정겨울 수가 없었다. 옹염은 아궁이에 장작을 넣고 끓는 솥에 물을 두어 바가지 더 떠 넣는 석두를 대견스런 표정으로 바라봤다. 그러다 노인에게 말을 걸었다.

"성씨를 여쭤 봐도 될까요, 할머니?"

"뭐라고 하는 건지……?"

노인이 알아듣지 못한 듯 곤혹스런 표정으로 중얼거렸다.

"성이 뭐냐고요?"

혜아가 옆으로 다가가 큰 소리로 다시 물었다.

"오……, 나 말이오? 석씨지! 석왕石王씨라고 부르오. 할아버지는 석 전주石栓柱라고 하오. 물 길러 갔는데 곧 올 거요."

"할머니는 연세가 어떻게 되세요?"

혜아가 젖 먹던 힘까지 짜내서 다시 물었다. 노인이 이번에는 알아 들은 듯 길게 한숨을 내쉬었다. 그리고는 천천히 대답했다.

"아흔 아홉이오! 어서 죽어야 하는데, 관도 만들어놓고 묻힐 웅덩 이도 파놓았건만…… 이놈의 숨통이 끊겨야 말이지. 이놈의 지지리 도 질긴 숨통이…… 염라대왕이 아직 받아주고 싶지 않으신가 보지."

여든 정도밖에 안 돼 보이는 정정한 노인이 이미 100세를 바라보 는 나이라니! 옹염을 비롯한 셋은 그만 눈이 휘둥그레지고 말았다. 그때 석두가 커다란 찻잔에 찻물을 가득 따라 세 사람 앞에 하나씩 내려놓으면서 말했다.

"야차野茶예요. 드셔보세요. 할머니께서 산에서 나는 나물을 말려 만드신 거예요. 피로 회복에는 그만이래요. 그리고 저의 증조할머니 께서는 올해 일백 하고도 열한 살이에요. 내년에 다시 물어도 '아흔 아홉'이라고 하실 걸요?"

옹염을 비롯한 세 사람은 아무도 석두의 말을 믿지 않는 눈치였다. 그러나 놀랍다는 표정은 지었다. 이어 왕이열이 손가락을 꼽아 뭔가 를 계산하더니 큰 소리로 물었다.

"그럼 할머니 혹시 오삼계吳三桂를 알아요?"

"오삼계라고 했소? 알지. 암, 알고말고!"

노인이 주름이 자글자글한 작은 입을 옴찔거렸다. 순간 홀쭉한 볼

이 움푹하게 패었다. 노인이 이어 산나물인 듯한 풀의 뿌리를 조심스럽게 손톱으로 뜯어내면서 중얼거리듯 덧붙였다.

"오삼계가 경왕耿王(경정충耿精忠), 상왕尙王(상가희尙可喜)과 함께 난을 일으키지 않았소? 세상이 흉흉하기 짝이 없었지. 농사를 지어서 입에 풀칠이나 하면 다행인 신세인데, 글쎄 일 무 당 다섯 되씩 군량미로 내놓으라는 거요. 그해 내 나이 열일곱이었는데……, 얘네 작은 할아버지는 태어나지도 않았을 때지. 세상에 자신들끼리 뭔가 아귀가 안 맞아 싸움질을 하면서도 애꿎은 우리 백성들만 잡지 뭐요. 물가가 하늘 높은 줄 모르고 치솟는데……, 두부 한 모에 칠 문文까지 오르더라니까! 오죽하면 애 낳고 그렇게 먹고 싶었던 두부를 한 모밖에 못 먹었을까. 몸조리에 꼭 필요하다는 홍당紅糖(흑설탕)은 보고 죽자고 해도 없었어. 다행히 아흔 아홉 해를 살도록 두 번 다시 그런 난은 없었지……."

노인이 얘기한 것은 청나라 개국 초의 '삼번三藩의 난'이었다. 111세의 노인에게는 기억이 가물가물할 법도 한 일이었다. 그러나 노인은 총기가 대단히 좋았다. 구체적으로 어느 해 몇 월에 어디에서 무슨 일이 있었다는 식으로 쭉 나열해나가는 것도 잊지 않았다. 옹염을 비롯한 세 사람은 그 말을 들으면서 그저 놀라며 감탄사만 쏟아낼 수밖에 없었다. 그러면서도 자신의 나이를 '아흔아홉'이라고 고집하는 걸 보면 민간에서 100세를 넘긴 노인에 대해 안 좋은 '설說'이 있다는 것도 아는 듯했다.

옹염 일행이 잠시 기다리고 있자 석두의 할아버지가 돌아왔다. 등 뒤에 물지게를 진 마흔 살 가량 되는 중년 사내도 그의 뒤를 따라왔다. 노인은 환갑을 갓 넘긴 것 같았다. 체구는 그리 크지 않았으나 웬만한 젊은이는 둘도 당해낼 것 같이 기운이 넘쳐 보였다. 걸음걸이도 가랑이에 바람이 일 정도로 씩씩했다. 석두가 달려 나가면서 중년의 사내를 '일곱째숙부'七叔라고 반갑게 불렀다. 그리고는 할아버지에게 매달리면서 종알거렸다.

"손님이 오셨어요, 할아버지. 양풍구에서 밤길을 걸어 오셨대요!"

석씨 노인이 세 사람을 향해 웃어 보였다. 그리고는 중년의 사내에게 말했다.

"얘야, 넷째숙모에게 가서 집에 손님이 왔으니 전병煎餅 몇 장 만들어 보내라고 하거라. 손님이 오셨으니 오늘은 하산하지 말고 내일 하자꾸나!"

중년의 사내가 지고 온 물지게를 들어 항아리에 쏟으면서 알겠노라고 대답했다. 그리고는 옹염 등 세 사람을 향해 씽긋 웃어 보였다. 그때 석씨 노인이 혼잣말처럼 중얼거렸다.

"에잇, 이래서 늙으면 아무짝에도 못 쓴다니까! 물을 긷다가 물통을 우물 안에 빠뜨리고 말았지 뭐야. 그래서 어쩔 수 없이 저 아이의 일곱째숙부를 불러냈지."

그러는 동안 111세 노인이 밥상을 가져왔다. 찰옥수수에 팥을 넣어 끓인 죽, 소금물에 절인 홍당무 무침, 붉은 고추가 드문드문 보이는 김치볶음, 절인 콩이 전부인 조촐한 상이었다. 솥단지처럼 큰 죽 그릇과 엎어놓은 솥뚜껑만 한 접시에 수북하게 담은 음식을 통해 주인의 인심이 그대로 전해지는 듯했다. 비록 농가의 초라한 밥상이기는 했으나 먹음직스러워 보였다. 노인의 정성도 물씬 느껴졌다.

밤새도록 추위와 두려움에 떨면서 위험한 밤길을 걸어온 옹염 일행은 뱃가죽이 등에 붙은 지 오래된 터라 음식을 보는 순간 눈에서 불꽃이 튀었다. 왕이열과 혜아는 손님의 체면 따위는 염두에도 없는 듯 허겁지겁 죽 그릇을 들어 입안에 마구 쓸어 넣었다. 옹염도 죽 그릇을 들었다. 그리고는 혜아가 하는 대로 젓가락으로 이것저것 반찬을 집어 올려놓고 홀홀 들이마시기 시작했다. 그사이 '숙모'라는 여인이 갓 부친 전병을 들고 왔다.

여인은 활달하고 붙임성이 좋았다. 옹염 일행은 석두를 데리고 온 돌에 걸터앉은 여인의 입을 통해 이 마을의 이름이 양풍구라는 사실을 알 수 있었다. 또 아홉 가구 모두 석씨라는 사실 역시 파악했다. 당연히 석왕씨라는 노인은 이 마을의 최고 어른이었다. 살아있는 전설이기도 했다. 집집마다 한 달에 한 번 꼴로 돌아가면서 음식을 대접하고 의복이나 생활용품 따위를 자손들이 챙기는 것은 다 이유가 있는 듯했다. 얘기만 들어도 주민 전체가 노인을 극진히 공대하는 마을임에 틀림없었다.

여인은 양풍구에서 산길을 따라 10리쯤 내려가는 길목에 두 개의 마을이 더 있다고 했다. 거기에 살고 있는 사람들도 모두 석씨 성姓으로, 색다른 음식이 있으면 앞을 다퉈 들고 와 노인께 효도한다고 했다. 산세가 너무 높아 관부에서는 아래에 있는 두 석가촌石家村까지만 세금을 징수하고 이곳 양풍구 마을에서는 세금이니 뭐니 하는 걸 일절 내본 적이 없다고도 했다.

그녀가 다시 입을 열었다.

"처음에 시집이라고 왔는데, 하늘과 땅 사이에 떡하니 턱걸이를 하고 있는 것처럼 무서워서 살 수가 없는 거예요. 이런 곳에서도 사람이 사나 싶은 생각이 들어 나오느니 눈물이요, 내뱉느니 한숨뿐이었죠. 심지어는 내 전생에 무슨 죄를 지었기에 이리 생고생을 하나 싶더라고요. 그런데 살다보니 으스대는 이장里長, 콧대 높은 갑장甲長도 없고 밤중에 애 떨어지게 문을 두드리면서 빚 독촉을 하는 이도 없더군요. 여간 편한 마을이 아니었습니다. 보다시피 바로 옆에 논도 있고 밭도 있어서 먹고 싶은 작물은 심어 먹으면 되죠. 또 콩을 갈아 두부를 만들어 먹고 출출하면 마당에 놀고 있는 닭이나 오리를 잡아 먹으니 좀 좋아요? 소금이 없으면 산을 내려가 낙타 등에 얹어오면 되고. 지금은 불편한 게 하나도 없답니다. 우리 오라버니가 와 보더니 세상에 이런 도화원桃花園이 또 어디 있느냐고 하더라고요. 심지어 눌러앉아 살고 싶다는 말까지 하지 뭐겠어요? 올 때는 빈손으로 왔어도 갈 때는 녹각鹿角과 호골虎骨 등을 잔뜩 얻어가니 좀 좋았겠어요?"

옹염이 빙그레 웃으며 여인의 말에 귀를 기울였다. 그 와중에 죽한 사발을 거뜬히 비우고 전병까지 한 조각 찢어 먹는 것도 잊지 않았다. 옹염은 배가 부르니 기분이 좋아진다는 사실을 비로소 깨달을 수 있었다. 왕이열도 부른 배를 쓸어내리면서 이곳 산채山寨에 대해 궁금한 점을 물었다. 그리고 현성縣城이 여기서 얼마나 떨어져 있는지도 물었다.

"저기……."

여인이 젓가락으로 먼 곳을 가리키면서 대답했다.

"저기 멀리 보이는 산봉우리가 바로 귀몽정이에요. 그 아래에 산신묘山神廟가 있고, 남쪽으로 조금만 더 가면 평읍성이 나와요. 소금장수들에게 들으니 그쪽에서 난리가 났나 보더라고요. 왕아무개라는 군사軍師가 비적들과 내통해 평읍 성을 아수라장으로 만들었다고 하죠?"

옹염이 짐짓 모른 척하면서 물었다.

"거리는 어느 정도 됩니까?"

"여기에서부터 산 아래까지 십리 길이고, 다시 올라가려면 또 십리 길이니 모두 이십 리 길은 족히 되죠."

여인이 덧붙였다.

"……이곳 양풍구의 산에도 산사람들의 채寨가 있어요. 저쪽 성수욕에도 있답니다. 두 곳 다 비적들의 수는 백 명 내외라고 합니다. 자주 이곳을 지나다녔는데, 요즘은 관병官兵들이 들이칠까 봐 무서워 산채를 봉하고 꼼짝 않고 안에만 들어앉아 있다고 하더군요. 그런데 손님들은 어쩌다 변을 당한 거예요?"

옹염은 웃기만 할 뿐 대답을 하지 않았다. 그리고는 다시 물었다.

"산채하고 이렇게 가까운 곳에서 살면 무섭지 않아요?"

옆에 있던 석두가 바로 큰 소리로 떠들어댔다.

"산왕山王들은 우리를 괴롭히지 않아요. 가끔씩 눈깔사탕도 주는 걸요!"

석 노인도 한마디를 했다.

"토끼도 제 굴 주변의 풀은 먹지 않는다고 하지 않소. 그들도 이웃을 괴롭히지 않는다는 규칙 같은 것이 있지 않겠소. 우리를 못살게 군 적은 없소. 알고 보면 다 불쌍한 사람들이거든. 지주와 싸움이 붙어 관가의 수배를 받던 중 산으로 도망쳐 온 가난한 소작농들이 대부분이지……."

여인이 다시 말을 이었다.

"그래요. 이쪽 사람들은 재물은 털어도 살인은 하지 않는다고 하더군요. 강도이기 전에 사람이니까 그렇겠죠. 그래서 그런지 산속의 야수들도 웬만해서는 사람을 해코지하지 않아요. 몇 번 표범과 맞닥뜨려 혼비백산한 적이 있는데, 먼발치에서 물끄러미 바라만 보더니 뭉그적대면서 오던 길로 돌아가 버리는 거 있죠!"

왕이열이 빙그레 웃으며 말을 받았다.

"사람 살기 좋은 동네인 건 틀림없는 것 같습니다. 그러나 모두 이마을 같으면 세수稅收를 확보하지 못한 조정은 어려움을 겪겠죠. 양원梁園(한漢나라 문제文帝의 아들 양효왕梁孝王이 지은 정원. 현재 하남河南성 개봉開封에 있다)이 아름답기는 하나 오래 머무를 곳은 못 된다고 했어요. 누가 말했듯 우리도 마음씨 좋은 주인 덕분에 배불리 먹었으니 이만 내려가 봐야죠!"

혜아가 머리에 꽂았던 금비녀를 석왕씨의 손에 쥐어주면서 큰 소리로 감사를 표했다.

"할머니! 오래오래 건강하게 사셔야 돼요. 그래야 또 만나죠. 이건 손녀가 할머니께 드리는 선물이에요."

노인이 엉겁결에 비녀를 받아들었다. 이어 쪼글쪼글한 눈시울을 좁히면서 자세히 들여다봤다. 그러다 도로 혜아에게 돌려주었다.

"밥은 공짜야! 늙은이가 이런 게 왜 필요해?"

석 노인 역시 손사래를 쳤다.

"그냥 가도록 하오. 우리는 지나가는 길손에게 돈을 받고 밥을 먹여 보낸 적이 없소이다."

혜아와 석왕씨는 계속 승강이를 벌였다. 그러자 왕이열이 호기심에 두 눈을 반짝이는 석두를 향해 말했다.

"다들 마다하시니 그럼 석두, 네가 받아 두거라! 정 부담스러우면 하산할 때 먹을 수 있도록 떡을 조금만 챙겨주십시오, 어르신."

석두가 금비녀를 받더니 까무잡잡한 작은 손바닥에 올려놓았다. 이어 마냥 신기해하면서 말했다.

"가을에 아버지하고 시장에 갔을 때 이런 걸 본 적이 있어요. 그때 아버지께서는 나중에 제가 커서 장가를 가면 며느리에게 사주신다고 하셨어요."

아이의 말에 좌중의 사람들이 모두 웃었다. 약삭빠른 석두가 밖으로 달려 나가면서 말했다.

"떡을 하려면 쌀을 빻아야죠? 제가 노새를 방앗간으로 데리고 갈 게요!"

혜아는 곧이어 석두의 숙모를 도와 설거지를 하기 시작했다. 그 사이 옹염과 왕이열은 한쪽에서 머리를 맞댔다. 이 마을은 산채와 5리 길밖에 떨어져 있지 않았다. 아무래도 무풍지대는 못 된다고 해야 했다. 물론 계획대로라면 복강안은 이미 저 앞 귀몽정에 도착했을 터였다. 그러나 임계발과 연락이 두절됐으니 당장 복강안에게 선을 댈 방법이 없었다. 더구나 이곳의 비적들이 산채를 봉하고 들어앉아 있는 걸 보면 복강안은 아마 당분간 공격을 개시하지 않고 관망을 하려는 것 같았다. 만에 하나 복강안이 갑자기 기습공격을 감행했다가 일거에 귀몽정의 비적 소굴을 들어내지 못한다면 사태는 걷잡을 수 없이 악화될 터였다.

다행히 석두의 '숙모'에게 들은 바로는 주변에 널려 있는 관군들은 몸을 사리고 있을 뿐 아직까지 병영을 이탈해 도망가지는 않은 듯 했다. 또 산 아래로 10리쯤 내려가면 접관정接官亭과 자그마한 역관이 있다고도 했다.

옹염과 왕이열 두 사람은 그렇게 의논을 하고서야 비로소 결심을 굳혔다. 산에서 내려간 다음 평읍현 성의 부근에 숨어 지내면서 복강안과의 연락을 시도해 보기로 결심한 것이다. 두 사람이 이어 앞으로의 계획을 짜고 있을 때였다. 석두가 달려와 아뢰었다.

"할아버지와 숙부가 놓은 덫에 멧돼지가 걸렸다고 합니다. 한쪽 다리만 걸려 벗어나려고 용을 쓰는 중이라 마을 어른들이 다 올라갔답니다!"

석두의 숙모가 말했다.

"그럼 됐어! 어른들이 알아서 할 거야. 너는 어서 노새를 방앗간으로 끌어가 굴레를 씌우거라. 맷돌을 갈 준비도 하고. 나는 설거지를 마저 끝내고 갈 테니."

왕이열이 더 이상 비밀 얘기를 나눌 형편이 안 된다고 생각한 듯 자리에서 일어섰다. 그러자 옹염이 말했다.

"우리도 이러고 있지 말고 석두를 도와 방아를 찧으러 갑시다."

방앗간은 바로 집 뒤에 있었다. 산비탈을 따라 돌로 벽을 쌓고 짚으로 이엉을 올린 헛간 같은 곳이었다. 구석에는 삽과 빗자루, 곡괭이 등 농기구들이 보였다. 그러나 옹염과 왕이열이 거들어줄 새도 없이 석두는 벌써 노새에 굴레를 씌워 연자방아에 붙들어 매고 있었다.

그러나 노새는 석두가 아무리 채찍질을 하고 고함을 질러도 맷돌을 돌릴 생각은 하지 않고 버티고 서 있기만 했다. 한참 후에는 한사코 뒷걸음질을 치려고 했다. 옹염을 비롯한 셋이 그런 노새를 놓고 기운을 빼고 있을 때였다. 석두의 숙모가 혜아와 함께 키와 자루를 들고 왔다. 석두의 숙모가 웃으면서 말했다.

"왜 눈을 감싸지 않고 그러고들 있어요? 눈을 감싸면 노새가 맷돌을 돌릴 텐데!"

눈을 감싸야 노새가 맷돌을 돌린다? 짐승도 부끄럼을 타나? 난생처음 듣는 말에 옹염과 왕이열은 어리둥절해졌다. 그러나 더 묻기도 그렇고 해서 석두를 따라 두 손으로 자기들의 눈을 가렸다.

그러나 한참을 기다려도 노새가 맷돌을 돌리는 소리는 들리지 않았다. 대신 두 여인의 깔깔대는 웃음소리만 터져 나왔다. 옹염은 그제야 손을 내렸다. 혜아와 석두의 숙모 둘 다 배꼽을 잡고 숨이 넘어갈 듯 웃고 있는 모습이 보였다. 이어 혜아가 겨우 숨을 돌리고 나서 노새를 가리키면서 말했다.

"숙모님의 얘기는 노새……, 노새의 눈을 가리라는 거죠!"

혜아의 그 말에 옹염과 왕이열도 그만 폭소를 터뜨리고 말았다.

옹염 등이 서둘러 맷돌로 쌀을 빻아내자 석두의 숙모가 바로 떡을 쪄냈다. 솜씨가 여간 야무지고 날랜 게 아니었다. 더구나 쪄낸 떡을 밖에 내놓고 김을 뺀 다음 그릇에 예쁘게 담아 보자기로 꽁꽁 싸는 동작 역시 빨랐다. 그녀는 곳간에서 바람에 말린 양고기를 비롯해 호두, 야생 대추, 심지어 당삼, 황기 등 약재까지 가득 싸주었다. 그 사이 석 노인과 석왕씨는 녹각과 사향도 가져왔다. 그리고는 옹염 등이 한사코 마다하자 몰래 보따리 속에 찔러 넣어줬다.

옹염 일행이 연신 감사의 뜻을 표하면서 작별인사를 고하고 있을 때였다. 저만치에서 땀에 흠뻑 젖은 사내가 산을 올라오고 있었다. 그의 뒷덜미에는 노란색 작은 깃발이 꽂혀 있었다. 허리춤에는 징도 매달려 있었다. 사내가 징을 두드리면서 소리높이 외쳤다.

"황천패黃天覇 가문의 녹림호걸들이 비적들을 물리쳤다오. 길길이 날뛰던 공龔 채주의 무리들이 천병 앞에 무릎을 꿇었다오. 여러분! 마을 사람들! 이제부터 우리도 기를 펴고 삽시다."

사내는 몹시 시끄러웠다. 그러나 집 대문 앞을 지나가는 그에게 말을 거는 사람은 아무도 없었다.

"황천패라고 유명한 녹림호걸이 있어요."

석두의 숙모가 어리둥절해 하는 세 사람을 보면서 대수롭지 않다는 듯 웃음 띤 어조로 몇 마디를 더 덧붙였다.

"해마다 비적들을 소탕해주고 가고는 한답니다. 저 사람은 밑에서 소식을 전해오는 사람이에요."

옹염은 석두 숙모의 말에 속으로 기쁨을 금치 못했다. 황천패 일행이 당도했다는 사실을 알았으니 당연했다.

세 사람은 잠시나마 정이 든 석씨 집안사람들과 아쉬운 석별의 정을 나누고 마을을 떠났다. 손님에게 베풀어주는 인심이 얼마나 후한지 왕이열과 혜아가 등짐 가득 먹을 것을 짊어진 것도 모자라 옹염까지 호두와 대추를 등에 져야 할 정도였다. 이어 세 사람은 조심조심 산을 내려가기 시작했다.

옹염 일행은 몇 리 길을 계속 내려왔다. 그런데 이상하게도 그동안 오가는 행인들이 하나도 보이지 않았다. 얼마 후 긴 언덕길을 돌아 내려오면서 보니 산자락에 두 개의 마을이 어깨를 나란히 하고 있었다. 두말할 것도 없이 석씨 자손들이 모여 사는 마을일 터였다. 해를 보니 아직 오시午時 전이었다.

옹염 일행은 마을 어귀에서 잠깐 만난 노인에게 접관정까지 얼마나 남았는지를 물었다. 아직 5리 길이 더 남았다는 대답이 돌아왔다. 순간 일행은 약속이나 한 듯 동시에 기운이 쑥 빠지는 표정을 지었다. 하기야 물건을 가장 적게 든 옹염조차 기진맥진했으니 왕이열과 혜아는 오죽했겠는가.

곧이어 옹염은 길가의 바위에 털썩 걸터앉으면서 두 사람에게 가까이 다가오라는 손짓을 했다. 그때 터벅터벅 따라오던 혜아가 갑자기 앞을 가리키면서 소리쳤다.

"저기를 보세요!"

옹염과 왕이열은 혜아가 가리키는 방향으로 고개를 돌리자마자 이구동성으로 외쳤다.

"임계발이군!"

왕이열은 얼마나 반가운지 등짐을 내려놓고는 마구 두 손을 흔들었다. 눈에서는 어느덧 눈물도 글썽거렸다. 그가 도저히 못 참겠다는 듯 크게 소리쳤다.

"임계발! 마마께서 여기 계셔!"

임계발 역시 멀리서도 일행을 알아본 듯 엎어질 듯 정신없이 달려왔다. 이어 옹염의 앞까지 다가와서는 비틀거리더니 기어이 땅에 엎어지고 말았다. 그리고는 무릎을 꿇은 그대로 한동안 일어날 생각을 하지 않았다. 두 팔로 땅을 짚고 엎드린 채 어깨를 떠는 모습이 울고 있는 것 같았다.

눈시울이 붉어지기는 옹염과 왕이열도 마찬가지였다. 혜아 역시 뒤돌아서서 손등으로 눈물을 훔쳤다. 잠시 후 옹염이 의아해 하면서 물었다.

"어떻게 여기서 만나게 됐지? 그동안 무슨 일이 있었나?"

임계발이 그제야 눈물범벅이 된 얼굴을 들더니 울먹이면서 대답했다.

"악호촌에서 평읍으로 가는 길은 두 갈래밖에 없습니다. 저는 하천을 따라 내려오면서…… 하집夏集에서도 물었고, 상영尙營, 마가도구馬家渡口 마을에서도 수소문을 했습니다. 하지만 마마 일행이 그곳을 통해 동쪽으로 가는 걸 봤다는 사람은 아무도 없었습니다. 그때 마마께서 양풍구 쪽으로 가시지 않았나 하는 생각이 들더군요. 바로 눈앞이 캄캄해졌습니다. 낮에도 감히 지나다니는 사람이 없는데 밤길이 얼마나 위험할까 걱정이 태산 같았죠. 천만다행으로 비적들과 맞닥뜨리지는 않으셨나 보군요! 조금 전까지만 해도 마마를 못 찾으면 이대로 바위에 머리를 박고 죽으려고 했었습니다……."

임계발은 입을 비죽거리며 말을 하면서 애써 눈물만은 참았다. 그러나 마지막에는 결국 목을 놓아 울어버리고 말았다.

한참 후 가까스로 평정을 되찾은 임계발이 하룻밤 사이에 겪은 온갖 고초에 대해 띄엄띄엄 털어놓기 시작했다. 혜아는 말할 것도 없고 옹염과 왕이열도 임계발의 읍소를 듣자 바로 눈 주위가 축축해졌다. 옹염이 임계발에게 다가가더니 그의 어깨를 감싸주면서 격려의 말을 건넸다.

"이제 됐네! 비 온 뒤에 땅이 굳는다고 나도 더 이상 두려울 게 없을 것 같네. 어찌됐건 무사히 만났으니 다행이네. 자네 얼굴을 보니 심신의 고달픔이 저절로 사라지는 것 같네."

그러자 이번에는 혜아가 눈물을 닦고는 간밤에 표범을 만나 혼비백산했던 일을 털어놓기 시작했다. 그 순간의 충격이 어느 정도였는지 과장된 몸짓을 곁들여가면서 말을 이었다.

"이만큼 커다란 눈에서 시퍼런 불을 뿜으면서 저 앞에 떡하니 버티고 서 있더라고요. 울음소리는 또 어땠는데요. 멀리서 들려오는 천둥소리 같았어요."

혜아가 손으로 거리를 가늠하더니 계속 말을 이었다.

"……바로 코앞이었어요. 우리를 한꺼번에 잡아먹을 듯 노려보는데 저는 기절하는 줄 알았지 뭐예요! 그런데 놀랍게도 한참을 으르렁대던 놈이 저절로 물러가는 거 있죠!"

혜아는 아직 충격이 덜 가신 것 같았다. 그러자 왕이열이 바로 나섰다.

"모두 열다섯째마마의 복덕福德이 무량한 덕분이었지. 그와 같은 위험한 고비도 무사히 넘겼는데 더 이상 무슨 어려움이 있겠나!"

임계발도 천천히 입을 열었다.

"이제부터는 그 어떤 경우에도 마마의 곁을 떠나지 않을 겁니다. 마마께서는 대명大命이시니 표범도 피해간 게 아니겠습니까?"

옹염이 쑥스러운 듯 바로 손사래를 쳤다.

"대명은 무슨! 아무리 봐도 입맛을 버리게 생겼으니 그냥 내버려둔 거겠지!"

옹염의 농담에 세 사람은 그만 그 자리에서 배꼽을 잡고 웃고 말았다. 얼마 후 임계발은 모든 짐을 혼자 짊어졌다. 그러고서도 성에 차지 않는지 옹염을 등에 업으려고까지 했다. 그러나 옹염은 웃으면서 손을 내저었다.

"됐네, 그만하게. 그러지 않아도 나를 향한 자네의 마음은 충분히 아네. 나는 자네가 곁에 있어주는 것만으로도 든든하니 어서 가던 길이나 재촉하세."

〈5부 「운암풍궐」 끝, 6부 16권에 이어집니다〉